多元·创新：20世纪英美小说主题研究

孙建军 著

中国纺织出版社有限公司

内 容 提 要

本书是一本研究20世纪英美小说主题的专著,其立足20世纪英美小说,在对20世纪英美小说的创作概况和主题特点进行研究的基础上,分别对20世纪英美女性主题小说、生态主题小说、成长主题小说、创伤主题小说、讽刺主题小说、科幻主题小说进行了重点分析。

本书理论翔实,全书采用总分式结构,在对20世纪英美小说的不同主题进行分析时,兼顾小说主题的整体创作特点与个体创作特点,从多元化和创新性两个维度对20世纪英美小说的不同主题进行了研究。

图书在版编目（CIP）数据

多元·创新：20世纪英美小说主题研究/孙建军著
.—北京：中国纺织出版社有限公司,2023.8
ISBN 978-7-5229-0902-8

Ⅰ.①多⋯ Ⅱ.①孙⋯ Ⅲ.①小说研究-英国-20世纪②小说研究-美国-20世纪 Ⅳ.①I516.074
②I712.074

中国国家版本馆CIP数据核字（2023）第164232号

责任编辑：闫 星　　责任校对：高 涵　　责任印制：储志伟

中国纺织出版社有限公司出版发行
地址：北京市朝阳区百子湾东里A407号楼　邮政编码：100124
销售电话：010—67004422　传真：010—87155801
http://www.c-textilep.com
中国纺织出版社天猫旗舰店
官方微博http://weibo.com/2119887771
北京虎彩文化传播有限公司印刷　各地新华书店经销
2023年8月第1版第1次印刷
开本：710×1000 1/16 印张：16.25
字数：215千字 定价：99.90元

凡购本书,如有缺页、倒页、脱页,由本社图书营销中心调换

前 言

　　20世纪是人类历史上极不平凡的一百年，是一个人类科学技术和物质文明日新月异、迅猛发展的世纪，也是一个经历了革命与战争的世纪，其在社会政治、经济、科学、文化、教育等领域均产生了重大变革。

　　文学作为表现内心世界与客观现实最为有力的工具，总是能最为迅捷精准地捕捉到时代的脉搏。在特定的历史背景下，20世纪英美文学经历了一系列的发展和变革，为世界文学史书写了绚丽的篇章。在这个世纪，英美文学界涌现出许多杰出的作家，他们运用不同的文学风格和艺术技巧创作出一部部佳作，通过文字反映了时代的精神面貌和社会变迁。

　　作为20世纪英美文学的重要组成部分，20世纪英美小说获得了长足的发展并取得了耀眼的成就，其创作主题表现出多元和创新的鲜明趋势。本书比较全面地涵盖了20世纪不同时段、各种类型、各色风格的英美小说家及其作品，围绕"多元"与"创新"两个关键词对20世纪英美小说主题进行系统研究。

　　第一章对20世纪英美小说进行了宏观介绍，从20世纪英美小说的创作概况和20世纪英美小说主题的特点，对20世纪英美小说进行了概述。

　　第二章着眼于20世纪英美女性主题小说研究，在20世纪英美女性主题小说概述的基础上，重点对英国作家多丽丝·莱辛的女性主题小说和美国作家艾丽斯·沃克的女性主题小说进行了研究。

第三章着眼于20世纪英美生态主题小说研究，在20世纪英美生态主题小说概述的基础上，重点对英国作家爱德华·摩根·福斯特的生态主题小说和美国作家约翰·斯坦贝克的生态主题小说进行了研究。

第四章着眼于20世纪英美成长主题小说研究，在20世纪英美成长主题小说概述的基础上，重点对英国作家伊恩·麦克尤恩的成长主题小说和美国作家杰罗姆·大卫·塞林格的成长主题小说进行了研究。

第五章着眼于20世纪英美创伤主题小说研究，在20世纪英美创伤主题小说概述的基础上，重点对英国作家约翰·福尔斯的创伤主题小说和美国作家托尼·莫里森的创伤主题小说进行了研究。

第六章着眼于20世纪英美讽刺主题小说研究，在20世纪英美讽刺主题小说概述的基础上，重点对英国作家伊夫林·沃的讽刺主题小说和美国作家约瑟夫·海勒的讽刺主题小说进行了研究。

第七章着眼于20世纪英美科幻主题小说研究，在20世纪英美科幻主题小说概述的基础上，重点对英国作家H. G. 威尔斯的科幻主题小说和美国作家厄休拉·勒奎恩的科幻主题小说进行了研究。

本书采用了宏观视角和微观视角相结合的方法，对20世纪英美小说的主题进行了系统全面的分析，同时对代表性作家的创作特点进行了详细分析，视角独特，具有较高的学术价值。

作者
2023年5月

目 录

第一章　20世纪英美小说概述 ·· 001
　　第一节　20世纪英美小说的创作概况 ·································· 003
　　第二节　20世纪英美小说主题的特点 ·································· 019

第二章　20世纪英美女性主题小说研究 ···································· 027
　　第一节　20世纪英美女性主题小说概述 ······························· 029
　　第二节　多丽丝·莱辛女性主题小说研究 ···························· 069
　　第三节　艾丽斯·沃克女性主题小说研究 ···························· 080

第三章　20世纪英美生态主题小说研究 ···································· 085
　　第一节　20世纪英美生态主题小说概述 ······························· 087
　　第二节　爱德华·摩根·福斯特生态主题小说研究 ·············· 104
　　第三节　约翰·斯坦贝克生态主题小说研究 ······················· 113

第四章　20世纪英美成长主题小说研究 ···································· 125
　　第一节　20世纪英美成长主题小说概述 ······························· 127

第二节　伊恩·麦克尤恩成长主题小说研究 …………………… 141

　　第三节　杰罗姆·大卫·塞林格成长主题小说研究 ……………… 147

第五章　20世纪英美创伤主题小说研究 ……………………………… 153
　　第一节　20世纪英美创伤主题小说概述 ………………………… 155
　　第二节　约翰·福尔斯创伤主题小说研究 ………………………… 164
　　第三节　托尼·莫里森创伤主题小说研究 ………………………… 172

第六章　20世纪英美讽刺主题小说研究 ……………………………… 177
　　第一节　20世纪英美讽刺主题小说概述 ………………………… 179
　　第二节　伊夫林·沃讽刺主题小说研究 …………………………… 186
　　第三节　约瑟夫·海勒讽刺主题小说研究 ………………………… 194

第七章　20世纪英美科幻主题小说研究 ……………………………… 203
　　第一节　20世纪英美科幻主题小说概述 ………………………… 205
　　第二节　H.G.威尔斯科幻主题小说研究 ………………………… 227
　　第三节　厄休拉·勒奎恩科幻主题小说研究 ……………………… 236

参考文献 ………………………………………………………………… 245

第一章 20世纪英美小说概述

第一节 20世纪英美小说的创作概况

20世纪至21世纪是人类社会快速发展的一百年，在这一百年间，世界政治、经济、科技、文化、教育等各方面都获得了快速发展，对世界各国的文学创作产生了深刻的影响。本节主要是对20世纪英美小说的创作概况进行分析。

一、20世纪英国小说创作概况

进入20世纪后，随着英国经济、文化的变化与发展，社会环境发生了较大变化，激发英国小说创作呈现一派繁荣的景象。根据小说创作流派，20世纪英国小说可以划分为现实主义小说、自然主义小说、现代主义小说、意识流小说、实验主义小说、后现代主义小说等。

（一）英国现实主义小说

英国现实主义小说诞生于19世纪，以表现主观真实的心理小说的出现作为标志，并在19世纪成熟繁荣同时取得了重大成果。20世纪初期，英国现实主义小说的发展势头依然强劲，涌现出一批杰出的现实主义小说家。由于20世纪的英国现实主义小说家接触的社会现实和接受的哲学思想较为复杂，因此该时期的英国现实主义小说吸收了各种新的理论和方法，产生了新的变化。其中的代表小说家包括亨利·詹姆斯（Henry James）、约翰·高尔斯华绥（John Galsworthy）、戴维·赫伯特·劳伦斯（David Herbert Lawrence）、赫伯特·乔治·威尔斯（Herbert George Wells）、格雷厄姆·格林（Graham Greene）等。

1. 亨利·詹姆斯

亨利·詹姆斯早在19世纪就已成功出版了多部现实主义小说，亨利·詹姆斯小说中现实主义的基本原则是"真实",强调给予读者真实感是一部小说至高无上的品质,同时注重经验在小说创作中的应用。

2. 约翰·高尔斯华绥

约翰·高尔斯华绥于 20 世纪初期蜚声英国文坛,其以系列长篇小说而著称于世,创作了《福尔赛世家》(The Forsyte Saga)三部曲[《有产业的人》(The Man of Property)、《骑虎》(In Chancery)、《出租》(To Let)]、《现代喜剧》(Modern Comedy)三部曲[《白猿》(The White Monkey)、《银匙》(The Silver Spoon)、《天鹅之歌》(Swan Song)]等。约翰·高尔斯华绥擅长通过长篇三部曲的形式反映一个时代的发展,将个体家族的兴衰与历史变迁紧密联系在一起,这一创作特点充分发挥了 19 世纪现实主义系列小说反映现实的深刻性和广泛性的优势。

3. 戴维·赫伯特·劳伦斯

戴维·赫伯特·劳伦斯是一位多产作家,其作品涉及长篇、中篇和短篇小说以及诗歌,其中,代表作品包括长篇小说《白孔雀》(The White Peacock)、《儿子与情人》(Sons and Lovers)、《虹》(The Rainbow)、《恋爱中的女人》(Women in Love)、《误入歧途的女人》(The Lost Girl)、《亚伦的手杖》(Aaron's Rod)、《羽蛇》(The Plumed Serpent)、《查泰莱夫人的情人》(Lady Chatterley's Lover);中篇小说《逃跑的鸡》(The Escaped Cock)、《少女与吉普赛人》(The Virgin and the Gipsy);短篇小说集《干草堆里的爱情》(Love Among the Haystacks)、《骑马出走的女人》(The Woman Who Rode Away)、《英格兰,我的英格兰》(England, My England)等。劳伦斯的现实主义作品中强调工业文明对人的"异化",并将此作为其小说的主题特色,在其小说中对人与物关系的异化、人与社会关系的异化、人与人关系的异化、人与自我关系的异化进行了深入剖析,并探寻出人是如何走出异化,回归自我。

4. 赫伯特·乔治·威尔斯

赫伯特·乔治·威尔斯所创作的小说多为科幻小说,其创作于 20 世纪的代表作品包括《月球上的第一批人》(*The First Men in the Moon*)、《基普斯》(*Kipps*)、《波里先生和他的历史》(*The History of Mr Polly*)、《世界史纲》(*The Outline of History*)等。尽管披着科幻小说的外衣，但是威尔斯的小说中仍然体现出较强的现实主义关怀。关于威尔斯的作品特征将在第七章进行详细分析，这里不再赘述。

5. 格雷厄姆·格林

格雷厄姆·格林一生获得21次诺贝尔文学奖提名，被誉为诺贝尔文学奖无冕之王。他在作品中致力探讨人类生存和社会道德问题，擅长将传统的现实主义创作手法同其他流派的创作技巧相融合，从而形成了独特的艺术风格，为现实主义小说的发展注入了新氧活源。此外，其作品还常以推理见长。其代表作品有《斯坦布尔列车》(*Stamboul Train*)、《权力与荣耀》(*The Power and the Glory*)、《第三人》(*The Third Man*)等。

6. 其他小说家

除以上现实主义小说家之外，20世纪英国的现实主义小说家还包括威廉·萨默塞特·毛姆（William Somerset Maugham）、朗诺德·弗朋克（Ronald Firbank）、萨基（Saki）、乔治·摩尔（George Moore）等。毛姆于20世纪创作的长篇小说《人生的枷锁》(*Of Human Bondage*)、《月亮与六便士》(*The Moon and Sixpence*)、《寻欢作乐》(*Cakes and Ale*)、《刀锋》(*The Razor's Edge*)，以及大量短篇小说均以现代资本主义社会为背景，具有极强的现实主义特色。

（二）英国自然主义小说

自然主义与现实主义之间存在密切关联，二者在创作方法上都以写实为主。自然主义对浪漫主义的夸张、想象、抒情等主观主义因素进行排斥，同时轻视现实主义对生活现实的典型概括。自然主义与现实主义相比，更加强调细节描写的客观性和真实性，但自然主义有意淡化故事情节，不去深刻探寻事物的本质，只着力于对生活的还原记录，导致作品思想内涵一定程度的削弱。尽管如此，自然主义小说仍然对20世纪的英国小说界产生了一定的影响。之后，随着20世纪社会与科学的发展，自然主义的根基逐渐动摇，其影响逐渐消失。

（三）英国现代主义小说

进入20世纪后，随着英国社会经济、文化等方面发生变革，现代主义兴起，并迅速波及英国小说及整个英国文学，打破了现实主义文学一家独大的局面，形成与现实主义相互并存和抗衡的文学潮流。作为对现实主义文学和美学的反拨，现代主义文学具有反传统精神，有着自身独特的审美反映和表现形式。20世纪英国现代主义小说的代表作家包括亨利·詹姆斯（Henry James）、约瑟夫·康拉德（Joseph Conrad）、爱·摩·福斯特（Edward Morgan Forster）、福特·马多克斯·福特（Ford Madox Ford）等。

1. 亨利·詹姆斯

亨利·詹姆斯是英国现实主义小说的代表作家，然而其部分小说，尤其晚期小说中同时表现出较强的现代主义特征。亨利·詹姆斯的现代主义小说创作的显著特点是从外部世界转向精神世界，小说的故事性和情节性逐步淡化，注重对主观情境的再现，所描绘的是一种心理的现实，其作品因此被一些评论家称为心理现实主义。心理现实主义的产生标志着作家的创作从现实主义开始向现代主义过渡，加之他将象征性手法、戏剧化手法、作家隐退等运用于创作，使其小说呈现现代主义特征，由此拉开了英国小说现代主义的序幕。

2. 约瑟夫·康拉德

约瑟夫·康拉德一共创作了13部长篇小说、28篇短篇小说和两篇回忆录，其中比较著名的有长篇小说《"水仙号"上的黑水手》(*The Nigger of the Narcissus*)、《吉姆老爷》(*Lord Jim*)、《诺斯特罗莫》(*Nostromo*)、《间谍》(*The Secret Agent*)、《机缘》(*Chance*)、《胜利》(*Victory*)，中篇小说《黑暗的心》(*Heart of Darkness*)，以及短篇小说《青春》(*Youth*)等。约瑟夫·康拉德擅长写海洋冒险小说，有"海洋小说大师"之称，其作品中存在较强的现代主义特征。

3. 爱·摩·福斯特

爱·摩·福斯特是英国现代主义小说的代表作家，其主要作品包括《天使不敢涉足的地方》（Where Angels Fear To Tread）、《最漫长的旅程》（The Longest Journey）、《看得见风景的房间》（A Room with a View）、《霍华德庄园》（Howards End）、《印度之行》（A Passage to India）、《莫瑞斯》（Maurice）等。福斯特的小说中使用了大量的象征主义，并达到了得心应手、炉火纯青的地步，因此被一些评论家称为象征主义者，毋庸置疑这也成为福斯特小说中现代主义的特色之处。

4. 福特·马多克斯·福特

福特·马多克斯·福特是一位对现代主义产生了深刻影响的作家，与英国现代主义小说的兴起与发展存在极为密切的关联，其代表作品包括《好兵》（The Good Soldier）、《有些不》（Some Do Not）、《不要再行进》（No More Parades）、《男人能挺住》（A Man Could Stand Up）、《最后的哨位》（The Last Post）等。福特在小说写作上进行了大胆的探索，积极试验新的叙述方法，其作品叙事表现出强烈的现代主义特征。

（四）英国意识流小说

意识流小说是以人的内心意识作为小说题材的创作。20世纪伴随着现代心理学和哲学的发展，为意识流小说的兴起和发展奠定了重要基础。英国的意识流小说最早可以追溯至劳伦斯·斯特恩的《特立斯特拉姆·项狄的生平和见解》（The Life and Opinions of Tristram Shandy），这是一部极其富于想象，然而事件却并不多的小说。在这部小说中劳伦斯·斯特恩打破了严格的叙事逻辑限制，然而却并未深入形诸文字之前的意识。

20世纪英国真正的意识流小说始于多萝西·理查逊（Dorothy Miller Richardson），其于1915—1938年创作了十二卷本小说——《人生历程》（Pilgrimage），这部小说没有通常意义上的故事情节，也没有严格的喜剧或悲剧成分，只有主人公日常的经验和感悟，以及其对周围环境与人的种种情绪和感觉反应。

真正将英国意识流小说推向高峰的是詹姆斯·乔伊斯（James Joyce）和弗吉尼亚·伍尔夫（Adeline Virginia Woolf）。詹姆斯·乔伊斯是英国意识流小说的扛鼎人物，同时是后现代文学的奠基者之一，其创作的意识流文学作品对世界文坛影响巨大。乔伊斯的代表作品包括短篇小说集《都柏林人》（Dubliners）、自传体小说《一个青年艺术家的画像》（A Portrait of the Artist as a Young Man）、长篇小说《尤利西斯》（Ulysses）、《芬尼根的守灵夜》（Finnegans Wake）等。弗吉尼亚·伍尔夫发展了一种与乔伊斯作品相似而又不尽相同的意识流技巧。乔伊斯作品着重于对都柏林的下层中产阶级社会进行描绘，而伍尔夫的作品则致力于描摹英国上层中产阶级的精神世界。其代表作品包括《墙上的斑点》（A Haunted House）、《雅各布的房间》（Jacob's Room）、《达洛卫夫人》（Mrs Dalloway）、《到灯塔去》（To the Lighthouse）等。

（五）英国实验主义小说

20世纪60年代前后，英国小说在题材选择和创作手法上均出现了新的探索，从而推动了英国实验主义小说的创作，这一时期英国的实验主义小说家代表主要包括约翰·福尔斯（John Robert Fowles）、安格斯·威尔逊（Angus Wilson）、安东尼·伯吉斯（John Anthony Burgess Wilson）和威廉·戈尔丁（William Golding）等。

1. 约翰·福尔斯

约翰·福尔斯的代表作有《收藏家》（The Collector）、《法国中尉的女人》（The French Lieutenant's Woman）和《魔法师》（The Enchanter）等。其中，《法国中尉的女人》（The French Lieutenant's Woman）是一本具有较强实验性的小说，为作者赢得了许多文学奖项并被改编成同名电影。这部小说生动地描述了一个维多利亚时代的下层女性萨拉，她如何在一个荒诞、丑恶、冷酷的现实世界中，认识自我、寻求自由、挣脱传统束缚的艰辛历程。《法国中尉的女人》在叙事技巧、语言和对话以及主人公形象的塑造等方面均表现出较强的实验性，是20世纪英国实验小说的代表之作。

2. 安格斯·威尔逊

安格斯·威尔逊是20世纪英国实验小说的代表作家，其出版于1961年的小说《动物园里的老人》（*The Old Men at the Zoo*）以动物语言的方式讽喻了当时的社会现实，展示了乌托邦社会的未来图景。

3. 安东尼·伯吉斯

安东尼·伯吉斯是20世纪英国实验小说家的代表之一，其中以其1962年出版的小说《发条橙》（*A Clockwork Orange*）最负盛名，这部小说属于实验小说范畴，是一部对当代世界作梦魇式预见的小说，小说人物形象及其语言、故事情节均具有突出的实验性特点。

4. 威廉·戈尔丁

威廉·戈尔丁趋向于对小说题材和内容的实验与革新，深入揭示人类的本性是其小说创作的一贯主题。在1954年他便出版了长篇小说《蝇王》（*Lord of the Flies*），为其赢得了巨大的声誉。这部小说通常被作为科幻小说，然而作品的写作技法上表现出较强的实验性，该小说打破了传统历险故事的范式，展现了人性的黑暗面，传达出作家对人类社会的深思和忧虑。

（六）英国后现代主义小说

英国后现代主义小说可以说是脱胎于现代主义小说而产生的，二者一脉相承。"现代派小说家的一切创作手法都被后现代派小说家接受、运用，而且有的用得更广、更多、更极致。同时，后现代主义小说又对现代主义小说有所超越。"[1]

"从20世纪70年代开始，英国的科学技术发展迅猛，但对于科技的

---

[1] 胡全生．英美后现代主义小说叙述结构研究[M]．上海：复旦大学出版社，2002：11．

过度推崇造成了对于自然、人性的忽视，社会面临前所未有的危机。人们不得不重新审视现代主义所建立的在思想、形式、规则等各方面的统一性，开始尝试打破固化的常规，试验多元化的发展和变异。此时，英国文坛上，涌现了一大批在创作中求新、求异的小说家。他们并不满足于前人留下的现代主义小说艺术，而是刻意寻求一种能与'后现代'的社会环境和精神状态相适应的艺术品类。"[1]

20世纪英国后现代主义小说的代表包括劳伦斯·达雷尔（Lawrence Durrell）、B. S. 约翰逊（B. S. Johnson）、马丁·艾米斯（Martin Amis）、格雷厄姆·斯威夫特（Graham Swift）、伊恩·麦克尤恩（Lan McEwan）等。

1. 劳伦斯·达雷尔

劳伦斯·达雷尔于20世纪30年代开始创作小说，其所创作的小说《亚历山大四重奏》(The Alexandeia Quartet)——《贾斯汀》(Justine)、《巴萨泽》(Balthazar)、《芒特奥利夫》(Mountolive)、《克丽》(Clea)，表现出较强的后现代主义创作倾向。这四部小说在内容上既相互联系，又彼此矛盾，叙述笔法变化无常，有时甚至混乱不堪，通过不同角度的叙述使读者得以对同一事件从不同视角进行观察和思考，打破了读者对某一事件的固有印象，从而使其小说呈现深刻的内涵。除《亚历山大四重奏》(The Alexandeia Quartet)之外，劳伦斯·达雷尔还创作了更具有后现代主义倾向的《阿维尼翁五重奏》(The Avignon Quintet)。这些作品为英国后现代主义小说的创作产生了极其深远的影响。

2. B. S. 约翰逊

B. S. 约翰逊是20世纪英国后现代主义小说的扛鼎人物之一，其小说代表作包括《旅行的人们》(Traveling People)、《阿尔伯特·安琪罗》(Albert Angelo)等，这些小说的文本组合形式、多重表现手段，以及作

---

[1] 孙建军. 英国后现代主义小说发展述略[J]. 文化创新比较研究, 2017, 1 (4): 110.

者直接介入小说的手法使其小说表现出鲜明的后现代主义倾向，为英国后现代主义小说的发展提供了广阔的空间。

3. 马丁·艾米斯

马丁·艾米斯较著名的小说有《金钱》(Money: Whence It Came, Where It Went)、《伦敦场》(London Fields)、《时间箭》(Time's Arrow: Or the Nature of the Offence)等。其作品中随处可见"颠倒"与"倒置"。他通过"角色倒置"来解构性别身份中的中心和边缘、自我与他者的二元对立关系；又通过"时间倒流"颠覆了现代主义时间观和意义观。

4. 格雷厄姆·斯威夫特

格雷厄姆·斯威夫特的作品呈现零散性的特征。在他的作品中，没有明确的主人公，似乎每个叙述者都是主人公。在叙事主题上，每个作品都有多个主题，且主题之间没有明显界限，杂糅交织，相映成趣。

5. 伊恩·麦克尤恩

伊恩·麦克尤恩的许多作品都充满了后现代新实验小说特征。麦克尤恩擅长在小说中运用时空交错、多重视角、互文性等后现代叙事策略。他在《时间中的孩子》(The Child in Time)这部小说中展现了两个时空交错的情境，将现实与虚幻杂糅在一起，更加细腻地呈现小说人物极为复杂的情感和心理。《黑犬》(Black Dogs)在叙事结构上分为五个层次，分别以不同视角来叙述和展现纷繁复杂的小说情节和人物内心，极大地丰富了小说的文本表现力。

综上所述，20世纪英国小说创作流派纷呈，不同流派均诞生了一批杰出的小说作家和代表作品，小说的主题呈现多样化的特点。

二、20世纪美国小说创作概况

20世纪美国小说根据时间顺序可以划分为20世纪初小说、20世纪20—40年代小说、20世纪五六十年代小说、20世纪70年代后小说（见图1-1）。

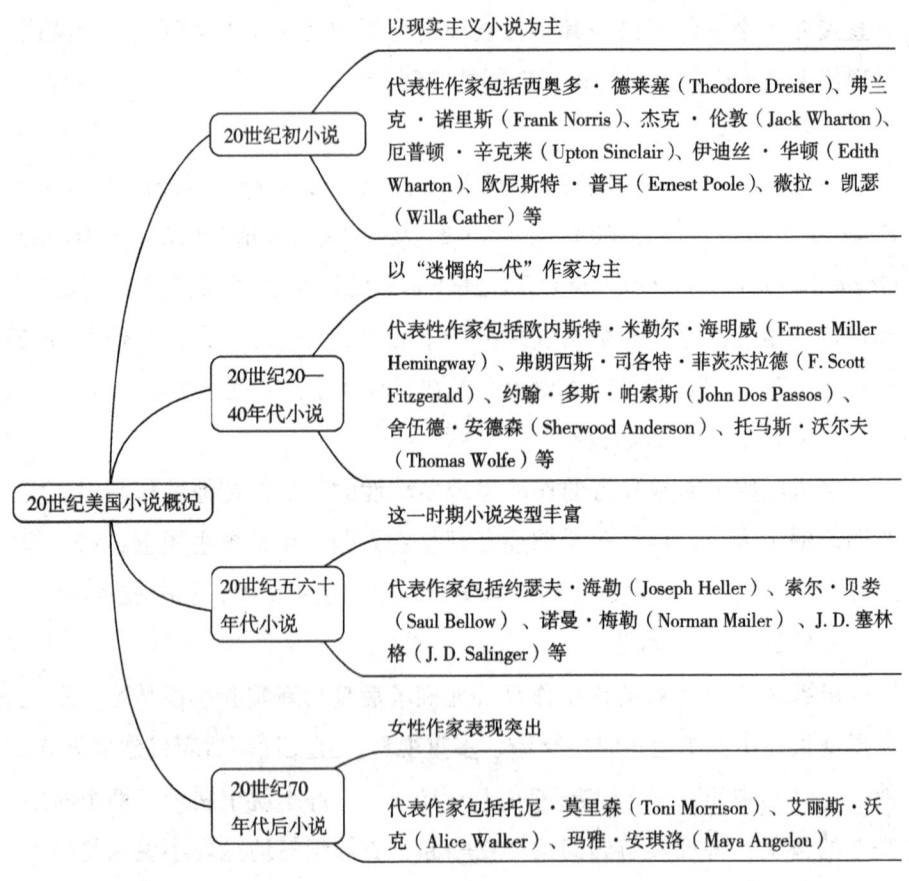

图 1-1 20 世纪美国小说概况

（一）美国 20 世纪初小说

20世纪初期美国社会处于自由资本主义向垄断资本主义过渡的阶段，垄断资本主义形成的商业寡头不仅垄断社会资源，而且控制政府，采用欺骗、售卖等不良手段大肆搜刮民脂民膏。商业寡头们的这一行为引发了社会民众的强烈不满。其中包括一些富有正义感的新闻工作者。这些正义的新闻工作者撰写了大量揭露商业寡头真实面目的新闻，利用全国发行量最大的一批报刊和其他传播手段，通过文章、漫画等形式揭露社会黑暗，掀起了美国历史上著名的"扒粪运动"又称"揭丑运动"。

"揭丑运动"揭示了社会各种丑闻，在此期间，一些作家结合当时美国的社会现实创作了一系列现实主义作品，推动了美国现实主义小说创作的深化。20世纪初期，美国小说的代表性作家包括西奥多·德莱塞（Theodore Dreiser）、杰克·伦敦（Jack London）、厄普顿·辛克莱（Upton Sinclair）、伊迪斯·华顿（Edith Wharton）、欧尼斯特·普耳（Ernest Poole）、薇拉·凯瑟（Willa Cather）等。

西奥多·德莱塞的小说属于自然主义小说，其发表于1900年的长篇小说《嘉莉妹妹》（*Sister Carrie*）是其自然主义小说的代表作品，这部小说以作者姐姐的生活经历为基础，描写了一位纯朴、幼稚、勤劳的农村姑娘到芝加哥谋生的不幸遭遇，深刻揭露了当时社会弱肉强食、适者生存的残酷现实。

杰克·伦敦早年生活坎坷，这些经历为其后来从事小说创作提供了丰富的源泉，其代表作品有《野性的呼唤》（*The Call of the Wild*）、《热爱生命》（*Love of Life*）、《白牙》（*White Fang*）、《海狼》（*The Sea-Wolf*）和《马丁·伊登》（*Martin Eden*）等，他的小说中表现出强烈的自然主义倾向。

无论是西奥多·德莱塞、弗兰克·诺里斯还是杰克·伦敦，其20世纪初的作品均受到社会"揭丑运动"的较大影响。这一时期最具影响力的作品则是由厄普顿·辛克莱创作的。

厄普顿·辛克莱于1906年出版了现实主义小说《屠场》（*The Jungle*），这部小说描写大企业对工人的压榨和芝加哥屠宰场的不卫生情况，引起人们对肉类加工质量的愤怒，推动了食品卫生检查法的制定。《屠场》被称为20世纪初期美国文艺界"揭发黑幕运动"的第一部小说，其发表后，对美国现实主义小说产生了深远的影响，在此之后又出现了大量具有影响力的现实主义小说作品，包括《煤炭大王》（*King Coal*）、《石油》（*Oil*）等。

伊迪丝·华顿于20世纪初以纽约为背景创作了一系列小说，如《欢乐之家》(The House of Mirth)、《纯真年代》(The age of innocence)等，其作品揭示了历史性变革中，纽约上层社会各种人物的扭曲心态和失望情绪。

欧尼斯特·普耳曾帮助厄普顿·辛克莱收集创作《屠场》(The Jungle)的资料，其以纽约市作为其长篇小说的背景，在20世纪初期先后创作的小说，以生动的细节真实地展现了下层人民的思想转变，为青年一代指出了新的生活方向。因此，将伊迪斯·华顿和欧尼斯特·普耳的小说结合起来看，可以透视20世纪初期纽约社会的各阶层生活状态。

（二）美国20世纪20—40年代小说

进入20世纪后，随着第一次世界大战的爆发，美国的经济、社会文化环境发生了巨大变化。20世纪20—40年代随着世界各国文化的交融与碰撞，美国现代文学史上诞生了"迷惘的一代"作家，并兴起了哈莱姆文艺复兴运动等，推动美国文学不断的发展。

1. "迷惘的一代"作家

"迷惘的一代"作家主要包括欧内斯特·米勒尔·海明威（Ernest Miller Hemingway）、弗朗西斯·司各特·菲茨杰拉德（F. Scott Fitzgerald）、约翰·多斯·帕索斯（John Dos Passos）、舍伍德·安德森（Sherwood Anderson）、托马斯·沃尔夫（Thomas Wolfe）等。

欧内斯特·米勒尔·海明威是美国"迷惘的一代"作家的代表和具体化身，其创作的小说《太阳照常升起》(The Sun Also Rises)、《永别了，武器》(A Farewell to Arms)、《丧钟为谁而鸣》(For Whom the Bell Tolls)，作品中对人生、世界、社会都表现出了迷茫和彷徨。海明威一生与战争、暴力和死亡有着不解之缘，这些对他的创作产生了深刻的影响：他经历了两次世界大战，目睹了血腥和暴力，体验了出生入死的滋味，因而战争、暴力和死亡成为其小说的主要意象和基本主题[1]。

---

[1] 孙建军. 英美小说的承袭与超越[M]. 北京：中国书籍出版社，2017：150-151.

弗朗西斯·司各特·菲茨杰拉德是美国最富标志性的作家之一，其代表作品《人间天堂》(*This Side of Paradise*)、《了不起的盖茨比》(*The Great Gatsby*)奠定了其在现代美国文学史上的地位，使其成为20年代"爵士时代"的发言人和"迷惘的一代"的代表作家之一。其小说在艺术创作上灵活运用了象征、嘲讽、反衬等手法，有效地增强了小说的感染力和悲剧色彩。除此之外，其小说还具有较高的社会价值。

约翰·多斯·帕索斯曾参加第一次世界大战，先后在法国战地医疗队和美军医疗队服役，其根据亲身经历创作的《三个士兵》(*Three Soldiers*)《曼哈顿中转站》(*Manhattan Transfer*)等小说集中反映了战后一代的迷惘情绪。

舍伍德·安德森曾应征入伍，其小说以短篇为主，出版了多部短篇小说集，包括《小城畸人》(*Winesburg, Ohio*)、《鸡蛋的胜利》(*The Triumph of the Egg and Other Stories*)、《马与人》(*Horses and Men*)、《林中之死》(*Death in the Woods and Other Stories*)等。舍伍德·安德森出生于一个小镇，经历了美国从农业、手工业时代向工业文明的转折变化，其小说大多以小镇生活为背景，讲述小镇中普通阶层的故事，反映了20世纪初期美国社会迅速转型中，生活在中西部小城镇的小人物们所遭遇的精神与肉体的双重困境。

托马斯·沃尔夫创作于大萧条时期的作品描述了美国文化的变化和多样，其代表作品包括长篇小说《天使，望故乡》(*Look Homeward, Angel*)、《时间与河流》(*Of the Time and the River*)及《网与石》(*The Web and the Rock*)等。其小说作品的整个基调是迷惘与失落的，小说主人公始终处于奔波之中。主人公怀着美好的信念与渴望，不知疲倦地游走于各地，亲眼目睹了美国社会的方方面面，从中寻求一种精神的满足。

2. 哈莱姆文艺复兴运动

20世纪初期，世界各地的移民大量涌入美国，其中包括大量非裔群体。20世纪20年代，一些非裔学者聚集到纽约市哈莱姆区发起了哈莱姆文艺复兴运动。这一时期，非裔美国作家的出版状况也得到了较大改善，越来越多的非裔美国文学通过美国大型出版社出版，他们的作品开始被推广至全美国甚至全世界。因此，许多美国知名的出版社和杂志社等也开始征集和出版非裔美国作家创作的作品，非裔美国文学以及其他非裔美国文艺形式取得了新的发展。自此，美国黑人小说以成熟的姿态出现于美国文坛。

哈莱姆文艺复兴是20世纪美国文学史上的一个重要现象，更是非裔美国文学史上的重要发展阶段，其致力挖掘黑人古老传统、树立民族自尊心，这一文学运动也标志着非裔美国文学的突破性进展[1]。这一时期的非裔小说作家的代表主要为吉恩·图默（Jean Toomer）、理查德·赖特（Richard Wright）等。

吉恩·图默是一位黑白混血的美国作家，对种族身份的困惑和黑人文化的探索是其作品中的一贯主题。《甘蔗》（Cane）被公认为哈莱姆文艺复兴时期的先驱作品，也是其极具创新性的代表作，这部作品把小说、诗歌、和散文融为一体，描述了美国社会中不同的黑人和黑白混血儿形象，但他们都同样遭遇了对自我身份的困惑与矛盾，反映了美国社会严重的种族歧视问题。图默的小说往往将种族歧视与爱情纠葛在一起，让人读后印象深刻。

理查德·赖特从自己的亲身经历出发，对当时的非裔美国青年的遭遇进行了描绘和揭示，其代表作品包括《土生子》（Native Son）、《局外人》（L'Etranger）等。小说《土生子》中成功塑造了黑人比格·托马斯这个仇恨、反抗、暴力的经典"新黑人"形象，以现实主义的手法揭露了美国社会对黑人群体的歧视、排挤和压迫，反映了黑人群体在美国社会中的无助和痛苦，并被迫走向仇恨和暴力的极端。该作品给美国社会

---

[1] 闫小青. 20世纪美国女性文学发展历程透视[M]. 长春：吉林大学出版社，2012：107.

带来了巨大的震荡,引起了对黑人生存生活状况的广泛重视,这种抗议式文学成为美国黑人文学的典范[1]。

(三)美国20世纪五六十年代小说

两次世界大战对现代人的生活和心理产生了极大影响,尤其是第二次世界大战对美国社会生活、人与人之间的关系,以及与此紧密相关的人的内部世界出现了多样化的变化,同时对美国小说创作的体裁和种类产生了较大影响,推动美国小说创作进一步丰富。20世纪五六十年代,美国小说类型极其丰富,包括战争小说、南方小说、非裔小说、讽刺与风俗小说等。

这一时期涌现了一批具有代表性的作家和作品,包括约瑟夫·海勒(Joseph Heller)及其《第二十二条军规》(Catch-22)等;索尔·贝娄(Saul Bellow)及其《晃来晃去的人》(Dangling Man)、《奥吉·马奇历险记》(The Adventures of Augie March)、《只争朝夕》(Seize the Hour)、《雨王汉德森》(Henderson the Rain King)、《赫索格》(Herzog)、《洪堡的礼物》(Humboldt's Gift)等;诺曼·梅勒(Norman Mailer)及其《夜幕下的大军》(The Armies of the Nigh)、《刽子手之歌》(The Executioner's Song)等;J. D.塞林格(J. D. Salinger)及其《麦田的守望者》(The Catcher in the Rye)等;伯纳德·马拉默德(Bernard Malamud)及其《店员》(The Assistant)等;菲力普·罗斯(Philip Roth)及其《放手》(Letting Go)、《再见,哥伦布》(Goodbye, Columbus)等;约翰·厄普代克(John Updike)及其《兔子,快跑》(Rabbit Run)等;乔伊斯·卡罗尔·欧茨(Joyce Carol Oates)及其《人间乐园》(A Garden of Earthly Delights)等;杜鲁门·卡波特(Truman Garcia Capote)及其《冷血》(In Cold Blood)、《蒂凡尼的早餐》(Breakfast at Tiffany's)等。

其中,约瑟夫·海勒是美国黑色幽默派代表作家,曾参加第二世

---

[1] 孙建军.美国黑人小说主题发展概述[J].课程教育研究,2017(6):9.

界大战，于 1961 年出版《第二十二条军规》(*Catch-22*)。之后，还出版了长篇小说《出了毛病》(*Something Happened*)《像戈尔德一样好》(*Good as Gold*)。关于约瑟夫·海勒的小说将在第六章进行详细分析，这里不再赘述。

（四）美国 20 世纪 70 年代后小说

20 世纪 70 年代后，美国后现代小说崛起，杰出的女性作家、少数族裔作家和作品层出不穷。

20 世纪 60 年代，美国民权运动兴起，并迅速蔓延至全美范围，在美国国内掀起了重要影响。民权运动的主要参与者为美国黑人群体，在风云涌的运动中，唤醒了在美国的少数族裔人民对自身权利以及身份的意识，同时，在一定程度上激发了学术界对少数族裔的关注与兴趣。民权革命时期，美国非裔文学借此迅速崛起，并诞生了一批在美国文坛上颇具影响力的美国非裔作家。例如，托尼·莫里森(Toni Morrison)、艾丽斯·沃克(Alice Walker)、玛雅·安琪洛(Maya Angelou)等。这些非裔作家在 20 世纪 70 年代以后仍然是美国文坛上一支不可忽视的力量，创作了大量具有深刻影响力的作品。

托尼·莫里森于 1970 年出版了《最蓝的眼睛》(*The Bluest Eye*)，并从此步入文坛，除此之外，她于 1970 年出版的《格兰奇·科普兰的第三次生命》(*The Third Life of Grange Copeland*)而蜚声美国文坛，此外，她还出版了《秀拉》(*Sula*)、《所罗门之歌》(*Song of Solomon*)、《柏油娃娃》(*Tar Baby*)、《宠儿》(*Beloved*)、《爵士乐》(*Jazz*)、《天堂》(*Paradise*)。

艾丽斯·沃克与托尼·莫里森同为 20 世纪七八十年代非裔美国女性作家中的佼佼者，她还是美国历史上第一位获得诺贝尔文学奖的非裔美国女性作家。艾丽斯·沃克从 20 世纪 70 年代开始出版了《紫色》(*The Color Purple*)、《梅丽迪安》(*Meridian*)成为当代非裔美国女性小说中的经典之作。

玛雅·安琪洛以自传体小说《我知道笼中鸟为何歌唱》(*I Know Why the Caged Bird Sings*)登上文坛,这本自传体小说还于1974年荣获美国国家图书奖提名并于1979年被拍成电视剧,受到社会上众多读者的喜爱。

此外,20世纪70年代以来,美国华裔文学也取得了长足的发展,1976年华裔女性作家汤亭亭出版了《女勇士》(*The Woman Warrior: Memoirs of a Girlhood Among Ghosts*)一书,这部作品在美国华裔文学史上具有重要的里程碑意义。谭恩美于1989年出版了小说《喜福会》(*The Joy Luck Club*);任璧莲分别于1991年、1996年、1999年发表了《典型美国人》(*Typical American*)、《希望之乡的莫娜》(*Mona in the Promised Land*)、《谁是爱尔兰人》(*Who's Irish*)等作品。

除此之外,20世纪70年代以来,美国西部小说、科幻小说等也获得了新的发展,呈现较为强劲的发展势头。

综上所述,20世纪美国小说处于空前繁荣的时代,小说类型极其丰富。从流派上看,与20世纪英国小说流派发展基本一致。然而,由于美国社会的经济、文化等特点,又使20世纪美国小说的发展呈现类型和主题更加多样化的特点。

第二节　20世纪英美小说主题的特点

从上文对20世纪英美小说创作的概况来看,20世纪英美小说创作呈现流派纷呈、主题丰富多样的态势。本节主要对20世纪英美小说主题的特点进行分析。

一、小说主题的概念

"主题"一词属于外来词,源于德语"Theme",原为音乐术语,指乐曲中最具有特征并处于核心地位的那一旋律,即"主旋律"。音乐具有审美意蕴的流动性和不确定性,对音乐"主旋律"的体悟和理解具有个人化和非固定化的特点。后来,"主题"一词被借用到文学艺术创作中。汉语中的"主题"一词,是从日本翻译中借用而来。"主题"进入汉语后,随着我国学者的不断使用、定义,其含义逐渐确定下来。

小说主题是指小说通过故事情节描绘和人物形象塑造所表现的中心思想。小说的主题是小说的灵魂所在,也是小说作者创作小说的主要目的,更是小说的价值意义之所在。因此,本书所指的小说主题是小说话语本身所显示的核心意味。

二、20世纪英美小说主题的多样化特点

多样化是20世纪英美小说极其鲜明和至关重要的特点。

(一) 20世纪英美小说主题的多样化表现

20世纪英美小说主题呈现多样化的特点,这一点可以从英美小说题材的多样化分析表现出来。20世纪英美小说题材极其丰富,包括生态题材、女性题材、战争题材、科幻题材、成长题材、西部题材、南方题材、冒险题材、青年题材、地域题材等。这些丰富的题材为丰富多样化的主题的表达提供了多种媒介。

1. 以战争题材小说为例

20世纪的两次世界大战对主要参战国家产生了不可磨灭的影响,其影响涉及社会经济、文化、思想、生活方式等各个方面,对一代人的思想和人生态度产生了深远影响。身处20世纪的英美小说作家从不同视角对战争进行深入观察和思考,从而创作出了大量战争题材小说,而这些小说中又包含着多样化的主题。具体包括英雄主题、创作记忆主题、成

长主题、战争中人性的讨论主题、悲观和迷惘主题、反战主题、人与土地情感的主题、战后心理主题等。

这些多样化的主题均以战争题材作为主要内容，通过小说情节的叙述，以及小说中人物形象的塑造、人物结局的隐喻、人物语言的引导等揭示小说的多样化主题。

一般而言，战争题材小说的创作者通常曾经参加战争，而且其在战争中的所见所闻对其之后所形成和秉持的人生观、世界观和价值观皆产生了重大影响。战争对于个体的影响千差万别，导致战争题材小说的主题也表现多样化的特点。此处以海明威和毛姆为例。

海明威曾以红十字会救护队司机的身份参加了第一次世界大战，又以北美报业联盟记者的身份投入西班牙内战的战场，接着又穿行于第二次世界大战的枪林弹雨中，还曾到中国报道过抗日战争。其所创作的战争题材小说，较少有宏大叙事，探讨战争正义与否，对人类和世界又有何影响。而是从战争中的小人物出发，关注和描写战争中的普通人，通过普通人在战争中的经历，来反映战争的残酷与无情，同时表达反战的主题。

例如，《永别了，武器》（*A Farewell to Arms*）以美国青年弗雷德里克·亨利在第一次世界大战期间所经历的生活为发展线索一步步地深入主题，通过详细地描述亨利参战、恋爱、逃亡、失去心爱之人，来突出战争的可怕性，正是战争的爆发摧毁了年轻人亨利的美梦与愿望。亨利参战后心里十分不安，并且心中也是十分迷惘，此时从天而降的爱情让他感受到了生活的美好，体会到了爱情的甜蜜，但是最终等待他的却是失去爱人的撕心裂肺的痛苦。

在这部小说中，海明威深刻地向人们揭示了战争对社会和人性所造成的巨大破坏和伤害。他以此号召人们要对战争进行彻底的反思和觉醒，要把反对战争作为一项重大而深远的事业坚持下去，直到有一天，全人类终于可以向武器道一声"永别"。

第一次世界大战期间，毛姆曾赴法国参加战地急救队，不久进入英国情报部门，后又赴日内瓦和俄国。其长篇小说《刀锋》（*The Razor's Edge*）讲述了"一战"期间，小说主人公拉里服役于空军，有一次出任务遭遇空袭，最好的同袍为救他而牺牲，改变了他的人生观。

退伍归来后的拉里，完全变了一个人，不上大学，不结婚，不工作，不愿追求名利和物质生活，不想发财致富，朋友的死让他思考生命的意义，在此期间他变得迷惘，于是，他独自到欧洲游历，后来远赴印度，最终顿悟了生命的真义，获得了内心的平静，找到了通向幸福的道路，为饱受煎熬的读者平复内心的躁动和彷徨，为他们空虚的精神生活和萧条的物质生活及时补充了精神食粮，弥补了精神文化的不足。小说表达了作者提倡人们勇于面对现实，探寻人生真义，实现自我价值的生存主题。

除战争题材小说之外，其他题材小说的主题也呈现多样化的特点。

2. 以南方题材为例

南方题材小说，又称为南方小说，是20世纪美国文学的重要组成部分，通常具有浓郁而鲜明的地域特点。从地域上来看，南方题材小说是指从巴尔的摩到新奥尔良一带，这一地区的作家所创作的以该地区为背景的小说。20世纪南方题材小说作为一个独立题材的作品出现，涌现了一大批杰出的作家和作品。

其中包括福克纳；艾伦·格拉斯哥（Ellen Glasgow）的《弗吉尼亚》（*Virginia Woolf*）、《不毛之地》（*Wasteland*）；罗伯特·潘·沃伦（Robert Penn Warren）的《春寒》（*Blackberry Winter*）；尤多拉·韦尔蒂（Eudora Welty）的《乐天者的女儿》（*The Optimist's Daughter*）；卡森·麦卡勒斯（Carson McCullers）的《婚礼的成员》（*The Member of the Wedding*）、《没有指针的钟》（*Clock Without Hands*）、《金色眼睛的映象》（*Reflections in a Golden Eye*）；杜鲁门·卡波特（Truman Capote）的《别的声音，别的房间》（*Other Voices, Other Rooms*）；威廉·史泰伦（William Styron）

的《在黑暗中躺下》(*Lie Down in Darkness*)；玛丽·弗兰纳里·奥康纳(Mary Flannery O'Connor)的《智慧血》(*Wise Blood*)及《好人难寻》(*A Good Man Is Hard to Find*)；沃克·珀西(Walker Percy)的《看电影的人》(*The Moviegoer*)等小说。这些小说的主题包括女性成长主题、家庭伦理主题、人文关怀主题、人类命运主题等。此处以艾伦·格拉斯哥的《不毛之地》(*Wasteland*)为例。

艾伦·格拉斯哥是美国现实主义文学先驱，她擅长以女性视域展现美国社会的生活风貌。《不毛之地》是一篇关于女性成长主题的小说，描绘了美国工业化背景下的南方偏僻乡村生活图景，塑造了一位聪慧、独立、坚忍、自强的女主人公形象。她不向命运屈服，数十年拼搏不辍，争取人格独立与生命尊严，并最终创造了一段人生奇迹。小说作家通过主人公多琳达的人生故事探寻和解读了女性自我成长的道路。

20世纪英美小说的题材具有丰富性，而每种题材的文学主题均呈现多样化的特征。由此可见，英美小说的主题也具有多样化的特征。

(二) 20世纪英美小说主题的多样化的原因

20世纪英美小说主题的多样化是由多种原因造成的，从总体上看，科技发展和社会变革在其中起着举足轻重的作用。

1. 科技发展推动主题多样化

科技是第一生产力，能够推动社会生产力的发展。而社会生产力的发展不可避免地将带动社会生产关系的变革。随着社会生产关系的变革，人们对世界的认知也会产生相应的变化。由此可见，科技能够刷新人们对世界的认知，为文学创作带来新的审美体验和深远空间；文学也为科技发展提供了瑰丽想象，推动人类在科技时代诗意地栖居。

20世纪是科技大发展时期，数学、自然科学、工程技术领域均取得了重大进展。尤其是自然科学领域的物理学、化学、生物学、医学、地球科学和天文学领域的新进展，更新了人们之前的科学知识，为人们观察和了解世界提供了新的视角。这些均为20世纪英美小说主题的多样化发展奠定了科学基础。

以20世纪生物科技的发展为例。随着生物化学中新陈代谢途径的基本阐明、生物能的探讨和ATP的发现，遗传学的发展，以及分子生物学和细腻生物学的诞生和发展，神经生物学领域的新发现以及天文学大爆炸理论的提出，均为人类了解生命的起源与发展开拓了新视界。科幻小说也应运而生，在20世纪获得了长足的发展。

此外，伴随地球科学领域环境科学的兴起，以及化学领域分析化学的发展、化学反应理论的提出等对20世纪英美生态文学的发展产生了极其重要的影响，促进了生态小说创作的繁荣。

而无论是科幻题材的小说还是生态题材的小说均表现出多样化的特点。以科幻题材小说为例。20世纪英美科幻题材小说均经历了多个发展阶段，不同发展阶段受科学技术的影响以及创作理念的影响，科幻小说的主题呈现多样化的发展，包括关注机器与人的关系、关注人类的命运、关注外星文明的探索、对科技发展本身的反思等。

2. 社会变革推动主题多样化

小说作为一种特殊的文学体裁，是以文字作为媒介表达作者对客观世界的认识。社会变革既是小说创作的前提，也为小说创作提供了基础，还是小说形式和主题发展的主要动力。20世纪是一个大变革时代，随着社会变革，人们的生活也发生了一系列变化，为作家的创作提供了大量素材，如20世纪美国的西进运动（Westward Movement）。

美国的西进运动是一个长期和持续发展的过程，纵观美国西进运动的历史，可以分为农业开发期、工业开发期和高新技术时期。在历史发展的不同阶段，对西部地区的开发产生了巨大影响。这一社会变革为作家提供了观察社会的良好视角，促使西部小说的兴盛。自19世纪末20世纪初，许多西部小说致力将西部正在经历的巨大变化描绘出来，创作了许多杰出的作品。

20世纪美国西部小说的代表作家和作品包括安迪·亚当斯的《一个牛仔的工作日志》(The of a Cowboy)、《牛仔里德·安东尼》(Reed Anthony, Cowman);薇拉·凯瑟的《啊,拓荒者》(O, Pioneers)、《我的安东尼娅》(My Antonia)。

纵观20世纪美国西部小说,呈现流派纷呈,个性鲜明,思想活跃,风格和主题多样的特点。仅从主题上看,包括对东西部文化冲突的揭示与反思、审美时代背景,揭示个人命运与历史时代发展的关系;对生命的礼赞等。

三、20世纪英美小说主题的多元化特色

20世纪英美小说主题的多元化主要表现在同一部小说的主题呈现多元化的特点。小说的主题是小说的灵魂和纲领,贯穿小说的全篇。而小说的主题,尤其是长篇小说的主题往往并非只有一个,而是呈现多元化的特征。小说的多元化主题的呈现通常是由小说作品中的母题组合完成的。

以玛格丽特·德拉布尔的小说为例。玛格丽特·德拉布尔是英国20世纪杰出的女性作家之一,也是一位学者型作家,她的作品不仅具有极强的讽刺意味,又不乏对人类的关怀。

《夏日鸟笼》(A Summer Bird-Cage)是玛格丽特·德拉布尔出版的第一部长篇小说。这部小说讲述了一个刚刚迈出校门的知识女性萨拉·贝内特不得不在自己的职业发展和爱情幸福之间做出抉择的故事。这一作品中蕴含着强烈的作者自传色彩。

从小说主题上来看,《夏日鸟笼》(A Summer Bird-Cage)通过刚毕业的大学生萨拉对周围女性无论是困在"鸟笼"之内还是在"鸟笼"之外的生活的观察,反映出英国当代女性真实的生存困境主题。同时,小说通过展示英国社会中女性生存困境的情形,反映了资本主义工业文明

在发展过程中所导致的严重物化的西方社会，极度缺乏爱的滋生土壤，沦为一个极度异化的世界，表达了异化主题；更值得注意的是，这部小说以大学生萨拉在大学毕业后的成长经历为主，主人公在探索自我身份的旅程中，渴望打破束缚、摆脱困惑，成功地实现了一次次的成长跨越，在男权社会中奋力保持自我人格的独立，并最终找到了属于自己的一片天地，体现了女性精神成长与主体性建构的成长主题。

第二章 20世纪英美女性主题小说研究

第一节　20世纪英美女性主题小说概述

女性主题小说在英美文学史上出现的时间较早，20世纪英美女性主题小说呈现蓬勃发展的态势。本节主要对20世纪英美女性主题小说进行概述。

一、女性主题小说相关概念

女性小说是指从女性角度出发，充分考虑女性的内心思想，理解女性的世界观、人生观、价值观，借助女性细腻的情感，展示女性跌宕起伏的命运，警醒社会中的女性的文学形式。

从不同视角对女性小说的概念做出不同阐释。从表现对象的视角来看，女性小说是指展现女性意识、魅力、特征和心理的文学作品。也就是说，这一视角并不关注作者本身的性别，无论作者是男性还是女性，只要作品的表现对象是展现女性的某种或某些特质，即为女性小说。从传统的视角来看，女性小说应同时具备"由女性作家创作""关注女性体验""为女性而书写"这几大特征。作者注意到，进入20世纪以来，随着社会的发展和女性观念的不断进步，女性参与的领域越来越多，获得了越来越多平等的待遇，对社会的责任感也越发强烈，女性小说也逐步呈现更为广阔的视野，因此，女性小说作品未必只为女性而书写，也未必仅仅讲述女性故事。

本书对女性主题小说范畴界定相对宽泛，主要指由女性作家创作的围绕或关联女性生活、侧重或关照女性体验，传达女性意识主题但同时可传达出其他主题的小说。明确了这一点之后下文即可进行详细论述。

二、20世纪前的英美女性主题小说

英美女性主题小说源远流长，最早可以追溯至17世纪。

（一）20世纪前的英国女性主题小说

像其他国家的女性小说一样，英国女性小说也是在男权话语体系下诞生并缓慢发展的。但不可否认的是，在漫长的发展过程中，女性小说不但已经成为英国文学的重要组成部分，而且具有自己独特的属性[1]。

1.17世纪的英国女性主题小说

早在16、17世纪英国小说就出现了萌芽，17世纪英国出现了第一位依靠写作而谋生的女作家——阿芙拉·贝恩（Aphra Behn），其以剧作家的身份崭露头角，并开启了在小说、诗歌和翻译领域的创作之旅，被文学界定义为"英国历史上第一位女性职业作家"。阿芙拉·贝恩的小说和其他文学作品从女性的角度和感受去表现社会，并为女性争取合理要求和鼓励女性实现愿望而努力奋斗，为后世女性主题的创作奠定了基础。

2.18世纪的英国女性主题小说

进入18世纪后，英国女性作家逐渐增多，按照时间进行划分，18世纪英国女性主题小说可以分成三个时期。18世纪初至18世纪30年代末为第一时期，其特点是作家较少，作品一味模仿法国荒唐传奇，且受复辟时期文风影响，杰出的作家和作品较少。第二时期是18世纪40年代至60年代，特点是受当时的大作家理查逊和菲尔丁影响较大，重视道德教化和艺术技巧。18世纪70年代以后则是第三时期，出现了一批哥特式小说作家，如安·拉德克利夫、范妮·伯尼等。

综观18世纪英国女性主题小说作家的代表包括夏绿蒂·史密斯

---

[1] 孙建军. 英美小说的承袭与超越 [M]. 北京：中国书籍出版社，2017：76.

(Charlotte Smith)、夏绿蒂·靳诺克斯(Charlotte Lennox)等。

夏绿蒂·史密斯夫人的小说《古堡孤女》(*Emmeline, or The Orphan of the Castle*)塑造了一个陷于困境、孤立无援的少女的形象，讲述了少女不畏强暴、追求独立、不息奋斗的精神。

夏绿蒂·靳诺克斯是一位在美国出生的英国女性作家。她创作的代表作品《女吉诃德》(*The Female Quicote*)讲述了一位漂亮、热情、勇敢的姑娘的种种奇怪的经历。这是一部关于女性成长的小说，反映了18世纪女性的生存境遇，从中也可窥见那个时代女性自我意识的初步觉醒。

3. 19世纪的英国女性主题小说

19世纪，随着经济的发展和小说体裁的繁荣，以及女性主义的崛起，英国女性小说迎来了蓬勃发展，女作家异军突起，先后有30多位优秀的女性作家登上英国文坛，创作了一大批优秀的女性主题小说。其中，代表女性作家包括简·奥斯汀(Jane Austen)、勃朗特姐妹(the Bronte Sisters)、乔治·艾略特(George Eliot)、伊丽莎白·盖斯凯尔(Elizabeth Gaskell)等。

简·奥斯汀是19世纪英国女性作家的代表，其所生活的时代正值英国从资本主义前期进入资本主义工业化的过渡时期，简·奥斯汀的小说反映了英国世纪交替时期的社会百态和风俗人情。其代表作品主要有：《理智与情感》(*Sense and Sensibility*)、《傲慢与偏见》(*Pride and Prejudice*)、《曼斯菲尔德庄园》(*Mansfield Park*)、《爱玛》(*Emma*)和《劝导》(*Persuasion*)。

简·奥斯汀的小说普遍具有轻松诙谐的格调，富于喜剧性冲突。由于奥斯汀终其一生都生活在封建势力强大的乡村，加之家境殷实，所以生活圈子很小。这使她的作品往往局限于普通乡绅的女儿恋爱结婚的故事当中，作品主要通过淑女绅士们的社会交际，日常对话反映家庭和社会的道德标准。这使奥斯汀的作品很长一段时间都被认为是通俗读物，因此，其小说被比喻为"两寸象牙雕"。简·奥斯汀的小说堪称以小见大的典范，极其巧妙地展示了人性的复杂，对改变当时小说创作中的庸俗风气起了好的作用，在英国小说的发展史上具有承上启下的意义。其小说以女性为主人公，小说中倡导的理想婚姻除平等、尊重以外，还有自由和理解，她希望以此来帮助人们摆脱传统思想的束缚，从而找到自我、实现自我。

勃朗特姐妹是19世纪英国文学史上的一个奇迹，指夏洛蒂·勃朗特（Charlotte Bronte）、艾米莉·勃朗特（Emily Bronte）和安妮·勃朗特（Anne Bronte），三姐妹分别创作出了《简·爱》（*Jane Eyre*）、《呼啸山庄》（*Wuthering Heights*）、《艾格妮丝·格雷》（*Agnes Grey*）与《怀尔德菲尔府上的房客》（*The Tenant of Wildfell Hall*）等作品，以戏剧性的场景，富有激情的表达以及女性视角的开拓性，引发了英国文学界的强烈轰动。

乔治·艾略特原名玛丽·安·伊万斯（Mary Ann Evans），是19世纪英国杰出的女性代表作家，其一生创作了《亚当·比德》（*Adam Bede*）、《弗洛斯河上的磨坊》（*The Mill on the Floss*）、《织工马南传》（*Silas Marner*）、《罗慕拉》（*Romola*）、《费力克斯·霍尔特》（*Felix Holt, the Radical*）、《米德尔马契》（*Middlemarch*）、《丹尼尔·德龙达》（*Daniel Deronda*）等小说。乔治·艾略特的作品总是述说着女性的生活境遇、婚姻情感和心路历程，如实地反映了维多利亚时代的"妇女问题"。作家除把"妇女问题"归咎于男权社会的压制外，也对女性自身的不足与弱点进行了剖析和反思。

盖斯凯尔，原名伊丽莎白·克莱格亨·斯蒂文森（Elizabeth Claghorn Stevenson），是19世纪英国女性小说家。其代表作品包括《玛丽·巴顿》（*Mary Barton*）、《北方与南方》（*North and South*）、《希尔维亚的情人》（*Sylvia's Lovers*）、《克兰福德》（*Cranford*）和《妻子与女儿》（*Wives and Daughters*）等。盖斯凯尔主张用小说来反映社会现实，揭露社会黑暗，对处境悲惨的下层人民表现出由衷的同情，其小说充满了人道主义精神（见表2-1）。

表2-1　20世纪前英国女性代表作家作品一览表

时间	作家	作品
17世纪	阿芙拉·贝恩（Aphra Behn）	《奥鲁诺克》（Oroonoko） 《一名贵族与他妹妹之间的情书》（Love-Letters between a Nobleman and His Sister）
18世纪	萨拉·菲尔丁（Sarah Fielding）	《大卫·辛普尔寻友历险记》（The Adventures of DavidSimple: Containing an Account of His Travels thro' the Cities of London and Westminster, in the Search of a Real Friend） 《大卫·辛普尔寻友历险记中主要人物信函》（Familiar Letters Between the Principal Characters in David Simple）
18世纪	范妮·伯尼（Fanny Burney）	《伊夫莱娜》（Ezelina） 《塞西莉亚》（Cecilia）（Memoirs of an Heiress） 《卡米拉》（Camilla）《漫游者》（The Wanderer）
18世纪	夏绿蒂·史密斯夫人（Charlotte Smith）	《古堡孤女》（Emmeline, or The Orphan of the Castle）
18世纪	夏绿蒂·靳诺克斯（Charlotte Lennox）	《女吉诃德》（The Female Quicote）
19世纪	简·奥斯汀（Jane Austen）	《理智与情感》（Sense and Sensibility） 《傲慢与偏见》（Pride and Prejudice） 《曼斯菲尔德庄园》（Mansfield Park） 《爱玛》（Emma） 《劝导》（Persuasion）
19世纪	夏洛蒂·勃朗特（Charlotte Bronte）	《简·爱》（Jane Eyre）
19世纪	艾米莉·勃朗特（Emily Bronte）	《呼啸山庄》（Wuthering Heights）
19世纪	安妮·勃朗特（Anne Bronte）	《艾格妮丝·格雷》（Agnes Grey） 《怀尔德菲尔府上的房客》（The Tenant of Wildfell Hall）

续表

时间	作家	作品
19世纪	乔治·艾略特（George Eliot）	《亚当·比德》（Adam Bede） 《弗洛斯河上的磨坊》（The Mill on the Floss） 《织工马南传》（Silas Marner） 《罗慕拉》（Romola） 《费力克斯·霍尔特》（Felix Holt, the Radical） 《米德尔马契》（Middlemarch） 《丹尼尔·德龙达》（Daniel Deronda）
	盖斯凯尔（Elizabeth Cleghorn Gaskell）	《玛丽·巴顿》（Mary Barton） 《北方与南方》（North and South） 《希尔维亚的情人》（Sylvia's Lovers） 《克兰福德》（Cranford） 《妻子与女儿》（Wives and Daughters）

（二）20世纪前的美国女性主题小说

美国女性主题小说始于17世纪，直到19世纪美国女性主题小说才真正在美国文坛形成较大的影响力。

1. 17世纪的美国女性主题小说

17世纪，美国女性主题小说的代表作家和作品主要包括玛丽·罗兰森（Mary Rowlandson）、萨拉·肯布林·奈特（Sarah Kemble Knight）、伊丽莎白·汉森（Elizabeth Hanson）等。

玛丽·罗兰森的代表小说《国家主权和上帝的仁慈，以及上帝承诺之显现：罗兰森的被俘与被释》（The Sovereignty and Goodness of GOD, Together with the Faithfulness of His Promises Displayed; the Narrative of the Captivity and the Restoration of Mrs. Mary Rowlandson）是一部根据其亲身经历而撰写的一部具有自传性质的叙事小说，开创了美国文学的被俘叙事。

萨拉·肯布林·奈特的代表作品《1704年波士顿——纽约旅行之私人日记》（Private Journal of Journey from Boston to New York in the Year 1704），又名《奈特夫人的日记》（The Journal of Madam Knight），属于

私人日记体裁,形象地刻画和记录了一个妇女所经历的艰苦旅程,该小说极大地推动了日记体裁小说在美国的发展,也在一定程度上推动了美国幽默文学的发展。

以伊丽莎白·汉森自身经历撰写的《人类的残忍不敌上帝的仁慈,有例为证:伊丽莎白·汉森的被俘与被释》(*God's Mercy Surmounting Man's Cruelty, Exemplified in the Captivity and Redemption of Elizabeth Hanson*)在当时的社会产生了一定的影响。

2. 18世纪的美国女性主题小说

进入18世纪以后,随着妇女社会地位的提高,以及以妇女为主的出版业新生力量,加之一大批妇女杂志和妇女读者的涌现,美国女性主题小说较之17世纪有了较大发展,题材越来越广泛,内涵越来越丰富。这一时期的代表作家包括阿比盖尔·亚当斯(Abigail Adams)、阿比盖尔·阿布特·贝利(Abigail Abbot Bailey)、朱迪思·萨贞特·默里(Judith Sargent Murray)、菲丽丝·惠特利(Phillis Wheatley)、汉娜·亚当斯(Hannah Adams)、汉娜·弗斯特(Hanah Foster)、玛丽·沃斯通克拉夫特(Mary Wollstonecraft)、莎拉·温特沃思·莫顿(Sarah Wentworth Morton)、苏珊娜·哈斯韦尔·罗森(Susanna Haswell Rowson)等。

其中,苏珊娜·哈斯韦尔·罗森(Susanna Haswell Rowson)一生创作了《维多利亚》(*Victoria*)、《一次去帕纳塞斯山的旅行》(*A Trip to Parnassus*)、《夏洛特,一个真实的故事》(*Charlotte, a Tale of Truth*)、《夏洛特·坦普尔》(*Charlotte Temple*)、《人类心灵的考验》(*Trials of the Human Heart*)、《露西·坦普尔》(*Lucy Temple*)等作品,这些作品中塑造了性格鲜明的女性形象,其中一部分对理想母亲的形象进行了探究。

3. 19世纪的美国女性主题小说

与19世纪英国女性主题小说的繁盛相同,19世纪美国文坛上也涌现出了一大批享有盛名的女性作家,其中的杰出代表包括凯瑟琳·塞奇威克（Catharine Sedgwick）、玛丽亚·麦金托什（Maria McIntosh）、E. D. E. N. 索思沃思（E. D. E. N. Southworth）、玛丽亚·卡明斯（Maria Cummins）等。

凯瑟琳·塞奇威克的代表作品包括《新英格兰故事》(A New England Tale)、《雷德伍德》(Redvood)、《霍普·莱斯利》(Hope Leslie)、《克拉伦斯》(Clarence)、《林伍德一家》(The Limwoods)、《家》(Home)、《穷富人和富穷人》(The Poor Rich Man and the Rich Poor Man)、《宽以待人》(Live and Let Live)、《结婚还是单身》(Married or Single)等。这些小说均有着鲜明的人物形象、复杂的故事情节和清晰的历史感，反映和再现了美国自17世纪至19世纪中叶的家族生活状态和历史变迁，在一定程度上丰富和补充了国家宏大叙事的疏漏，为女性主题小说的繁盛做出了一定贡献。

玛丽亚·麦金托什的代表作品包括《女人，神秘莫测》(Woman, an Enigma)、《两种生活》(Two Lives)、《魅力和反魅力》(Charms and Counter-Charms)、《高傲和谦卑》(The Lofty and the Lowly)、《羞怯的人》(Violet)、《两幅图画》(Two Pictures)。

E. D. E. N. 索思沃思的代表作品包括《报应》(Retribution)、《被遗弃的女儿》(The Discarded Daughter)、《克利夫顿的诅咒》(The Curse of Clifton)、《岳母》(The Mother-in-Law)等，这些小说中塑造了丰富多彩的女性形象。

玛丽亚·卡明斯的代表作品包括《灯夫》(The Lamplighter)、《梅布尔·沃恩》(Mabel Vaughan)、《惑之心》(Haunted Hearts)、《埃尔富赖迪斯》(El Fureidis)等（见表2-2）。

表2-2 20世纪前美国女性主题小说代表作家及作品一览表

时间	代表作家	代表作品
17世纪	玛丽·罗兰森（Mary Rowlandson）	《国家主权和上帝的仁慈，以及上帝承诺之显现：罗兰森的被俘与被释》(The Sovereignty and Goodness of GOD, Together with the Faithfulness of His Promises Displayed;the Narrative of the Captivity and the Restoration of Mrs. Mary Rowlandson)
	萨拉·肯布林·奈特（Sarah Kemble Knight）	《1704年波士顿——纽约旅行之私人日记》(Private Journal of Journey from Boston to New York in the Year 1704)又名《奈特夫人的日记》(The Journal of Madam Knight)
	伊丽莎白·汉森（Elizabeth Hanson）	《人类的残忍不敌上帝的仁慈，有例为证：伊丽莎白·汉森的被俘与被释》(God's Mercy Surmounting Man's Cruelty, Exemplified in the Captivity and Redemption of Elizabeth Hanson)
18世纪	阿比盖尔·亚当斯（Abigail Adams）	《亚当斯夫人书简》(Mrs. Adams' Book)
	阿比盖尔·阿布特·贝利（Abigail Abbot Bailey、）	《阿比盖尔·贝利夫人自传》(Memoirs of Mrs. Abigail Bailey, Who Had Been the Wife of Major Asa Bailey, Formerly ofLandaf, (N.H)–Wrtten by Herself)
	朱迪思·萨贞特·默里（Judith Sargent Murray）	在《关于性别平等》(On the Equality of the Sexes)、《关于孩子的家庭教育》(On the Domestic Education of Children)
	汉娜·弗斯特（Hanah Foster）	《卖弄风情的女人》(The Coquette)，又名《伊莱扎·沃顿的一生》(The History of Eliza Wharton) 《寄宿学校》(The Boarding School)，又名《一名女教师对学生的训话》(Lessons of a Preceptress to Her Pupils)

续表

时间	代表作家	代表作品
18世纪	玛丽·沃斯通克拉夫特（Mary Wollstonecraft）	《女儿教育论》(Thoughts on the Education of Daughters: With Reflections on Female Conduct, in the More Imporlant Duties of Life) 《来自真实生活的原创故事》(Original Stories from Real Life: With Conversations Calculated to Regulate the Affections and Form the Mind to Truth and Goodness)
	苏珊娜·哈斯韦尔·罗森（Susanna Haswell Rowson）	《维多利亚》(Victoria) 《一次去帕纳塞斯山的旅行》(A Trip to Parnassus) 《夏洛特，一个真实的故事》(Charlotte, a Tale of Truth) 《人类心灵的考验》(Trials of the Human Heart)
19世纪	凯瑟琳·塞奇威克（Catharine Sedgwick）	《新英格兰故事》(A new England Tale) 《雷德伍德》(Redwood) 《霍普.莱斯利》(Hope Leslie) 《克拉伦斯》(Clarence) 《林伍德一家》(The Limvoods) 《家》(Home) 《穷富人和富穷人》(The Poor Rich Man and the Rich Poor Man) 《宽以待人》(Live and Let Live) 《结婚还是单身？》(Married or Single?)
	玛丽亚·麦金托什（Maria McIntosh）	《女人，神秘莫测》(Woman, an Enigma) 《两种生活》(Two Lives) 《魅力和反魅力》(Charms and Counter-Charms) 《高傲和谦卑》(The Lofty and the Lowly) 《羞怯的人》(Violet) 《两幅图画》(Two Pictures)

续表

时间	代表作家	代表作品
19世纪	E. D. E. N. 索思沃思 (E. D. E. N. Southworth)	《报应》(Retribution) 《被遗弃的女儿》(The Discarded Daughter) 《克利夫顿的诅咒》(The Curse of Clifton) 《岳母》(The Mother-in-Law)
	玛丽亚·卡明斯 (Maria Cummins)	《灯夫》(The Lamplighter) 《梅布尔·沃恩》(Mabel Vaughan) 《惑之心》(Haunted Hearts) 《埃尔富赖迪斯》(El Fureidis)

三、20世纪英国女性主题小说的发展与创新

20世纪的英国女性主题小说所处的经济、科技、政治、时代等背景发生了较大变化，极大地推动了英国女性主题小说的发展。

(一) 20世纪英国女性主题小说发展的背景

1. 20世纪英国女性小主题说发展的经济背景

20世纪英国作为西方强国和"世界工厂"的地位遭到了其他欧美国家的挑战。早在19世纪末期，随着美国工业的崛起，美国工业产值迅速超越英国，成为世界上的经济强国。20世纪初期，德国经济迅速发展，并超过了英国。英国作为欧美"世界工厂"的地位逐渐衰落，然而尽管经济产值被世界上其他国家所超越，但是英国每年在海外的投资仍然高达40亿英镑，并在当时世界投资总额中占有绝对优势。进入20世纪后，英国受欧美经济危机的影响，贸易出口大幅下降。

1914年第一次世界大战爆发，英国皇室海军以及商业战舰在战争中受到重创，不仅流失了大量的黄金储备，其世界经济地位也从世界上最大的债权国成为债务国，而且直接影响了英国战后的贸易量。除此之外，英国在世界上的霸权地位也逐渐被美国所取代，世界国际金融中心也逐

步从英国伦敦转移至美国纽约。英国国内贫富分化越发严重，工人阶级的贫困处境在一定程度上加深了国内矛盾。工人的罢工行为，则在一定程度上加深了英国国内经济危机。

20世纪30年代，英国在突如其来的世界经济危机的打击下，国力再次削弱。尽管如此，由于英国历史上的海外掠夺和财富积累，使英国总体经济实力仍然十分可观。

1939年，第二次世界大战爆发，使英国经济再次遭遇了严重打击。第二次世界大战后，英国经济陷入一蹶不振和每况愈下的境地。尤其是20世纪60年代，随着法国、日本经济的崛起，其国际地位也相对下降。英国从20世纪前的超级霸主，沦落为"冷战"时期的次要国家。第二次世界大战后，英国经济在凯恩斯主义经济政策的支持下也曾出现过短暂的复苏，然而这一经济政策的弊端在20世纪70年代暴露出来，使英国经济再次陷入难以自拔的困境。为了恢复经济，1979年撒切尔夫人上台执政后，对英国的经济结构进行调查，并推行务实的经济改革政策，使英国经济的下滑趋势得以缓解。

之后的英国首相基本坚持了撒切尔夫人的经济改革策略，20世纪90年代，英国经济的增长率基本上超过了当时的德国和法国，在欧洲重新跃居第一位。

由此可见，20世纪英国经济整体上处于下滑趋势，而且处于在动荡中发展的状态。在这一时期，英国经济的发展状况成为英国女性小说发展的重要背景。

2. 20世纪英国女性主题小说发展的科技背景

20世纪人类社会迎来了第三次科技革命，而科技的发展与变化对人类社会的发展和人类思想的变化起着巨大的推动作用。众所周知，英国科技曾一度在历史上的居于领先地位。

18世纪末期，蒸汽机的发明和使用，引发了世界第一次科技革命。英国作为蒸汽革命的受益者，推动英国迅速进入资本主义社会，到18世纪中叶成为世界上最大的资本主义殖民国家，国外市场迅速扩大。

19世纪70年代，随着第二次科技革命的发展，人类开启了第二次工业革命时代，即电气化时代。这一时期，英国的国力得到巩固。前两次科技革命不仅极大地推动了英国经济的发展，同时推动了英国文学的发展。例如，18世纪英国诗人布莱克、19世纪英国诗人华兹华斯、济慈以及丁尼生等诗人，以及艾略特、狄更斯、哈代等小说家的作品中随处可见对工业的革命的描写。

科学技术的发展带动的一系列发明，对人们的生活和思维习惯产生了极其重要的影响。例如，第二次科技革命时期，汽车、飞机、电话、电报等的发展极大地改良了人的生活和思维习惯。尤其是爱因斯坦相对论的提出，极大地开阔了人们的视野，让人们对宇宙、物质、时间和空间产生了新的认识；而生理学以及心理学的发展则开启了人的意识和行为的大门，在人类的发展中起着十分重要的作用。除此之外，人类学的研究则为人类重新认识种族、民族以及认知自身行动奠定了基础。

20世纪四五十年代第三次科技革命兴起，这是人类文明史上继蒸汽技术革命和电力技术革命之后科技领域里的又一次重大飞跃。第三次科技革命以原子能、电子计算机、空间技术和生物工程的发明和应用为主要标志，涉及信息技术、新能源技术、新材料技术、生物技术、空间技术和海洋技术等诸多领域的一场信息控制技术革命。

随着第三次科技革命的深入和发展，在催生了诸多新兴产业的加速和丰富了社会分工的同时，也深刻地影响了人类的生活方式和思维方式，使众多女性得以走出家庭，参加到劳动大军中去，获得了与男性一样的诸多权利，可以从事以往只有男性可以从事的事业，并取得了独立的经济地位。这为推动世界范围内女性主义的发展，促进女性小说的新发展奠定了基础。

3. 20世纪英国女性主题小说发展的政治背景

20世纪人类经历了两次世界大战，这两次世界大战均对人们的思想产生了极大的影响。

第一次世界大战结束后,人们开始对理性、宗教以及传统道德观的依赖产生动摇,这一时期,尼采、柏格森以及弗洛伊德等人的哲学思想几乎主宰了英国现代主义文学思潮。而第一次世界大战后接踵而来的经济危机则进一步加深了社会矛盾以及对资本主义物质文明产生的怀疑。

第二次世界大战无论在物质上还是在心灵上都是对人类社会的一场浩劫。这次战争中战死的人数远远超过以往所有战争中阵亡人数的总和。而数不胜数的惨绝人寰的战争场面让人们深刻地认识到战争的恐怖性,促使人们不得不思考人性的本质。

20世纪两次世界大战均给英国的经济造成了重创。英国经济实力下降,英国的政治地位也随着经济实力的下降而不复从前。曾经一度辉煌的英国帝国梦想和民族自尊心遭受了严重打击,而这一点也对英国文学作家,尤其是英国女性小说作家的创作产生了极其重要的影响。

4. 20世纪英国女性主题小说发展的时代价值观背景

20世纪受社会政治、经济以及科技的影响,英国人的时代价值观发生了极其重要的变化。第二次世界大战树立了集体主义、平等主义和社会福利的价值观,并宣扬了保障人民权益的思想,成为20世纪英国的主流价值观。

20世纪50年代,在第三次科技革命的影响下,现代传媒开始发展起来,并迅速渗入社会生活的方方面面,受此影响,英国的文学作品朝着大众化消费品的趋势发展。

20世纪60年代,英国经济衰退引发了社会震荡,进而动摇了价值观念,引发了社会信仰危机。并逐渐改变了社会成见,妇女的地位以及整个社会对妇女的看法进行了较大改变。

20世纪60年代中期,随着大众文化的繁荣,西方女性运动再度兴起,新一代女性主义者开始由注重变革法律转变为变革人的思想,并赋予了现代社会男女平等的观念以新的含义，即由政治和经济上的平等，扩展到人的价值观念、道德观念和家庭观念上的平等❶。

新女性主义思想和新女性主义运动相结合，在一定程度上推动社会朝着有利于改变妇女地位和命运的方向发展，并在此基础上推动了英国社会文明的进步与发展。

这一时期，英国女性主题小说的创作进入了一个新的发展时期，这期间，女性作家与之前相比数量更多，成果更加丰富，从而更加凸显现代女性的文学特质。

（二）20世纪英国女性主题小说的发展

纵观20世纪英国女性主题小说的发展，可以划分为以下三个阶段。

1. 20世纪初期英国女性主题小说的发展

20世纪初期，英国女性主义文学经历了19世纪的繁荣发展期之后，又出现了新的特点，即许多女性主义文学作品常与政治和教育主题联系在一起，表达了女性明确的政治诉求和教育诉求。

这一时期英国女性作家的代表人物包括伊丽莎白·罗宾斯（Elizabeth Robbins）、茜茜莉·汉弥尔顿（Cicely Hamilton）等，她们均为当时"妇女社会和政治联盟"的成员，并于1908年共同创建了"女作家权力联合会"。

妇女民间组织的成立则为众多社会女性，尤其是女性作家讨论有关女性与父权制社会的关系、自由、平等以及权力等与妇女切身利益相关的问题提供了基础。

这一时期的女性文学作品中罗宾斯发表于1907年的作品《为妇女投票》（Votes for Women），汉弥尔顿发表于1909年的作品《选举是如何赢来的》（How the Vote was Won）等集中揭露了被剥夺了选举权的妇女在社会上所受到的歧视，并对传统的性爱和母性概念进行了重新诠释，

---

❶ 郭竞. 颠覆与超越20世纪英国女性文学研究[M]. 西安：世界图书出版公司，2017：3.

成功塑造了社会上新性的形象。从罗宾斯和汉弥尔顿的作品中可以看出，这一时期，女性文学创作主要集中在争取女性在政治、经济和社会地位上与男性的平等，并对女性在生活中和所遭遇的性暴力和性政治的不平等现象进行了大胆揭露。

20世纪初期，英国女性教育兴起，一批文明、独立、有知识的新女性逐步成长，以此为主题的小说出现并于20世纪20年代达到鼎盛。伊莲娜·亚当斯（Ellinor Adams）于1900年出版了小说《女孩们中的女王》（A Queen among Girls），安吉拉·布拉泽（Angela Brazil）于1906年出版了小说《菲力帕的宝藏》（Phillipa's Fortune）。这类作品往往以女性校园生活和受教育的经历为背景，描写女孩子们在青春期的成长，以及她们对旧观念、旧习俗的不满和抗争，传达了女性应该获得自由平等，应当接受学校教育，应当具有独立思想等理念。

2. 20世纪20年代至70年代英国女性主题小说的发展

20世纪中期，英国历史上诞生了一批极具影响力的作家，其中的代表作家包括弗吉尼亚·伍尔夫（Adeline Virginia Woolf）、多萝西·理查森（Dorothy Richardson）、凯瑟琳·曼斯菲尔德（Katherine Mansfield）、温尼弗莱德·霍尔特比（Winifred Holtby）、达夫妮·杜·莫里叶（Daphne Du Maurier）、伊丽莎白·鲍恩（Elizabeth Bowen）、罗斯·麦考莱（Rose Macaulay）、多丽丝·莱辛（Doris Lessing）、费·韦尔登（Fay Weldon）、玛格丽特·德拉布尔（Margaret Drabble）等。

这一时期，英国女性小说的创作主题主要为女性经验和人格独立。其中，弗吉尼亚·伍尔夫于1928年发表的作品《一间自己的屋子》（A Room of One's Own）从妇女写作的困境、走出男权传统的藩篱及追求两性和谐与互补三个方面探讨了女性尤其是女性作家的独立需要具备的条件，以"一间属于自己的屋子，年1500英镑的收入"体现出作家独立自强的女性意识，同时揭示了女性长期所受到的不公正的待遇，极力倡导女性经验和人格独立。

凯瑟琳·曼斯菲尔德从女性独特的敏锐和意识体验出发，深刻而细腻地描绘了西方世界在菲勒斯中心主义对女性命运的影响，并对菲勒斯中心主义下女性所受到的社会不平等意识进行了批判。

多丽丝·莱辛是20世纪英国女性小说作家中的代表，其于2007年荣获诺贝尔文学奖，足可见其作品的影响力。莱辛的作品中塑造了一系列意志坚定，自立自强的时代新女性形象，并对女性在工作、家庭、政治以及性等旋涡中挣扎的状态进行了细腻的描绘，由于其极力倡导女性主义，莱辛还与伍尔夫一起被尊为英国女权的偶像人物，二人被并称为"双星"。

3. 20世纪八九十年代英国女性主题小说的发展

20世纪八九十年代，英国女性小说受一种超越两性对立且多族群化的崭新的女性主义文化所影响，逐渐朝着二元对立和多族群化的方向发展。

这一时期英国女性作家的代表有安吉拉·卡特（Angela Carter）等。安吉拉·卡特是20世纪80年代的佼佼者。

在卡特的作品中对女性的生存状况、两性关系中的大男子主义、性别差异的心理与生理等问题进行了深入探讨，并且极为大胆地对性爱进行了描写。

卡特于1984年发表作品《马戏团之夜》（Nights at the Circus），这部长篇小说是其最为杰出的作品之一。小说讲述了马戏团的女演员菲弗尔斯和报社记者瓦尔瑟从伦敦、彼得堡到西伯利亚一路上发生的故事。小说的女主人公菲弗尔斯长着一对翅膀，敢于向父权社会提出挑战，在男性面前展现了自身强大的力量，是作者塑造的新女性形象，小说表达了作者追求男女平权关系的女性主义思想。

20世纪90年代，在全球化、后殖民的背景下，长期由白人文学主导和统领的英国文坛上出现了一系列亚裔、非裔和拉丁美洲裔等英籍女性小说家的作品，这些少数族裔女性主义作家既反对性别歧视，又抨击种族主义,为这一时期的英国女性主题小说的创作带来了外部的新气息。

例如,作为牙买加裔的英国籍女作家安德里娅·利维(Andrea Levy),她擅长用诙谐、犀利的语言,以边缘的声音冲击主流话语,通过作品反映种族矛盾和性别问题,其在20世纪90年代创作了《屋里灯火通明》(*Every Light in the House Burnin'*)、《从未远离》(*Never Far from Nowhere*)和《柠檬果》(*Fruit of the Lemon*)。

从整体上看,20世纪末期,英国女性主题小说作品的发展呈现阶段性纵深发展,从追求女性的社会政治权利,朝着追求女性精神自由与人格独立的本质层面发展,并对两性关系的对立和统一进行了相关探索(见表2-3)。

表2-3　20世纪英国女性代表作家及作品一览表

阶段	代表作家	代表作品
20世纪初期	伊丽莎白·罗宾斯(Elizabeth Robbins)	《为妇女投票》(*Votes for Women*)
	茜茜莉·汉弥尔顿(Cicely Hamilton)	《选举是如何赢来的》(*How the Vote was Won*)
	伊莲娜·亚当斯(Ellinor Adams)	《女孩们中的女王》(*A Queen among Girls*)
	安吉拉·布拉泽(Angela Brazil)	《菲力帕的宝藏》(*Phillipa's Fortune*)

续表

阶段	代表作家	代表作品
20世纪20—70年代	弗吉尼亚·伍尔夫（Adeline Virginia Woolf）	《一间自己的屋子》(*A Room of one's Own*) 《达洛维夫人》(*Mrs. Dalloway*) 《到灯塔去》(*To the Lighthouse*)
	多萝西·理查森（Dorothy Richardson）	《朝圣之旅》(*Pointed Roofs*)
	凯瑟琳·曼斯菲尔德（Katherine Mansfield）	《在德国膳宿里》(*In a German Pension*) 《花园派对：和其他故事》(*The Garden Party: and Other Stories*)
	温尼弗莱德·霍尔特比（Winifred Holtby）	《南里丁》(*South Riding*) 《荣誉房产》(*Honourable Estate*) 《对待青春》(*Treatment of Youth*)
	达夫妮·杜·莫里叶（Daphne Du Maurier）	《蝴蝶梦》(*Rebecca*)
	伊丽莎白·鲍恩（Elizabeth Bowen）	《心之死》(*The Death of the Heart*) 《巴黎之屋》(*The House in Paris*) 《炎炎日正午》(*The Heat of the Day*) 《小女孩》(*The Little Girls*)
	罗斯·麦考莱（Rose Macaulay）	《世界我的旷野》(*The World My Wildness*)
	多丽丝·莱辛（Doris Lessing）	《野草在歌唱》(*The Grass is Singing*) 《金色笔记》(*The Golden Notebook*)
	费·韦尔登（Fay Weldon）	《坏女人》(*Wicked Women*)
	玛格丽特·德拉布尔（Margaret Drabble）	《夏日鸟笼》(*A Summer Bird-Cage*)

续表

阶段	代表作家	代表作品
20世纪八九十年代	安吉拉·卡特（Angela Carter）	《马戏团之夜》(Nights at the Circus)
	安德里娅·利维（Andrea Levy）	《屋里灯火通明》(Every Light in the House Burnin') 《从未远离》(Never Far from Nowhere) 《柠檬果》(Fruit of the Lemon)

（三）20世纪英国女性主题小说创作的创新之处

20世纪英国女性主题小说较之20世纪前的英国女性主题小说表现出较强的创新意识，主要表现在以下几个方面。

1. 英国女性主题小说创作手法的变革

20世纪前英国女性小说创作大多遵循传统的现实主义手法，进入20世纪后，英国女性小说作家通过打破传统现实主义的写作手法表现出对男性文学创作的反抗。这一时期英国著名的女性小说家有多萝茜·理查逊（Dorothy Miller Richardson）、梅·辛克莱尔（May Sinclair）以及丽贝卡·韦斯特（Dame Rebecca West）等。在创作中，女性小说家们大量应用意识流技巧，心理分析法等现代主义小说技巧，使得小说的主题得以或更深刻，或更立体，或更精妙，或更富于创造性的表达。

多萝茜·理查逊是20世纪初期英国最重要的女性小说家之一，多萝茜·理查逊以使用意识流手法创作小说而闻名，在其创作的《人生历程》(One's Life Experience)系列心理小说中，多萝茜·理查逊常常通过意识流手法对女主角的心理活动进行描绘记录作者一生探求自我发现的历程。

多萝茜·理查逊在女性小说方面具有两个创新，一方面多萝茜·理查逊首次将女性生活的细节，即烦琐的家务苦工、朋友、闲话和衣服等这类被传统文学视为"边角料"的无关痛痒，不能登大雅之堂的内容作为小说的主要描写对象。这在一定程度上，体现出多萝茜·理查逊对女性普通生活的关注；另一方面，多萝茜·理查逊在创作中摒弃了传统现实主义小说中的情节结构，她在自己的小说中建构了一条流动的时间史，充满了多处高潮与关键，却没有任何明确的开头、中间和结尾。

多萝茜·理查逊的小说创作是一种偏散文化的创作，主人公的思维和记忆飘浮在空中并依赖于感官的运动。这种写作手法在当时的英国文坛极具创新性，被英国著名评论家、女权主义者梅·辛克莱称为"意识流"，意识流小说由此而来。

继多萝茜·理查逊之后，弗吉尼亚·伍尔夫成功地将女性意识流创作与女权主义小说结合起来，创造了一部又一部经典著作。伍尔夫在理论和实践方面对传统现实主义叙事手法和表现手段都发起了猛烈的挑战。她认为外部世界的现实只是表面的真实，只有人的主观世界才是可靠和永恒的。她推崇文学应深入细致地描绘人类心灵深处的精神世界，并且敏锐地捕捉到意识流对传达人类精神内在的巨大效用。《达洛维夫人》(*Mrs. Dalloway*)和《到灯塔去》(*To the Lighthouse*)都是其意识流小说的经典之作。她在小说中常展现普通女性的一生，通过意识流手法的运用，交织杂糅女性对过去的回忆，内心深处的渴望，以及对未来生活的想象等，这些看似毫无章法可循的文字，却异常真实地展现了女性的生活和女性特有的价值观。

2. 英国女性主题小说中女性新形象的塑造

20世纪初期，随着英国第一次女权运动轰轰烈烈的展开，以及受20世纪第一次世界大战的影响，英国女性主题小说快速发展，主要表现在英国女性小说中女性新形象的塑造方面。这一时期，包括弗吉尼亚·伍尔夫、多萝茜·理查逊，以及丽贝卡·韦斯特等女性小说家在进行小说创作中，均塑造了一系列新的女性形象。

丽贝卡·韦斯特是英国20世纪初期最杰出和最博学的新闻记者，也是一位杰出的女性小说家。丽贝卡·韦斯特1916年出版了第一本小说

《军人还乡》(*The Return of the Soldier*)，这部小说反映了战争年代女性的思想感情，属于战争小说。

之后丽贝卡·韦斯特又相继发表了《法官》(*The Judge*)、《哈丽特·休姆》(*Harriet Hume*)两篇小说。1956年发表的《溢出的泉水》(*The Fountain Overflows*)、1966年发表的《鸟儿坠落》(*The Birds Fall Down*)等小说。在这些小说中，丽贝卡·韦斯特常常着眼于家庭，并塑造了一系列女性形象。

例如，半自传体的小说《溢出的泉水》(*The Fountain Overflows*)，在这部小说中丽贝卡·韦斯特塑造了奥布里太太的形象，她是一位职业钢琴家，结婚后努力学习操持家务，然而因为巨大的压力变得精神紧张，再不复从前的温柔。这部小说中，丽贝卡·韦斯特展现出家庭对女性的压抑与束缚，成功塑造了具有复杂变化性格特点的女性形象。

多萝茜·理查逊的小说虽然具有极强的实验特点，然而她却在小说中塑造了一系列女性新形象。例如，多萝茜·理查逊小说的女性主人公具有聪敏的头脑和极强的推理能力，塑造了女性侦探的新形象。

除此之外，这一时期，英国女性新形象还表现出强烈的女权意识，例如，伍尔夫的小说中从女性视角展现一系列不同年龄段的妇女形象，这些女性有着丰富的情感，敏感的内心，虽游离于主流社会之外，却寻觅、探求实现自我。

四、20世纪美国女性主题小说的发展与创新

20世纪，随着美国女性主义思潮的发展，美国女性主题小说的创作进入繁荣期。

(一) 20世纪美国女性主题小说的发展背景

20世纪，受科学技术进步、两次世界大战、工业革命的推动，美国社会取得飞速发展的同时，对社会的传统价值体系与旧的社会体制提出了严峻的挑战，文化产业革命随之兴起，女性的社会生活和社会地位也

发生了天翻地覆的变化。

对于美国妇女来说，20世纪是一个新时代的开始，早在20世纪初期，美国女性所面临的政治、经济以及社会等环境就出现了一系列新的变化。首先，在政治方面，妇女解放运动迎来了一个新的高潮，1920年美国选举权修正案通过，女性获得了选举权，而且在爱情、婚姻、生育以及教育子女等方面均拥有了自由选择权，女性的社会地位较之以前有了显著性的提高。其次，这一时期，传统的劳动阶层妇女所受到的工会制度以及社会福利的保障越来越完善，中上层女性也开始走出家庭，在各种职业中展现独特的风采。美国的职业女性人数大大上升，这些都给女性的思想和生活带来了极大的改变。最后，在文化方面，这一时期，美国大学教育的普及率越来越高，大众传媒行业日益兴盛，越来越多的女性接受到高等教育。在此基础上，美国女性积极组织起来，学习各种生活技能，积极融入社会，改变自身的生活状况。在这一背景下，美国女性主义思潮迎来了阶段性发展。

1. 第一阶段，20世纪60年代末至20世纪70年代初期的妇女形象批评

妇女形象批评是女性批评家对以往文学作品，尤其是男性文学作品中的社会历史，以及女性形象进行分析和解构，从中发现男性文学作品中长期以来，对女性形象的塑造过于歪曲的事实，以及男性文学中女性形象背后蕴含的性别权利关系。

这一阶段，涌现出一大批具有影响力的女性主义文学批评家，其中以玛丽·艾尔曼（Mary Ellmann）和凯特·米利特（Kate Millett）最为出众。

2. 第二阶段，20世纪70年代中后期的妇女中心批评

20世纪70年代中后期的女性主义文学批评以女性亚文化群批评假设作为前提，这一时期，女性主义文学批评家的关注重点不再是男性大男子作家文学作品中对女性形象的塑造，而是以女性写作为中心，在对男性文学传统写作中贬抑女性形象的做法进行批评的同时，充分挖掘历

史中被埋没的女性作家及其作品，并着力构建适合女性表达的句式。

这一时期，历史上的一大批女性作家及其作品被挖掘出来。例如，凯特·萧邦（Kate Chopin）的《觉醒》（The Awakening）和 C. P. 吉尔曼的（Charlotte Perkins Gilman）《黄色糊壁纸》（The Yellow Wallpaper）等，这些作家以及作品的意义被重新进行评估。而随着越来越多女性作家的重新被发掘，女权主义文学批评的重心转移到对女性小说史的研究。

这一时期的女权主义文学批评家的代表有苏珊·古芭（Susan Gubar）、桑德拉·吉尔伯特（Sandra M. Gilbert）、伊莱恩·肖瓦尔特（Elaine Showalter）等，她们分别创作的《阁楼上的疯女人》（The Madwoman in the Attic）和《她们自己的文学》（Their Own Literature）成为这一时期的女性主义文学批评代表作品。

伊莱恩·肖瓦尔特是美国著名女权主义批评家，她创作了一系列女性小说批评理论。

3. 第三阶段，20 世纪 80 年代至 20 世纪 90 年代末，女性身份批评理论

自 20 世纪 60 年代以来，美国少数族裔女性小说逐渐崛起，其中尤以美国非裔文学的成就最为突出。

随着美国女性小说的崛起，20 世纪 70 年代后期，美国非裔女权主义批评家开始向白人女权主义批评发起挑战，并对白人女性作品中的黑人女性形象和性格发起挑战，进而形成了女性身份批评理论。

女性身份批评理论立足于美国非裔女性所处的特定的文化环境和社会地位，突破了单一从性别角度对女性小说进行研究的局限，而是从种族、社会性别、阶级、文化、政治、经济等多重视角对女性小说进行研究，极大地拓展了非裔女权主义文学批评的内涵。

20 世纪 80 年代以来，随着美国亚裔等其他少数族裔文学逐渐走向繁荣，这些少数族裔女性小说批评也相继诞生，这些少数族裔文学批评理论从各自族裔的视角出发，对女权主义文学理论进行了有力补充。

这一时期女权主义文学理论代表作者和作品包括芭芭拉·史密斯

(Barbara Smith)的《迈向黑人女性主义文学批评》(*Towards a Black Feminist Criticism*)、艾丽斯·沃克(Alice Walker)的《寻找母亲的花园》(*In Search of Our Mother's Garden*)等。

芭芭拉·史密斯被誉为20世纪黑人女权主义的先驱,她在著作《迈向黑人女性主义文学批评》一文中对黑人女权主义文学批评奠定了基础。艾丽斯·沃克作为一名非裔女性代表作家,从非裔女性角度对芭芭拉·史密斯的一些观点进行了批判,并提出了"妇女主义"这一有别于白人女权主义的词汇,将非裔女性小说批评理论推向了新的高峰。

(二)20世纪美国女性主题小说的发展

20世纪美国女性主题小说的发展按照时间顺序,可以划分为多个阶段。

1. 20世纪初期美国女性主题小说的发展

20世纪初,美国文学进入现实主义时期,这一时期,男性作家笔下的女性形象,与女性作家笔下的女性形象产生了极大的差异。男性作家有感于女性在社会中地位的提高,担心女性在家庭和社会中取代男性而获得掌控权。因此,这一时期男性作家一方面赞美和渲染传统女性的美德,另一方面对新女性的形象进行丑化。而女性作家则在文学作品中树立了新时代女性的正面形象,用手中的笔重新书写女性的历史,矫正被男性作家所歪曲的女性形象。例如,20世纪初期女性作家,美国著名的女权主义者艾玛·古德曼(Emma Goldman)便通过文字对这一时期女性所处的社会文化环境进行了深刻揭露。这一时期,美国女性主题小说也取得了丰硕的成果。

进入20世纪30年代后,美国受到大萧条的影响,不同的阶层、不同种族和不同地域的家庭均受到了较大影响,妇女刚刚争取到的就业机会遭到了社会舆论的反对,然而众多私营雇主出于利润的考虑仍然雇用妇女。这一时期,在整个社会普遍的经济危机下,众多男性失业,然而女性却仍然保留了职业,并掌管着家庭。与失业男性的消沉、厌世等悲观情绪不同,妇女在艰苦的处境中成为家庭的灵魂,并承担了更多的责任,在家族生存与发展中起着极为重要的作用。在社会普遍的经济困境下,一个家庭中妇女的精神状态和行动对家庭的生存和谐与否起着至关重要的作用。男性在家庭中的地位由于失业而下降,而女性则由于经济地位的变更而使其家庭地位逐渐上升。在女性经济地位和家庭地位上升的同时,女性的政治地位也逐渐上升。

1935年,在妇女团体联合力量的推动下,美国通过了《社会保障法》,这一法案的提出成为美国福利制度历史上的一个里程碑,在一定程度上缓和了社会矛盾。除此之外,20世纪30年代,以总统罗斯福的夫人埃莉诺·罗斯福为首的精英女性群体,积极推动妇女参政、议政,极大地提升了女性的政治地位。

20世纪初期,美国诞生了一批杰出的女性小说家,其中包括凯特·萧邦(Kate Chopin)、萨拉·奥恩·朱厄特(Sarah Orne Jewett)、夏洛特·珀尔金斯·吉尔曼(Charlotte Perkins Gilman)、玛格丽特·米切尔(Margaret Mitchell)、薇拉·凯瑟(Willa Cather)、埃伦·格拉斯哥(Ellen Glasgow)和伊迪丝·华顿(Edith Wharton)等。

凯特·萧邦,原名凯萨琳·欧福拉赫蒂,1851年出生于密苏里州的圣路易斯市的一个富商家庭,凯特·萧邦从小就受到维多利亚时代严格的礼仪训练和严格的天主教教育。凯特·萧邦幼年时父亲去世,从小由寡妇的母亲、外祖母、曾外祖母抚养长大,在圣路易斯市的圣心学院上学,受到了良好的教育。之后,凯特·萧邦陆续经历了哥哥、妹妹、丈夫、母亲和外祖母去世,她一个人将6个孩子养大,靠着微薄的收入生活,年仅53岁的她因为脑溢血而去世。

凯特·萧邦一生的经历十分坎坷,亲人的陆续离世使凯特·萧邦从小对生命和死亡感触很深。尤其是凯特·萧邦4岁时父亲去世,使原本充满欢乐和温馨的家成为伤心之所。而凯特·萧邦从小跟随母亲、外祖母和曾外祖母生活,感受到女性的力量,培养了凯特·萧邦坚强独立的意识和强烈的责任感。成年后，由于丈夫早逝，凯特·萧邦一人担负起家庭的重担，对女性的生存处境理解得更加深刻。

凯特·萧邦虽然家庭不幸，然而她十分喜欢阅读，并且受外祖母等女性的影响，善于观察生活。凯特·萧邦通过自己的努力逐渐摸索出了自己的创作方式，创作出了《觉醒》(The Awakening)等小说。

《觉醒》描写的是关于女性自我发现、自我实现、追求独立的心路历程以及进行现实探索的泥泞之路。美国女性主义文学批评家伊莱恩·肖瓦尔特称《觉醒》是19世纪末的一部过渡性女性小说。它标志着妇女文学的一个新时代[1]。

夏洛特·帕金斯·吉尔曼是19世纪末20世纪初美国女权运动和女性主义文学的先驱，也是美国女性主义文学的经典著作的书写者。夏洛特·帕金斯·吉尔曼生活的时代正是美国女权主义兴起和逐渐发展的阶段，1892年，夏洛特·帕金斯·吉尔曼发表了小说《黄色糊墙纸》(The Yellow Wallpaper)，这部小说揭露了父权制社会对女性的控制和压迫。

夏洛特·帕金斯·吉尔曼的《她乡》(Herland)出版于1915年，这部小说通过一个由女性建立的整洁规范、平等、美丽的女儿国，表现了对女性力量的认同，并且通过女儿国的人们驱逐试图控制她们的男性科学家表现出强烈的女性独立意识。这部小说因此被评为女性主义文学的先驱作品。

玛格丽特·米切尔是20世纪初期美国历史上一位极为特殊的女性作家，她一生只于1936年发表了一部长篇小说《飘》(Gone with the Wind)，这部小说奠定了玛格丽特·米切尔在文坛上的地位。

《飘》描写了美国南北战争时期，南方种植园主的后裔斯佳丽成长的故事。故事开始时，南方种植园主在各种宴会上狂欢，南北战争开始后，

---

[1] 肖腊梅. 论凯特·肖班作品中的女性主义特色[J]. 西南科技大学学报（哲学社会科学版），2003（4）：6.

南方种植园主们受到极大打击，南方战败后，这些种植园遭到了毁灭性破坏，纷纷破产，与此同时，北方城市迅速发展，无数人涌进城市以求发展。女主人斯佳丽从一个不谙世事的南方种植园主后裔，在南北战争时期以及战后重建时期迅速成长起来，承担起重建家园的责任，树立了南方女性独立自主，自强奋斗，毫不屈服的人物形象。

除以上女性小说家外，萨拉·奥恩·朱厄特，以及薇拉·凯瑟等女性作品中均以家庭和女性作为对象，表现出父权制下男性对女性的压迫，以及女性意识的觉醒。

萨拉·奥恩·朱厄特被誉为19世纪末20世纪初描写新英格兰地方色彩最好的作家。其创作于19世纪末的小说《白苍鹭》(*The White Heron*)、《尖枞树之乡》(*The Country of the Pointed Firs*)等，其20世纪初的作品有《保守党的情人》(*The Tory Lover*)。

朱厄特的多数作品表现出强烈的生态女性主义。生态女性主义始于对自然在人类处于中心地位的认知，自然作为一种永恒的东西，不是被创造的产物，而是独立自主的存在❶。萨拉·奥恩·朱厄特从小生活在新英格兰，她十分擅长观察自然，并且对自然有一种特殊的理解，她用逼真的笔触再现了自然的美丽与生机。萨拉·奥恩·朱厄特笔下塑造的女性形象均与自然之间有着千丝万缕的关系，表现了女性与自然和谐相处，共生共荣的和谐场景。

薇拉·凯瑟，以擅长描绘内布拉斯加大草原上的移民生活而著称，其作品《啊！拓荒者！》(*O, Pioneers!*) 以及《我的安东妮亚》(*My Antonia*)更是久负盛名的展露女性意识的作品，赞美了女性披荆斩棘、积极进取的开拓精神。薇拉·凯瑟甚至指出："每一个国家的历史都是从一个男人或一个女人的心里开始的。"❷而其作品则充分地展现出女性创造

---

❶ 包惠南. 文化语境与语言翻译[M]. 北京：中国对外翻译出版公司, 2001：126.
❷ 杨莉馨, 汪介之. 20世纪欧美文学[M]. 南京：南京师范大学出版社, 2018：119.

历史的意识。

埃伦·格拉斯哥也是这一时期美国的优秀女性作家，其是20世纪初的多产作家，也是美国现实主义女性作家，在她的作品中，描绘了一幅生动的美国长篇历史画卷，其作品《我们如此生活》（*So We Live*）曾荣获普利策奖。

伊迪丝·华顿被誉为美国文学界思考女性问题的先驱、20世纪初女性作家的代表和女性主义的先驱[1]。华顿本人的经历十分曲折，生活中的不幸遭遇使其对于女性问题有着深入的思考和探索。华顿在其所创作的文学中展现了19世纪末20世纪初女性受压抑的生活，并塑造了许多反抗世俗的女性形象，然而在其作品中也充满了女性反抗的迷茫。即便如此，这也并不影响华顿在美国女性小说中的地位。

2. 20世纪四五十年代美国女性主题小说的发展

第二次世界大战期间，由于大量男性参军，社会为女性创造了大量的工作机会，妇女们积极投入工作，并以无与伦比的勇敢与智慧承担了相当一部分战争的支持工作，为战争的胜利做出了突出贡献。例如，战争开始后，女性大量走进电报员、传递员以及电梯操作员等工作岗位，并积极从事行政、通信、护理、司机、无线电联络员以及人事专家或其他技术工作。

在战争的洗礼下，女性在美国社会上的地位与之前相比产生了巨大的转变。女性的就业结构与战争前相比产生了极大变化，开始从传统的食品、纺织、服装行业向飞机制造业、造船业等原来只有男性职业者的岗位转变。从经济地位来看，就业结构的变化导致女性经济结构的变化。尤其是1963年美国《同工同酬法案》颁布后，美国在同工同酬方面取得了巨大突破，女性得以从事许多高薪职业。这些社会变化进一步促进了

---

[1] 魏淼. 历史视角下的英美女性文学作品研究[M]. 北京：北京工业大学出版社，2017：71.

美国女性主题小说创作的繁荣。

20世纪四五十年代，美国涌现一大批杰出的女性作家，其中包括玛丽·弗兰纳里·奥康纳（Mary Flannery O'Connor）和凯瑟琳·安·波特（Katherine Anne Porter）等女性小说家。

玛丽·弗兰纳里·奥康纳（1925—1964年）是美国20世纪四五十年代南方著名女性小说家之一。

玛丽·弗兰纳里·奥康纳出生于美国南部"圣经地带"佐治亚州的一个笃信天主教的家庭，她从小在母亲的农场中度过，十分聪慧，热爱自然。长大后，她的创作中也具有较强的南方地域文化特点。

玛丽·弗兰纳里·奥康纳在佐治亚女子学院上大学时，就开始陆续发表短篇小说。1952年发表第一部长篇小说《智血》（Wise Blood），1955年出版了第一本短篇小说集《好人难寻》（A Good Man Is Hard to Find），1957年写作第二部长篇小说《暴力夺取》（The Violent Bear It Away），1962年再次发表了奥康纳新写序言的《智血》，1965年短篇小说集《上升的一切必将汇合》（Everything That Rises Must Converge）首次发表。玛丽·弗兰纳里·奥康纳自20多岁便身染狼疮恶疾，只能长期困于家中，以书为伍。玛丽·弗兰纳里·奥康纳的创作中饱含强烈的南方的文化色彩和鲜明的南方宗教救赎思想。

3. 20世纪六七十年代美国女性主题小说的发展

20世纪六七十年代，随着女性接受教育程度的提高，女性的工作领域不断扩大，越来越多的女性得以进入高薪工作岗位工作，男女经济收入的差距逐渐缩小。

从20世纪60年代开始，受女权运动浪潮的影响，众多白领女性阶层开始积极追求自身权利和权益。随着女权运动的深入发展，美国白领女性逐渐产生了进入美国政治核心的意识。女性在政党中的人数比例以及发言优势呈现逐渐上升的趋势，在政治选举以及参与立法、开展游说活动并对议员施加压力、利用法律手段维护女性的正当权利、多方面开展关于提升女性社会权益的研究等方面的优势逐渐体现出来。

第二次世界大战后，美国文学的小说领域，少数族裔妇女作家迅速崛起，并成为美国女性小说关注的焦点。其中，黑人女性小说家继续贡献佳作，犹太女小说家也崭露头角，华裔和印第安女性小说家也逐渐开始活跃。

综观这一时期，涌现了蒂莉·奥尔森（Tillie Olsen）、希尔维亚·普拉斯（Sylvia Plath）、乔伊斯·卡罗尔·欧茨（Joyce Carol Oates）、托尼·莫里森（Toni Morrison）、艾丽斯·沃克（Alice Walker）、葆拉·马歇尔（Paule Marshall）等女性作家。

4. 20世纪八九十年代美国女性主题小说的发展

20世纪八九十年代，美国女性小说作家大多仍为20世纪中期出生的一批女性小说作家。这一时期的美国女性小说家包括安妮·泰勒（Anne Tyler）、萨拉·帕瑞特斯基（Sara Paretsky）等人。她们受到20世纪末期新的女性运动的影响，创作出一系列具有鲜明的后现代文学性质或先锋性质、题材多样化、多维视角的作品（见表2-4）。

表2-4　20世纪美国女性主题小说代表作家及作品一览表

序号	作家	作品
1	凯特·萧邦 （Kate Chopin）	《咎》（又译《故障》）（At Fault） 《支流人》（Bayou Folk） 《阿卡迪一夜》（A Night in Arcadie） 《一双丝袜》（A Pair of Silk Stocking） 《觉醒》（The Awakening）
2	萨拉·奥恩·朱厄特 （Sarah Orne Jewet）	《小品和短篇故事集：新老朋友》 （Sketches and Stories-Old Friends and New） 《沼泽岛》（A Marsh Island） 《保守党的情人》（The Tory Lover） 《威廉的婚事》（William's Wedding） 《尖枞树之乡》（The Country of the Pointed Firs）

续表

序号	作家	作品
3	夏洛特·珀尔金斯·吉尔曼 (Charlotte Perkins Gilman)	《移山》(Moving the Mountain) 《她乡》(Herland) 《与她同游我乡》(With Her in Ourland) 《黛安莎的作为》(What Diantha Did) 《黄色糊墙纸》(The Yellow Wallpaper) 《改变》(Making a Change)
4	玛格丽特·米切尔 (Margaret Mitchell)	飘 (Gone with the wind)
5	薇拉·凯瑟 (Willa Cather)	《啊,拓荒者》(O, Pioneers) 《我的安东妮亚》(My Antonia) 《一个迷途的女人》(A Lost Lady) 《教授的房子》(The Professor's House) 《死神来迎接大主教》 (Death Comes for the Archbishop) 《莎菲拉和女奴》(Sapphira and the Slave Girl)
6	埃伦·格拉斯哥 (Ellen Glasgow)	《人民的声音》(The Voice of the People)
7	伊迪丝·华顿 (Edith Wharton)	《坚定的山谷》(The valley of Decision) 《人的血统及其他》(The Descent of Man and Other Stories) 《快乐之家》(The House of Mirth) 《伊坦·弗洛美》(Ethan Frome) 《乡土风俗》(The Custom of the Country) 《纯真年代》(The Age of Innocence) 《搭了架子的哈德逊河》(Hudson River Bracketed) 《回眸一瞥》(A Backward Glance)
8	尤多拉·维尔蒂 (Eudora Welty)	《一个旅行推销员之死》 (Death of a Traveling Salesman) 《强盗新郎》(The Robber Bridegroom) 《德尔塔婚礼》(Delta Wedding) 《失败的战争》(Losing Battles)

第二章　20世纪英美女性主题小说研究

续表

序号	作家	作品
9	佐拉·尼尔·赫斯顿 （Zora Neale Hurston）	《约翰·莱汀到大海》（John Redding Goes to Sea） 《在阳光下湿透》（Drenched in Light） 《他们眼望上苍》（Their Eyes Were Watching God） 《约拿的葫芦蔓》（Jonah's Gourd Vine） 《摩西，山之人》（Moses, Man of the Mountain） 《道路上的尘迹》（Dust Tracks on a Road）
10	卡森·麦卡勒斯 （Carson McCullers）	《心是孤独的猎手》（The Heart Is a Lonely Hunter） 《金色眼睛的映像》（Reflections in a Golden Eye） 《婚礼的成员》（The Member of the Wedding） 《没有指针的钟》（Clock Without Hands）
11	玛丽·弗兰纳里·奥康纳 （Mary Flannery O'Connor）	《智血》（Wise Blood） 《暴力夺取》（The Violent Bear It Away） 《好人难寻》（A Good Man Is Hard to Find） 《上升的一切必将汇合》（Everything That Rises Must Converge）
12	凯瑟琳·安·波特 （Katherine Anne Porter）	《玛丽亚·孔塞普西翁》（Maria Conception） 《愚人船》（Ship of Fools） 《中午酒》（Noon Wine） 《灰色马，灰色骑士》（Pale Horse, Pale Rider） 《斜塔》（The Leaning Tower） 《马戏团》（The Circus） 《坟墓》（The Grave） 《无花果树》（The Fig Tree） 《老人》（Old Mortality）
13	蒂莉·奥尔森 （Tillie Olsen）	《给我猜个谜》（Tell Me a Riddle）
14	希尔维亚·普拉斯 （Sylvia Plath）	《钟形罩》（The Bell Jar）
15	乔伊斯·卡罗尔·欧茨 （Joyce Carol Oates）	《他们》（Them） 《掘墓者的女儿》（The Gravedigger's Daughter）
16	托尼·莫里森 （Toni Morrison）	《最蓝的眼睛》（The Bluest Eye） 《所罗门之歌》（Song of Solomon）

续表

序号	作家	作品
17	艾丽斯·沃克（Alice Walker）	《紫色》（The Color Purple）
18	多萝西·威斯特（Dorothy West）	《贫富之间》（The Richer, The Poorer）
19	葆拉·马歇尔（Paule Marshall）	《寡妇赞歌》（Cultural Reconciliation）
20	安妮·泰勒（Anne Tyler）	《意外的旅客》（The Accidental Tourist）《学着说再见》（The Beginner's Goodbye）
21	萨拉·帕瑞特斯基（Sara Paretsky）	《索命赔偿》（Indemnity）

（三）20世纪美国女性主题小说的创新

20世纪美国女性主题小说与20世纪前的美国女性主题小说相比，主要存在以下创新。

1. 倡导人与自然和谐共处的生态女性主义思想

20世纪初期，女性小说家打破了传统小说的创作方法，而是在小说中大胆引进了生态女性主义思想。

夏洛特·珀尔金斯·吉尔曼的作品中充分体现了生态女性主义的思想。以夏洛特·珀尔金斯·吉尔曼的《她乡》（Herland）为例，《她乡》创作时经过工业革命的充分发展，英、美等西方国家的城市化和工业化进程加快，然而与此同时，却对自然造成了破坏，使自然付出了沉重的代价。夏洛特·珀尔金斯·吉尔曼认为人类是自然的一部分，应与自然和谐相处，平等互爱。《她乡》中，人们遵循自然规律，在发展农业时，充分注重自然平衡的理念，使用有机肥料，"所有食物的残余和碎渣、伐木或纺织业的植物碎料、所有排水系统的固有物体，经过适当的处理和调配每件从土里来的东西又都回归到土里去……就像任何一座健康的森林一样；日渐宝贵的土壤慢慢积累，不像世界其他地方土壤不断变得贫瘠"❶这一场景中充分体现了生态主义的思想。《她乡》(Herland)这部小说一方面批判了社会上的大男子主义；另一方面表现出鲜明的生态女性主义精神。

2. 具有浓郁的地域色彩

20世纪美国女性主题小说中涌现了一大批杰出的地域作家，以南方女性作家群最为突出，其所创作的女性主题小说具有浓郁的地域色彩。

卡森·麦卡勒斯是20世纪美国杰出的南方小说作家之一，她一生备受疾病折磨。童年时期，即常常感到身体疼痛不适，15岁身患风湿热但却被误诊，30岁前曾三次中风，导致左半边身体瘫痪，40岁后曾因身体不适做了一系列手术，对卡森·麦卡勒斯的身心造成了严重打击。卡森·麦卡勒斯一生共创作了四部长篇小说，即1940年发表的《心是孤独的猎手》(The Heart Is a Lonely Hunter)、1941年发表的《金色眼睛的映像》(Reflections in a Golden Eye)、1946年发表的《婚礼的成员》(The Member of the Wedding)、1961年发表的《没有指针的钟》(Clock Without Hands)；除此之外，还于1951年发布了一部中篇小说《伤心咖啡馆之歌》(The Ballad of the Sad Cafe)；1971年发表了一本短篇小说和散文集《抵押出去的心》(The Mortgaged Heart)，1999年发表了一本未完成的自传《照亮及暗夜之光》(Illumination And Night Glare)。

卡森·麦卡勒斯的艺术作品受到了美国文学界的肯定，1942年，麦卡勒斯曾获得由美国艺术文学院颁发的"古海根姆基奖金"和"艺术文学奖金"，被誉为美国最伟大的作家。

卡森·麦卡勒斯创作的小说常常以美国南方社会为背景，由于卡森·麦卡勒斯自身的病痛，她将视角关注在社会底层的边缘人身上，在

---

❶ 李新然. 从生态女性主义角度解读夏洛特·帕金斯·吉尔曼的《她乡》[J]. 赤峰学院学报（汉文哲学社会科学版），2015, 36（7）：158.

她的笔下既有无法挽救自己种族的黑人、生活在社会底层的工人、身体有缺陷的残疾人、寻求人生价值的反传统型少女和不被接受的同性恋者。卡森·麦卡勒斯的作品中十分擅长塑造女性形象，尤其是南方中下层少女形象，她们一方面要承担沉重的经济负担，另一方面还要面对自己的女性身份，描绘了南方少女既艰辛无奈又蕴藏希望的生存境况。

3. 揭示传统父权制家庭对女性的伤害

20世纪女性在第二次世界大战中做出了突出贡献，女性的地位也得到了一定的提升，越来越多的女性走出家庭成为职业女性。然而，第二次世界大战结束后至20世纪60年代前，美国主流社会宣扬的女性典范为贤妻良母型，号召已婚女性应该回归家庭，因此，这些中产阶级的已婚女性只能从家庭中寻找幸福感，在这种社会氛围下，越来越多受过高等教育的知识女性也只能回归家庭，从家庭中寻找所谓的幸福感。20世纪60年代，随着女权运动的开展，越来越多的女性开始对这样的生活进行反思。

1963年，贝蒂·弗里丹提出了"女性奥秘"的社会价值观，在社会上引发了更大范围和更加深入的女性反思。女性开始追问，女性的价值到底是什么。而"女性奥秘"的社会价值观的提出在一定程度上为女权主义运动第二次浪潮的兴起起着重要的引导作用。

在这一时期，随着女权运动的开展，女性小说家开始将女性价值的主题引入小说中，通过传统父权制家庭对女性的伤害启发和鼓励广大受过高等教育的中产阶级女性对自己的生活进行质疑和反思。

蒂莉·奥尔森是20世纪六七十年代的一位极为特殊的杰出女性小说作家。与其他女性小说作家，尤其是多产作家不同，蒂莉·奥尔森是美国文学史上作品为数不多，仅仅依靠寥寥几部作品就奠定了自己在文坛上地位的作者。

蒂莉·奥尔森大约于1912年或1913年出生于美国内布拉斯加州的一个犹太人家庭，这个家庭属于俄罗斯移民家庭。蒂莉·奥尔森年少时家庭十分贫困，她不得不早早地从事各种工作以补贴家用。在工作之余，她十分喜爱阅读，并抽空到公立图书馆阅读了大量文学作品。

1934年，她发表了两首诗歌并写了一部小说。这些作品被认为是蒂莉·奥尔森的早期作品，然而，正当评论家将目光关注到这颗冉冉升起的文坛新星时，蒂莉·奥尔森却不得不因家庭经济状况而放弃了写作，每天工作很长时间以养育子女。

当蒂莉·奥尔森再次拿起笔开始写作时，她已经年近50岁了，与她同龄的女性作家早已功成名就，然而蒂莉·奥尔森的创作巅峰才刚刚开始。

1960年，蒂莉·奥尔森发表了短篇小说《给我猜个谜》(Tell Me a Riddle)。这部小说被誉为"具有艾米莉·狄金森诗歌般的深度和巴尔扎克小说般的广度"，荣获了1961年的欧·亨利最佳小说奖，并奠定了蒂莉·奥尔森在美国文坛的地位。

这部小说讲述了一对老年夫妇在旅途的争吵中回顾了自己长达数十年婚姻的故事。在这部小说中，蒂莉·奥尔森展现了妻子数十年在家中付出，然而却得到不到丈夫的重视陷入失语的境地。当他们年老并得知妻子患病后，决定一起去看望分布在全国各地的孩子们。在旅途中，两人经过不断争吵才重新审视自己的婚姻，而丈夫也才重新开始审视妻子在婚姻中的付出，两人重新彼此依赖的故事。

除蒂莉·奥尔森之外，乔伊斯·卡罗尔·欧茨也是20世纪中期一位同样关注父权制家庭中的女性命运的美国当代文坛的杰出作家。

乔伊斯·卡罗尔·欧茨1938年生于纽约州北部洛克波特的一个普通工人家庭，她从小在外祖父家长大。乔伊斯·卡罗尔·欧茨生活的时代正面临20世纪美国历史上最为严重的经济大萧条时期，人民的生活苦不堪言。由于家境贫寒，使得乔伊斯·卡罗尔·欧茨从小对美国中下层人民的生活比较熟悉，而这一点为其今后的小说创作奠定了基础。

乔伊斯·卡罗尔·欧茨中学时期即表现出文学的热爱阅读了大量文

学作品，大学时选择了英语文学专业，系统地学习了各种文学理论，为其文学创作打下了坚实的基础。

乔伊斯·卡罗尔·欧茨既是一名诗人、剧作家、评论家、编辑，还是大学教授，她自1963年发表短篇小说集《在北门边》（By the North Gate）后登上美国文坛，先后发表了《他们》（Them）、《奇境》（Wonderland）等代表性作品。

乔伊斯·卡罗尔·欧茨在近半个世纪的创作生涯中，笔耕不辍，创造了无数经典作品，并赢得了美国全国图书奖、欧·亨利短篇小说成就奖、马拉默德笔会终身文学成就奖、英联邦杰出文学贡献奖等在内的诸多奖项，还多次获得诺贝尔文学奖的提名等。

作为一个女性作家，乔伊斯·卡罗尔·欧茨十分关注人性，尤其是女性和家庭。例如，发表于1969年的《他们》即是通过描绘20世纪30年代直到20世纪70年代的美国一家三代人的命运展示了当代美国社会特别是底层社会的各个侧面，这部作品具有鲜明的时代感，其中展现了女性在家庭中以及时代中的命运起伏。

4. 多族裔女性作家群的崛起

20世纪60年代，美国少数族裔文学逐渐崛起，尤其是美国少数族裔女性小说迅速发展起来，并取得了十分耀眼和令人瞩目的成就。这一时期，表现较为出色的少数族裔女性小说为非裔女性小说，其代表性作家包括托尼·莫里森、艾丽斯·沃克等女性小说作家。除此之外，美国华裔女性小说、美国墨西哥裔女性小说、美国犹太裔女性小说、美国印第安裔女性小说等纷纷崛起，在美国女性文坛上占据了一席之地。

华裔作家汤亭亭（Maxine Hong Kingston）和谭恩美（Amy Tan）是20世纪美国少数族裔作家的佼佼者。汤亭亭的小说创作注重在传统中国文学的基础上融入美国元素，其作品有《女勇士》（The Woman Warrior）被公认为是振兴美国华裔文学的开山之作。汤亭亭的处女作《女勇士》出版于1976年，在小说里，作家根据童年时母亲所口述的家族历史和中国神话传说，同时结合了自身的理解和想象，主要讲述了中国母亲勇兰与生长在美国的女儿之间的故事。华裔女性的艰难境遇，她们的坚韧与果敢，其融入美国社会的蜕变，中国传统文化与美国社会现实的差异，女性的被压迫与反抗都在这部小说中淋漓尽致地反映出来。《女勇士》一经出版在美国就获得了热烈反响，它独特的叙事视角，大胆创新的叙事手法，丰富的文化内涵和女性主义思想都得到了一致赞誉，因而它的问世标志着华裔作品进入美国文学的主流，其也成为美国文学史上一部经久不衰的作品。

1989 年，谭恩美的第一部长篇小说《喜福会》（The Joy Luck Club）出版，这部小说的出版使谭恩美成为一名冉冉升起的华裔女性作家中的新星，之后，谭恩美又创作了多部长篇小说，均获得了较大成功。谭恩美在此部小说的创作中以华裔生活为重点，以一种新奇的眼光揭示了老派华裔母亲与新华裔女儿之间的重重矛盾，并通过挖掘中国的历史对美国华裔的心路历程进行探索，表现了年轻一代美国土生华裔的现实生活，以及在面对母女代沟、追求梦想以及异族通婚等事件时的迷惘与抉择。

5. 女性小说中的后现代思想突出

20 世纪 80 年代，西方兴起了 20 世纪第三次女性主义浪潮，这次浪潮即称为后现代女性主义浪潮。这一时期，传统女性主义面对自身理论的局限开始寻求新的出路，女性主义开始转向后现代主义。

后现代主义女性小说在表现方法上，摒弃了传统的现实主义写作方法，大量使用心理现实主义、意识流、内心独白等表现方法。

例如，美国短篇小说家劳瑞·安德森（Laurie Anderson）在其作品《战争是现代艺术的最高形式》（War is the Highest Form of Modern Art）中，将小说与绘画以及多媒体等结合在一起的，跨越了文体的限制，创造出了多种艺术形式相互融合的轰动效应，作者的新奇表现手法、丰富的想象力和独特的思想内涵在这部作品中展露无遗。

除此之外，这一时期许多小说作家在人物塑造上采用反英雄的形式，通过自我指涉、戏仿、并置、非线性叙事等艺术手法，以及重重、断裂、拼贴、留白等叙事手法颠覆传统语言秩序，揭示了美国后现代社会的混乱无序状态带给人们的迷茫与困顿。

20世纪八九十年代崛起的小说家玛丽莲·罗宾逊（Marilynne Robinson），20世纪80年代她发表了自己的第一部小说《持家》（*Housekeeping*），荣获了海明威最佳处女作奖，以及普利策奖提名，该作品模糊了小说、散文和诗歌的界限，呈现独特的散文化风格，小说以片段叙事替代了传统的时间顺序叙事，小说中的自然意象和人物形象都有悖传统的文学再现方式，这些都传递出后现代主义风格。

玛丽莲·罗宾逊于1980年发表第一部小说后即开始在大学执教的生涯以及为《巴黎周刊》《纽约时代周刊书评》写作政论的生涯。她写下了多篇政治评论文章，并且主持了著名刊物《杂录》的社会评论专栏。

6. 女性小说题材朝着多样化的方向发展

20世纪美国女性主题小说的题材开始朝着多样化的方向发展。

自20世纪六七十年代，美国女性作家厄休拉·勒奎恩（Ursula K. Le Guin）等涉足科幻小说领域并取得了瞩目的成绩后，进入20世纪八九十年代，写作科幻作品的女性作家越来越多。

除科幻小说之外，这一时期美国女性作家所创作的侦探小说的也越来越瞩目。例如，萨拉·帕瑞特斯基（Sara Paretsky）即是20世纪末美国著名的侦探小说家，1982年，她出版了第一部小说《索命赔偿》（*Indemnity Only*）。

在这部小说中塑造了女侦探V. I. 华沙斯基的形象，之后又以这一形象创作了十余部侦探小说，受到了推理读者的极大欢迎。在萨拉·帕瑞特斯基的侦探小说之前的以往传统侦探小说中女性多扮演不良角色，男性则多扮演睿智而机警的侦探角色，而在萨拉·帕瑞特斯基的侦探小说中，她大胆地打破了传统侦探小说中的男性侦探形象，重塑了女性在侦探小说中的形象。在她的笔下，女侦探V. I. 华沙斯基是一个伶牙俐齿、古灵精怪、行侠仗义，令人印象深刻的人物。

除此之外，萨拉·帕瑞特斯基还勇敢地对社会上的丑陋和不公进行了拷问，使侦探小说更加具有深度。

除科幻与侦探小说之外，20世纪美国女性主题小说中着眼于家庭视角，以小见大的题材的小说也兴盛起来，此处以安妮·泰勒（Anne Tyler）为代表进行讨论。

安妮·泰勒是20世纪末期的一位高产作家，她自20世纪60年代开始进行小说创作，然而在创作初期并没有引起评论界的关注，直到20世纪70年代受到约翰·厄普代克的高度评价，安妮·泰勒才得以跻身美国重要作家的行列。

进入20世纪80年代后，安妮·泰勒创作了《思家饭店的晚餐》（*Dinner at the Homesick Restaurant*）、《意外的旅客》（*The Accidental Tourist*）和《活生生的教训》（*Breathing Lessons*）等广受好评的作品，其中《活生生的教训》还荣获美国普利策奖。

安妮·泰勒的作品常常从生活中的小事着手，通过关注社会生活中的个体，延伸到家庭，再推广至社会，展现社会大格局下，家庭之间、人与人之间的各种矛盾。

综上所述，20世纪美国女性主题小说的创作与20世纪前相比，作家和作品数量更多，而且表现出种种创新之处。

第二节　多丽丝·莱辛女性主题小说研究

多丽丝·莱辛（Doris Lessing，1919—2013）是英国20世纪四五十年代最伟大的女性作家之一，曾被誉为"我们时代最伟大的现实主义作家"❶。她于2007年荣获诺贝尔文学奖,成为迄今为止获得诺贝文学奖年龄最大的女性获奖者。

一、多丽丝·莱辛的生平及创作概述

多丽丝·莱辛本名多丽丝·莱辛·梅·泰勒,笔名简·萨默斯,1919年出生于波斯(现伊朗),其父母均为英国人。父亲曾是波斯帝国银行的职员,在第一次世界大战中,瘸了一条腿,其母亲曾做过护士。多丽丝·莱辛5岁时,父亲为了发家致富带全家一起迁至当时英国的殖民地南非的南罗德西亚(现津巴布韦)地区。

在这里,多丽丝·莱辛一家并没有像想象中一样获得财富。他们一家人起先以种植玉米为生,之后又种植烟草,多丽丝·莱辛的父亲还曾跟随他人一起去淘金。然而,他们的屡次尝试均以失败告终,最终导致严重亏损,家庭经济严重时甚至入不敷出,这些经历在多丽丝·莱辛幼小的心灵中留下了深刻的烙印。

多丽丝·莱辛年幼时,母亲对她采取了严苛的管束,这使多丽丝·莱辛幼年时只能与飞鸟和树林为伴,对非洲的自然万物进行默默观察。她十分聪慧,喜爱阅读,她的父母从英国带来了许多书,她的母校还从英国为孩子们订购图书,多丽丝·莱辛在获得诺贝尔文学奖时所发表的感言中曾指出,她家有四间屋子,每一间的四壁都是书。

多丽丝·莱辛在这样的环境中成长,自小养成了喜爱阅读的习惯,在正式入学前就读过司各特、史蒂文森、吉卜林、莎士比亚、狄更斯等作家的作品。

多丽丝·莱辛是一位多产作家,也是一位长寿作家,她笔耕不辍50多年,留下了大量文学作品。她从15岁开始写作,在南非杂志上发表文

---

❶ 张金泉. 我心深处——多丽丝·莱辛作品研究[M].武汉:华中科技大学出版社,2016:1.

章。1948年，多丽丝·莱辛出版了其第一部短篇小说《猪》。

1950年，多丽丝·莱辛发表了其第一部长篇小说《野草在歌唱》(*The Grass is Singing*)，这部小说的创作花费了多丽丝·莱辛5年的时间。这部作品一经出版即引发了社会轰动，受到了读者和评论界的好评，5个月内先后再版了7次，多丽丝·莱辛自此正式步入文坛，成为一名职业作家。多丽丝·莱辛怀揣着美好的希望来到英国，然而她融入英国的经历却并不顺畅。一开始由于经济紧张，她不得不每天为了赚取足够的生活费而操心，还要花费巨大的精力照顾儿子的生活，没有足够的时间和精力进行创作。另外，由于多丽丝·莱辛以一个知识分子的视角对生活进行观察，这使她与现实生活保持着一定的距离。

1950年到1961年是多丽丝·莱辛作品创作的早期阶段，在这一阶段，多丽丝·莱辛继《野草在歌唱》(*The Grass is Singing*)外，还创作了许多佳作，其中包括《这原是老酋长的国度》(*This Was the Old Chief's Country*)、《玛莎·奎斯特》(*Martha Quest*)、《故事五篇》(*Five Short Novels*)、《非洲故事集》(*African Stories*)、《恰当的婚姻》(*A Proper Marriage*)、《重返故乡》(*Going Home*)、《爱的习惯》(*The Habit of Loving*)。

这些作品中包括总题名为《暴力的孩子们》(*The Children of Violence Series*)五部曲，其中前三部，即《玛莎·奎斯特》(*Martha Quest*)、《恰当的婚姻》(*A Proper Marriage*)、《暴风余波》(*A Ripple from the Storm*)。

这一时期，多丽丝·莱辛的创作具有鲜明的传统现实主义色彩，这与其年幼时的阅读存在一定的联系。然而从市场反映来看，除《野草在歌唱》外，这一时期，多丽丝·莱辛创作的作品大多反应平平，销量也平平。因此，多丽丝·莱辛这一时期的经济生活仍然并不宽裕。此外，多丽丝·莱辛由于在作品中对种族隔离和社会、政治体制的批判，引发了南非政府的不满，自1956年开始，多丽丝·莱辛一度被南非政府禁止返回南罗德西亚。

1962年，多丽丝·莱辛的《金色笔记》（*The Golden Notebook*）问世，这部作品为多丽丝·莱辛带来了极大声誉的同时，也奠定了多丽丝·莱辛在英国文坛乃至世界文坛的地位，[1]并为多丽丝·莱辛带来了可观的收入。这本书中对20世纪50年代女性的生活境况进行了多层次展现，以其思想的深度和内容的广度以及巧妙的行文和构思而被人称道。自此，多丽丝·莱辛显现出其作品鲜明的风格，即对个人精神和心理成长的关注。

从1962年开始，直到1974年，是多丽丝·莱辛文学创作最为辉煌的时期，在此期间，除了《金色笔记》，多丽丝·莱辛还创作了被称为"预言小说"的《四门之城》（*The Four-Gated City*），完成了系列小说《暴力的孩子们》。除此之外，在这段时期她还创作了多部短篇小说集《特别的猫》（*Particularly Cats*）、《天黑前的夏天》（*The Summer Before the Dark*）、《幸存者回忆录》（*Memoirs of a Survivor*）等。

作为一名多产作家，多丽丝·莱辛的经历十分丰富，1979年之后尽管多丽丝·莱辛已步入晚年，然而她再一次迎来了创作高峰期。这一时期，多丽丝·莱辛勇敢地打破了之前自己的创作文体，走上了一条与之前截然不同的文学创作之路，创作了自己的"太空小说"系列。这一时期，多丽丝·莱辛创作的作品包括《什卡斯塔》（*Shikasta*）、《第三、四、五区间的联姻》（*The Marriages Between Zones Three, Four and Five*）、《天狼星试验》（*The Sirian Experiments*）、《第八号行星代表的产生》（*The Making of the Representative for Planet 8*）、《伏令帝国多愁善感的间谍》（*The Sentimental Agents in the Volyen Empire*）等，这些系列作品总题名为《南船星系中的老人星座：档案》（*Canopus in Argos: Archives*）。

---

[1] 冯春园. 多丽丝·莱辛自传、自传体小说中的身份研究[M].天津：南开大学出版社，2017：36.

在太空系列小说中，多丽丝·莱辛所关注的仍然为人类的历史和命运，这使得这部小说与一般的科幻小说不同，从全新视角刻画了人类的状态。2007年，多丽丝·莱辛在接近90岁高龄时再次展现出顽强的艺术生命力，出版了长篇小说《裂缝》(The Cleft)，这部小说仍然采用了科幻小说的模式，以出奇想象构建了一个史前世界，在这个世界中，没有男人存在，只有女性独立生存。

多丽丝·莱辛小说中英文名称对照（见表2-5）。

表2-5　多丽丝·莱辛小说中英文名称对照

年份	中文名称	英文名称
1950	《野草在歌唱》	The Grass is Singing
1952—1969	《暴力的孩子们》	The Children of Violence Series
1952	《玛莎·奎斯特》	Martha Quest
1954	《恰当的婚姻》	A Proper Marriage
1958	《风暴余波》	A Ripple from the Storm
1962	《金色笔记》	The Golden Notebook
1971	《简述堕入地狱的经历》	Briefing for a Descent into Hell
1973	《天黑前的夏天》	The Summer Before the Dark
1974	《幸存者回忆录》	Memoirs of a Survivor
1979	《什卡斯塔》	Shikasta
1980	《第三、四、五区间的联姻》	The Marriages Between Zones Three, Four and Five
1980	《天狼星人的试验》	The Sirian Experiments
1982	《第八号行星代表的产生》	The Making of the Representative for Planet 8
1983	《伏令帝国多愁善感的间谍》	The Sentimental Agents in the Volyen Empire

续表

年份	中文名称	英文名称
1983	《友邻的日记》	The Diary of a Good Neighbour
1984	《假如长者能……》	If the Old Could...
1985	《善良的恐怖分子》	The Good Terrorist
1988	《第五个孩子》	The Fifth Child
1995	《中规中矩》	Playing the Game
1996	《又来了，爱情》	Love, Again
1999	《米拉和达恩》	Mara and Dann
2000	《犇在世间》	Ben, in the World
2001	《甜蜜的梦》	The Sweetest Dream
2005	《丹恩将军和玛拉的女儿葛丽亚特和雪橇狗的故事》	The Story of General Dann and Mara's Daughter
2007	《裂缝》	The Cleft
2008	《阿尔弗雷德和艾米丽》	Alfred and Emily

从多丽丝·莱辛的成长经历和作品创作来看，她生命的前30年中积累了大量的对人类世界的观察，她的创作主题十分多元，内容涉及种族、文化、政治、社会、婚姻、科技等多个角度，可谓无所不包。然而，无论是哪一个主题，均离不开多丽丝·莱辛对生活的观察，她的创作来源于现实生活，并从现实生活出发，对人类的命运进行深切关注和严肃思考，带有一种强烈的责任感，她的作品始终关注现实，关注个体以及社会弱势群体，至今，她的许多作品依然能够为现实生活带来启发和意义。

二、多丽丝·莱辛的女性主题小说研究

多丽丝·莱辛作为一位多产作家，一生创作了许多作品，她一生关注现实，关注个人的生命体验以及弱势群体的生存状况，其作品中表现

出鲜明的对女性的关怀，以及对人类的历史和未来的关注。

（一）多丽丝·莱辛小说中的女性主义视角

多丽丝·莱辛作为英国杰出的女性作家，由于其自身的独特经历，莱辛十分关注女性的生存状况，其多部作品中均涉及女性生存状况。例如，多丽丝·莱辛的第一部长篇小说《野草在歌唱》，以及其成名作和代表作《金色笔记》，此外，多丽丝·莱辛的《又来了，爱情》（Love, Again）中也涉及女性生存的困境，极其女性悲惨的命运。多丽丝·莱辛小说中的女性主义视角主要表现在以下几个方面。

1. 多丽丝·莱辛小说中对女性生存困境的揭示

多丽丝·莱辛生活在一个社会大发展的时代，20世纪上半叶，科学和技术的迅速发展为人类带来了巨大的物质财富的同时，也在全球范围内引发了经济危机和失业潮，而两次世界大战更为人类留下了深重的精神创伤。多丽丝·莱辛出生于第一次世界大战后，经历了第二次世界大战，并亲身经历了第二次世界大战后人类世界的动荡，以及人类面临的种种危机，她甚至亲自参与其中，因此她的作品中涉及并覆盖了20世纪人类面临的战争、生态危机、女性、殖民以及民族和政治等问题。

第二次世界大战后，随着多丽丝·莱辛政治信仰的破灭，她开始通过女性主义视角来对世界和人类的未来发展进行观察。因此，多丽丝·莱辛的多部小说中揭示了女性在现实社会中的生存困境。

多丽丝·莱辛的第一部小说《野草在歌唱》中，通过对主人公玛丽·特纳的悲剧命运揭示了女性在社会中所处的弱势地位，以及殖民统治下不同种族人民之间的关系。

小说主人公玛丽的一生是悲剧的一生，小说通过对玛丽精神和肉体双重毁灭的过程，展现了在父权制社会中女性的生存困境。

玛丽向往自由，渴望作为一位独身女性生活，然而现实却并不允许她这么做，她只好匆忙走进不幸的婚姻，为了获得精神上的自由，她爱上了处世沉稳，极具力量的黑人奴仆，然而最终却不得不亲手扼杀了自己的自由。

在这部小说中，玛丽的女性意识不可能实现，而她自己的思想也受到男权社会的影响，将希望寄托在丈夫身上，终身困于父权制的阴影下。

2. 多丽丝·莱辛小说中对女性出路的关注

多丽丝·莱辛在揭示女性生活现状和生存困境的同时，也积极寻找女性的出路。

《金色笔记》是多丽丝·莱辛的代表作品，也是一部揭示当代女性生存困境，积极为女性寻找出路的故事。这部作品的故事发生在20世纪50年代末的伦敦，小说由四本笔记和一个名为《自由女性》(*Free Women*)的故事构成。

这部小说中，作者多丽丝·莱辛尝试了一种极具创意的写作方法。其中，《自由女性》是一个相对较完整的故事，这个故事被四本笔记切割成五个部分。

小说讲述了女作家安娜和莫莉均由于婚姻破裂，分别带着女儿和儿子在伦敦生活，两位女性之间的友谊十分独特。她们均因为精神疾病而接受过同一位精神分析师的治疗。安娜在生活中写了四本不同颜色的笔记，以记录其在不同人生阶段的经历和独特的心理感受。其中，黑色笔记代表安娜作为作家的创作生活；红色笔记代表政治，记录着安娜曾经的政治信仰生涯；黄色笔记代表爱情，记录了安娜的爱情与婚姻经历；蓝色笔记代表精神，记录着安娜由于在创作中遭遇障碍以及接受心理治疗的过程等内容。

在这部小说中，多丽丝·莱辛采用了一种"故事中套故事"的复杂结构，通过四本笔记展现了安娜生活四个不同侧面，同时反映在当代社会中个人生活支离破碎的困境。安娜作为一名作家和知识女性，追求生活的独立和精神的自由，她希望能够遇见美好的爱情，不希望受到压抑婚姻生活的束缚。然而，在现实生活中，她却处处受困，更面临着巨大的心理危机。

　　小说中安娜始终在寻找出路，最后，安娜的闺密决心接受一位进步的生意人的爱情，和他一起步入婚姻，而她的儿子则可以继承父亲的产业。安娜自己则选择去夜校为少年犯授课，并参加工党。《金色笔记》中安娜在与男友的爱情中暗示了男女之间相互依赖的正常关系，为在困境中的女性提出了一条出路。小说也传达出女性不应该将感情的失败与生活的不如人意完全归咎于男性，彼此共同寻找问题所在，女性也对自我进行反思和改变，这样才可以真正实现独立、找寻到幸福。

　　3. 多丽丝·莱辛小说中对女性视野的超越

　　多丽丝·莱辛身为一名女性作家，希望通过文学创作揭示现实社会中，女性作为弱势群体所处的境况，并为女性的困境寻找出路。然而，多丽丝·莱辛却并未自诩为女性主义者，她并不认同当时激进女性主义者推翻父权制以实现女性地位平等的主张，没有将男性和女性对立起来，而是在作品中隐含着一种追求两性和谐相处世界的完美构想。

　　例如，《金色笔记》中安娜对美好爱情的渴望，以及多莉最终走进婚姻的选择；《野草在歌唱》中玛丽受到有力量、沉稳的黑人奴仆的吸引等均表达了这一思想。

　　多丽丝·莱辛通过对生活的观察看到了男性在女性生活中的重要作用，她突破了女性主义的观念教条，主张女性的独立并非意指女性的独自存在，认为女性的解放离不开男性的支持，男性与女性认识对方的努力十分重要。

　　在《金色笔记》中，多丽丝·莱辛提出人类社会是由女性和男性组成的，无论谁统治谁，都是片面过激的行为。她认为解决女性自由的唯一途径就是摆脱消极无为的思想，积极投入生活中，肩负起个体对社会的责任，和男性一起努力，共同解决面对的困境，只有两性间相互支持，和谐共处才是全人类实现自由、幸福生活的唯一出路❶。

多丽丝·莱辛的这一视角较之当时社会上盛行的激进女性主义更加广阔，她不仅在作品中对女性的命运进行充分关怀，并且从女性立场出发，对人类的生存困境进行了探索。

多丽丝·莱辛曾经指出："比那些把妇女问题孤立起来的女权主义者棋高一着。正是辩证的整体观，使她避免陷入女权主义的片面性。"❷

多丽丝·莱辛这一女性主义在20世纪八九十年代得到了更多人的认同，上升为第三次女性主义的重要主张。

（二）多丽丝·莱辛小说中的边缘女性书写

多丽丝·莱辛的《野草在歌唱》是其第一部长篇小说，也是其20世纪50年代创作的代表作品。在这部作品中作者呈现一种独特的历史观，以及其对社会边缘人物的关注。

多丽丝·莱辛从小跟随父母在殖民地生活，长大后虽然经历了两次婚姻，然而却均以离婚而告终，她独自一人将儿子抚养长大。在第二次世界大战后，她加入共产党，以一个全新身份和全新视角对社会进行观察。这些经历使多丽丝·莱辛与社会中的弱势群体如女人、儿童以及黑人有近距离的观察与接触，能够对现实社会进行多角度观察和更加深入的思考。

多丽丝·莱辛的小说《野草在歌唱》中充分体现了其对社会边缘女性的关注与书写。

在父权制社会中，女性的社会地位往往被排挤到社会边缘，《野草在歌唱》中玛丽作为女性一直处于社会边缘位置。童年时，由于家庭贫困和婚姻不幸，玛丽从小没有享受过其他孩子所感受到的关爱，而是在父母的忽视中长大，母亲去世后，父亲总不回家，玛丽小小年纪只好学着

---

❶ 齐丹. 多丽丝·莱辛独特的女性主义视角[D]. 济南：山东大学，2011：25.
❷ 瞿世镜. 当代英国小说[M]. 北京：北京外语教学与研究出版社，1998：273.

独立生存。长大后，玛丽虽然一直坚持独立，然而在当时的社会，尤其是在殖民地区，大龄单身的玛丽是社会的边缘群体。结婚后，面对贫困的家境，玛丽意识到丈夫在经营农庄上的无能后，多次试图改变丈夫的想法，尽管玛丽所想的主意比丈夫自己的主意高明许多，然而作为一名女性，在父权制主导的社会中，她不能取得主导地位，只能眼睁睁看着美好的希望——落空。玛丽在这种边缘人的生活中痛苦不堪，最终被生活中的边缘人黑人奴仆所吸引。然而，在父权制的社会中，玛丽的这种选择抑或是反抗注定将以悲剧而告终。

多丽丝·莱辛后期创作的另一部佳作《又来了，爱情》中也出现了边缘女性的形象。故事中的两位女性主人公，一个是被两度抛弃的貌美聪慧却身份卑微的朱莉，另一个是寡居多年后又陷入爱情旋涡的老妇人萨拉。小说通过描写这两位女性坎坷不幸的感情经历，反映了残酷的社会现实和传统社会观念对女性的不公，展现了都市边缘女性孤独的情感世界和悲惨的命运。莱辛在小说中通过描述都市边缘女性的困苦不安和矛盾挣扎，不断地为处于都市边缘地位的女性，尤其是老年女性鸣不平。她站在边缘女性的立场，表达了对男性中心权威的质疑与消解，认为这些边缘女性不仅应该获得同情和关注，更应得到社会平等的对待与尊重。

综上所述，多丽丝·莱辛是英国杰出女性作家，作品堪称建构女性主体性的典范，其小说带有鲜明的女性意识，基于女性主义视角和女性思维模式，反映了其所生活的年代女性在社会中的真实处境和生活情感。同时，她从人类命运整体的高度来解读女性主义，其实已经超越了单纯的女性视野，体现了女性作家的社会责任感。

第三节 艾丽斯·沃克女性主题小说研究

艾丽斯·沃克（Alice Walker, 1944—）是当代美国文坛上最具有影响力的非裔女性作家之一，也是美国历史上第一位获得普利策文学奖的非裔女性作家。本节主要对艾丽斯·沃克及其女性主题小说进行研究。

一、艾丽斯·沃克的生平及小说创作

艾丽斯·沃克，1944年出生于美国南方佐治亚州伊屯腾市的一户黑人佃农家庭，是这个多子女家庭中的第八个孩子。20世纪中叶，艾丽斯·沃克一家所在的南方地区的非裔群体仍然过着贫困的生活。艾丽斯·沃克在童年时期即承担着繁重的劳动，对非裔群体的生活有着深刻体会。其唯一的童年亮色即是母亲对孩子们的爱，母亲坚持让众多孩子在艰难的生活中得到了教育。

艾丽斯·沃克的童年十分不幸，被哥哥在游戏中不小心打中右眼，造成右眼永久性失明，并在脸上留下了一道难看的疤痕，这一事故让年幼的艾丽斯·沃克陷入长期的自卑之中，然而也使她借此机会走进了书籍的世界，并通过阅读锻炼了她敏锐的观察力和深刻的思想，并开始执着于诗歌创作。1961年，艾丽斯·沃克以优异的成绩从中学毕业，并获得了亚特兰大市的斯佩尔曼女子学院授予的残疾优秀学生资金。

艾丽斯·沃克用这笔奖金进入斯佩尔曼学院学习，之后转学到萨拉哈·劳伦斯女子学院学习，大学生活不仅使艾丽斯·沃克得以阅读到丰富的欧洲文学作品，还塑造了艾丽斯·沃克开放的理念和开阔的世界性眼光。在学校读书期间，艾丽斯·沃克即开始创作诗歌和短篇小说，并得到当时美国著名的非裔作家兰斯顿·休斯的创作指导。在兰斯顿·休斯的影响下，艾丽斯·沃克投身于轰轰烈烈的民权运动。

1978年，艾丽斯·沃克离婚后开始全身心投入文学创作之中，并先后出版了多部短篇小说集、散文集以及长篇小说。

艾丽斯·沃克是美国非裔文学作家中的佼佼者，其长篇小说《紫色》一经出版就上榜纽约《时代周刊》畅销书名单，并在这一榜单上停留了一年半之久。1983年艾丽斯·沃克凭借《紫色》获得了普利策文学奖、国家图书奖、国家书评奖三项大奖，同时是美国历史上第一位获得普利策文学奖的黑人女作家。

除长篇小说外，艾丽斯·沃克还是一位著名的黑人女性批评的代表作家。1984年艾丽斯·沃克发表了的散文集《寻找我们母亲的花园：妇女主义散文》(In search of our mothers' gardens)一书，在书中，她正式提出了"妇女主义"思想，艾丽斯·沃克指出，妇女主义者是黑人或有色人种女性主义者。这一词语的英文书写为"womanish"，其在黑人俗语中是指女性勇敢、大胆、不受拘束的举动和坚定、自信的生活态度，凡事认真、负责的珍贵品质。妇女主义者热爱其他女人，并以整个人类的生存与完整为己任。她们热爱圆满的事情，热爱努力奋斗以及人民和自身。她们还是不惜一切代价争取平等的自由的倡导者。此外，艾丽斯·沃克还对妇女主义和女性主义的关系进行了界定，认为妇女主义者和女性主义者的关系犹如紫色之于淡紫色[1]。难能可贵的是，艾丽斯·沃克不仅提出了妇女主义的理论，还通过大量的文学创作实践阐释了妇女主义的思想，并创造了独具特色的文学流派，妇女主义文学。

二、艾丽斯·沃克的女性主题小说的特点

艾丽斯·沃克的女性主题小说具有以下鲜明特点。

---

[1] 王晓英. 走向完整生存的追寻：艾丽斯·沃克妇女主义文学创作研究[M]. 苏州：苏州大学出版社，2008：56.

（一）塑造了形象鲜明的女性形象

艾丽斯·沃克的女性主题小说几乎均以女性作为主人公，并且在小说中塑造了许多形象鲜明的女性形象。

以艾丽斯·沃克的小说《梅丽迪安》为例。这部小说中，艾丽斯·沃克塑造了主人公梅丽迪安逐渐成长，直至自立自强的女性形象。小说的主人公梅里迪安年幼时具有很强的负罪感，觉得自己不是一个好女儿，也不是一位好母亲。

民权运动开始后，梅丽迪安走出了狭小的生活圈子，开始寻求自我发展。

首先，离婚后梅丽迪安接受了奖学金，并把儿子送给别人，自己到北方求学。来到亚特兰大后，梅丽迪安进入了民权运动的中心，来到了一个更加广阔的天地。

其次，在学校中，梅丽迪安结识了一些民权运动的积极分子，并自愿从事民权运动投票登记服务。这使梅丽迪安能够站在一定高度思考和关注非裔美国人的命运，并认识到了不同人群之间相互尊重和平等的意义。

在此期间，梅丽迪安开始了她的自由恋爱，然而在这次爱情里，梅丽迪安并没有享受到平等与自由，当她怀孕后却被男友抛弃，导致梅丽迪安只能打掉孩子，并做了绝育手术。在民权运动中，梅丽迪安因为不同意为了革命而杀人，被同伴们排斥。这一事件让梅丽迪安感觉到自己不仅是生活的失败者还是革命的失败者。

最后，梅丽迪安受到排挤后，从北方回到了南方，并在南方坚持与普通民众一起通过非暴力革命的方式继续民权运动。在与南方的非裔美国人相处，并为非裔美国儿童争取权益的过程中，梅丽迪安从传统音乐、民俗艺术等文化传统中寻找到了强大的精神力量，并渐渐明晰了自己在革命中的角色，找到了实现自己生命价值的方式，真正完成了自我实现。

（二）强调女性的觉醒

《紫色》一书讲述了14岁的女主人公茜莉从麻木到觉醒的成长过程。该小说的背景设置于20世纪初期美国南方佐治亚的乡村。

在这部小说中，茜莉从一个在家庭中不幸的少女，最后勇敢地走出了家庭，开办了裁缝铺，开始创立了属于自己的事业。茜莉的裁缝铺一开始专门缝制裤子，随着事业的成功，茜莉一步步地扩大自己的事业，开办了家庭工厂，开设了服装商店，并创立了大众裤子有限公司。随着事业越做越大，茜莉实现了经济独立，不再依靠丈夫为生。在这一过程中，茜莉的眼界越来越开阔，她变成了一位有思想、有胆识、有地位、有个性的独立女性。直到这时，茜莉才完成了独立意识的完全觉醒。最终，茜莉的觉醒与成长使其终于可以在生活中实现与丈夫平等相处，获得了想要的生活。

综上所述，艾丽斯·沃克的小说因其始终保持对黑人女性命运的特别关注而独树一帜，她的小说呼唤女性尤其是非裔女性的觉醒，倡导非裔女性走出家庭，开创自己的事业，实现经济独立，以获得家庭的平等地位。她提出的"妇女主义"思想引发了广泛的关注，为处于困境的非裔女性点亮了希望之灯，引导她们走上独立自救、奋发向上的道路。

第三章 20世纪英美生态主题小说研究

第一节 20世纪英美生态主题小说概述

人类是自然的产物，也是自然生态的一部分。人类生存与发展的过程是对自然生态不断选择与适应的过程。而自然生态环境的变化不仅对人类的社会生态产生着直接影响，还对人类的文化生态有着不可忽视的作用。20世纪，随着人类对自然生态环境的关注，英美小说领域出现了专门的生态主题小说。本节主要对20世纪英美生态主题小说进行概述。

一、生态文学及生态主题小说

生态文学是以生态整体主义为思想基础，以生态系统整体利益为最高价值的考察和表现自然与人之关系和探寻生态危机之社会根源的文学[1]。

生态文学具有以下内涵：

（1）生态文学的作者必须具备以生态整体主义为基础的生态思想和生态视角。

（2）生态文学的写作内容或者题材应该通过描写生态或描写自然表现生态危机、探讨其社会根源。

（3）生态文学不是以任何一个物种包括人类或者任何一个局部的利益为价值判断的标准，而是以生态系统的平衡、稳定和整体利益为出发点和最高标准。

生态文学具有以下特点。

（一）以生态整体主义为最高利益

生态文学以生态整体主义为思想基础，与自然文学和环境文学不同，

---

[1] 王诺. 欧美生态文学[M]. 北京：北京大学出版社，2003：11.

生态文学对"人类中心主义"和"生态中心主义"进行批判，倡导生态人文主义。生态文学对以人为中心、强调人对自然的决定作用的"人类中心主义"进行批判，否定人类将自然作为任意挥霍的资源库。

同时，生态文学也对过分强调自然，而忽略人的能动性和主体性地位的"生态中心主义"加以否认。而是将生态系统的整体利益作为最高利益，认可和尊重自然的内在价值，以"生态人文主义"调和"人类中心主义"和"生态中心主义"的矛盾，克服这两种理论的偏颇并且将两者加以统一。

此外，生态文学不仅注重维护自然整体生态，还注重构建人类精神生态，倡导将处理好人与人之间、人与社会之间的关系，作为从根本上解决生态危机的手段。

（二）科学性

生态文学以生态整体利益和生态整体共存作为创作基础，与自然文学和环境文学相比，更强调科学性，呈现强烈的理性色彩。生态文学起源于世界生态危机出现之后，其所表达的重点，既非对自然的纯粹赞美，也非对破坏自然的行为进行愤怒的控诉和批判，而是强调不放弃人作为生物的生存权利的同时，借助人的理性对自己的行为进行控制，重视人在自然中的忧患意识和责任意识。

生态文学属于人文学科，然而其中却蕴含着较强的科学性。生态文学的科学性主要体现在以下三个方面：

（1）生态文学的文本形态受自然科学知识和自然科学术语直接镶嵌的影响。

（2）生态文学的文体形态受自然科学的思维特征和研究方法的影响。

（3）生态文学写作的叙事模式、伦理立场受自然科学认知的影响。

从以上三个方面来看，生态文学的科学性表现在生态文学中蕴含的科学知识、科学叙事，以及科学思维等方面。

生态文学的兴起与发展建立在自然科学的发展和现代化工业发展的基础之上，生态文学作家以丰富的自然科学知识作为基础，对已发生的自然灾害进行理性的分析，科学探索自然灾害与现代化工业发展之间的理性联系，在传播自然科学知识的同时，通过文学故事的形式表达作家的忧虑，倡导人类将生态整体利益作为最高利益，处理好与自然的关系。

以美国生态作家蕾切尔·卡森（Rachel Carson）为例。蕾切尔·卡森作为一名博物学家，海洋生物学家，其在《寂静的春天》（*Silent Spring*）中以科学详细的数据描绘了杀虫剂等化工产品的滥用对人类自身以及地球生态造成的可怕后果和严重危害，涉及化学、生物学、数学等专业知识。这些专业性的内容和大量科学数据，使其作品呈现强烈的科学性和理性色彩。

（三）文学性

生态文学作为一种以生态为主题的文学类型，具有文学的形象性、真实性、情感性和符号性的特点，且以小说、散文、诗歌、戏剧等文学体裁作为艺术表现形式，具有较强的文学性特征。

同样以蕾切尔·卡森《寂静的春天》为例。《寂静的春天》的开头虚构了一个林地场景，这一场景可以存在于地球上任何一个推行现代化的城镇。书中的语言时而轻快自在，行文流畅，浅存幽默；时而行文犀利，用词讥讽，对种种行为进行辛辣的讽刺；时而又以科学数据进行论证，引人沉思。既带有报告文学的特点，又具有散文和小说的韵味，体现出较强的文学性。

（四）超越性

生态文学的产生和发展均建立在现实生态问题的基础之上，体现较强的现实性和时代性，然而，生态文学的主题却并不局限于某一个生态问题，而是以此为出发点，上升至对历史和社会、文明的反思，注重道德和精神价值的开掘，并最终强调对人类生态观和价值观的塑造。

再以蕾切尔·卡森《寂静的春天》为例。《寂静的春天》每章均以具体的实际情况的描写作为开头，然而却并没有局限于此，而是在对这些现实状况进行反思的基础上，对人类的行为进行反思，在此期间将作者的观点纳入其中，引导读者进行生态观和价值观重塑。

（五）整合性

生态文学的整合性特征主要体现在生态文学所涉及的领域以及文体等方面。生态文学具有文学性，同时，其涉及的内容涵盖了生态、历史、文化、社会、伦理、心理学、文学、美学等诸多领域，是一种跨学科多层面的艺术，其所阐释的内容具有整合性。

此外，从生态文学的文体来看，生态文学可以是散文文体、报告文学文体，还可以是小说文体、诗歌文体，以及非虚构等各类文学体裁。生态小说是生态文学的一种重要文体，是具有生态文学特征的小说形态作品。

文学想象不能脱离实际而存在，自然作为人类栖息的家园，是文学想象的重要基础之一，也是文学创作中的永恒主题。小说作为一种文学体裁，其主题具有多元性和兼容性，许多小说除社会主题外，还存在生态主题（图3-1）。

20世纪是英美生态文学的爆发期，除真正意义上的生态文学之外，20世纪许多欧美作家在其小说主题中还表现较强的生态倾向，将生态作为其小说所表现的主题之一。本书将围绕生态主题而创作以及蕴含着生态主题的小说都纳入本章节"生态主题小说"进行研究。

生态文学的特点

- **以生态整体主义为最高利益**
  - 倡导生态人文主义
  - 将生态系统的整体利益作为最高利益
  - 注重维护自然整体生态的同时注重构建人类精神生态

- **科学性**
  - 生态文学的文本形态受自然科学知识和自然科学术语直接镶嵌的影响
  - 生态文学的文体形态受自然科学的思维特征和研究方法的影响
  - 生态文学写作的叙事模式、伦理立场受自然科学认知的影响

- **文学性**
  - 具有文学的形象性、真实性、情感性和符号性的特点
  - 以小说、散文、诗歌、戏剧等文学体裁作为艺术表现形式

- **超越性**
  - 以生态为出发点,上升至对历史和社会、文明的反思
  - 注重道德和精神价值的开掘
  - 强调对人类生态观和价值观的塑造

- **整合性**
  - 生态文学的领域具有整合性
  - 生态文学的文体具有整合性

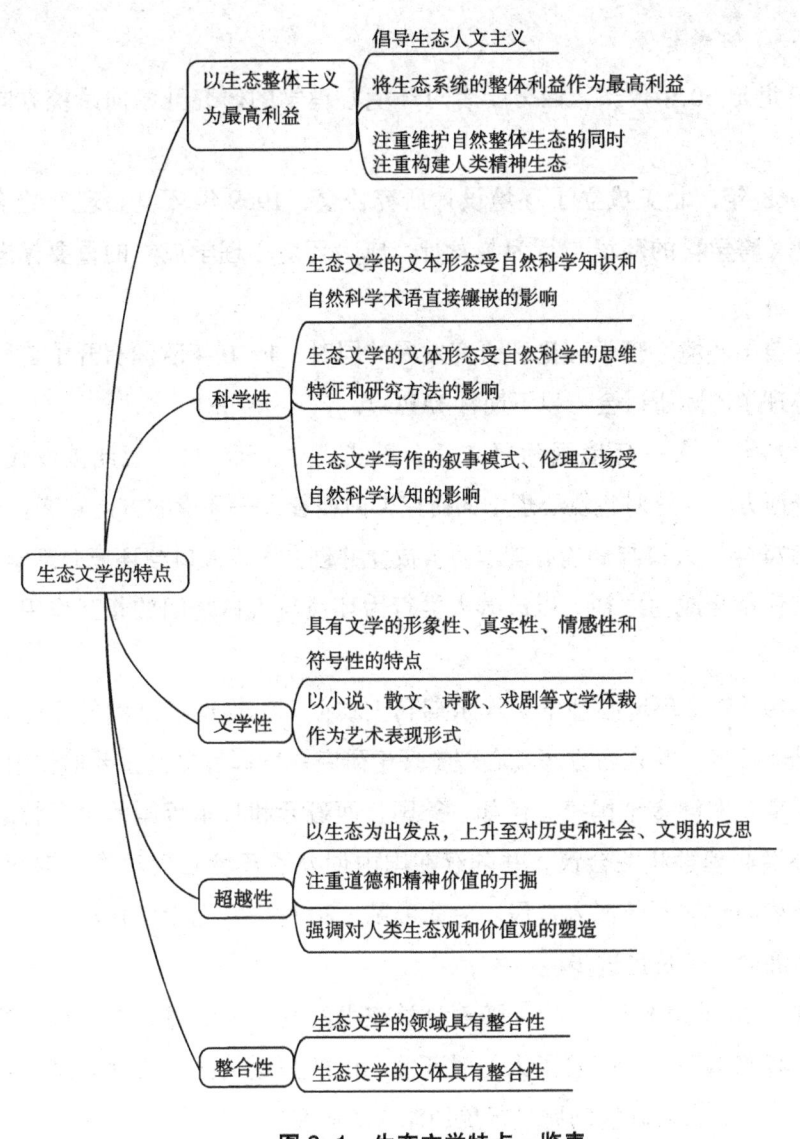

图 3-1　生态文学特点一览表

二、20 世纪英美生态主题小说兴起的背景

20 世纪英美生态主题小说是随着社会的经济、科学、文化的发展而逐渐兴起的。

（一）科学背景

20世纪50年代末，西方学者对环境心理学的研究开始向系统方向发展。

1968年，北美成立了环境设计研究协会，1969年环境心理学的重要刊物《跨学科的环境与行为》发行，成为环境心理学成立的重要标志之一。

在美国环境心理学理论和研究发展的同时，1970年欧洲召开了首届建筑心理学国际研讨会（以下简称 IAPC）。

1973年，人—环境国际研究学会正式成立，而 IAPC 就此被取代，推动着西方学术界对建筑心理学的研究方向朝着人—环境的方向转变。

1974年，人口与环境心理学协会成立并创办了《人口与环境心理学》杂志。该学会成立之初，以改善人类行为环境与人口之间的相互作用为目的。

1979年，《环境心理学》学术期刊正式创刊，推动了欧洲的环境心理学迅速发展，并在西方环境心理学理论研究中发挥着极其重要的作用。这一时期，欧洲多个国家。例如，德国、西班牙和日本等国的学者相继召开环境心理学相关会议，并陆续在国内创办了环境心理学学术期刊，推动环境心理学不断深入发展。由此可见，20世纪六七十年代环境心理学的发展取得了长足进步。

进入20世纪80年代后，随着科学技术的发展，能源和技术对人类的影响越来越深入，引发了人们对环境问题的深层关注，心理学家从心理学的观点出发对环境问题进行更加深入的研究。

环境心理学研究的主要内容包括环境问题、环境保护与可持续性，个人空间、私密性和领域，密度与拥挤，噪声四个方面。

1. 环境心理学研究内容之环境问题、环境保护与可持续性

环境心理学研究的主要对象为物理环境。自20世纪六七十年代以来，随着全球工业化和城市化的发展对自然环境带来的破坏和影响越来

越大，人们对环境的关注度也越来越高。尤其随着全球的变暖、气候问题等大规模爆发，引发了学者对环境心理学的研究目的、方向和价值的变化的关注。环境心理学的核心即是人与环境之间的关系，因此对环境问题极其关注，在对环境问题进行关注的同时，也对环境保护问题进行研究和关注。

而可持续性作为环境问题的解决方案和环境保护的重要途径，也是环境心理学研究的重要内容。环境问题的根源在于人类自身，人类为了推动社会的发展在适应环境的同时，不可避免地对环境进行改造。人类对环境的改造超过了自然物理环境所能够承受的范围，即会对自然物理环境造成破坏从而引发各种人类环境问题。只有进行可持续性发展才能解决环境问题，实现环境保护。

2. 环境心理学研究内容之个人空间、私密性和领域

20世纪60年代，西方学者萨默尔提出了个人空间概念，指出人类个体周围均存在一个不可见也不可分割的空间，如果他人或外物对该空间进行侵犯则会引发个体强烈的焦虑心理。个人空间对个体具有保护的功能。而私密空间是个体对他人或其他群体可接近程度的选择性控制。个体私密空间是一种动态的、辩证的环境与行为之间的关系。个人空间、私密性和领域三者相互联系，其中个体领域的变化，会对个人空间和个体私密性产生影响。

3. 环境心理学研究内容之密度与拥挤

密度和拥挤是环境心理学研究的两个重要概念，同时是社会行为中的两个重要概念。其中，密度属于纯粹的物理概念，指在单位空间中的人数。从心理学视角来看，绝对密度值并不存在有效的社会意义。一般来说，从心理学角度来看，密度是一个主观性和相对性的概念，个体对密度的理解存在差异性，同时，比较对象不同，密度也有所差异和变化。密度又可细分为社会密度与空间密度。拥挤从心理视角来看，也是一个带有较强主观色彩的概念，是指一定空间内人太多时个体产生的一种主

观感受，这种主观感受具有一定的消极色彩。一般来说，密度与拥挤之间并不存在严格的相关关系。这两个概念反映在城市景观规划和设计中，则会使设计师考虑城市建筑或景观的密度对个体产生的心理影响，从而避免城市景观设计中单位空间内的景观过多从而引发的个体的拥挤心理。

4. 环境心理学研究内容之噪声

噪声原为物理概念，西方学者费希纳将这一概念引进物理心理学中，使其具有了主观性和相对性的心理意义。噪声是一种对个体听觉产生强烈的刺激的声音，能够引发人的厌恶心理。噪声一般不受个人主观因素的控制且不可预知。噪声在对个体身心产生影响的同时，对个体的社会行为也形成各种影响。西方学者玛修和坎农在对噪声进行详细的研究后指出，噪声对个体的影响主要表现在两个方面。一方面，噪声会对个体的情绪产生影响，引发个体的不良情绪反应；另一方面，噪声会对个体的工作绩效、交往和健康等产生影响。噪声对个体的影响还具有持续性的特点。个体对噪声的影响并非只能消极、被动地忍受，同时可以通过积极调整个体的行为，从而将噪声对人体的影响控制在一定程度内，达到减轻噪声对个体的消极影响的作用。

（二）思想背景

20世纪60年代，随着工业革命的发展以及城市迅速扩张运动，社会经济水平普遍提高，人们对社会生态环境提出了更高要求，在这种条件下，西方学者纷纷将目光转到对自然环境的关注方面，使"生态"一词成为20世纪西方社会的热门词汇。

1962年，美国作家蕾切尔·卡森发表了《寂静的春天》一书，在这本书中，蕾切尔·卡森对工业社会以来流行的"向大自然宣战""征服大自然"的口号提出了质疑，并结合工业社会以及现代科学发展中对生态的破坏对人类的生存环境，以及人类未来的发展表达了担忧情绪。这本书由于对化学制品公司提出了质疑，遭到了以化学制品公司为首的公司的攻击，并且受到农业部和一些媒体的抨击和质疑。这本书出版后迅速激发了公众对环境问题的广泛关注，激发了公众对环境的保护意识，不仅在美国成为轰动一时的畅销书，还流传至欧洲等地，引发广泛的国际反响。鉴于这本书所出版的年代以及其对自然保护意识形成的作用，这本书被学者公认为是环境保护主义的奠基石。

同年，自然保护联盟在美国西雅图召开了第一届世界国家公园和保护地大会（WPC），这次会议首次提出了人类对野生动植物的影响、物种灭绝、旅游业的经济效益以及保护地管理等概念与话题，鼓励全球各个国家发展保护地运动。

1968年，罗马俱乐部（The Club of Rome）成立，该俱乐部属于非正式国际协会组织，由来自世界各国的科学家、教育家和经济学家等组成，对人类社会、经济、环境问题进行探讨。

1972年，该俱乐部提交了《增长的极限》，对环境的重要性以及资源与人口之间的基本联系进行了阐释，提出了"合理的持久的均衡发展"，为可持续发展思想的萌芽提供了土壤。同年，在瑞典的斯德哥尔摩召开的联合国人类环境会议，是世界环境保护署召开的第一次正式会议，具有重要的里程碑作用。这次会议将生物圈的保护列入国际法中，并且将其作为国际谈判的基础，推动环境保护得到全球各个国家的认同，并且成为全球的一致行动。本次会议上还成立了联合国环境规划署，并且发表了三个文献，即《只有一个地球》《我们共同的未来》《人类环境宣言》，这三个文献对世界自然环境保护产生了重要影响。

其中，《只有一个地球》将资源划分为可再生资源和不可再生资源，并且提出人类活动对环境的影响具有可逆性和不可逆性的影响，认为人类应尽量减少对自然的不可逆转的影响和破坏，为可持续发展理论奠定了理论基础。《我们共同的未来》通过对人类人口、资源等进行统计和分析，指出地球的资源和能源不能满足人类发展的需要；人类面临的环境危机与能源危机和发展危机之间具有重要的内在联系；生态压力已经对人类的经济发展带来了重大影响，为了人类的整体利益和未来社会的发展必须对当前经济发展模式进行改变。这份报告为可持续发展概念的最终提出和传播起到了极强的推动作用。《人类环境宣言》则将环境保护上升为一种国际承诺和国际约定，为可持续发展概念的提出奠定了世界基础。同年11月，联合国教科文组织大会第17届会议通过了《保护世界文化和自然遗产公约》，其中对需要保护的自然遗产地进行了详细标注，其中部分自然遗产地也属于文化遗产地，这种遗产地称为世界遗产地，是世界自然保护中的重中之重。

1982年5月，联合国召开了人类环境特别会议，会上通过了《内罗毕宣言》，其中明确了环境管理和评价的必要性，指出环境发展与人口和资源之间存在着极为紧密的联系，只有采取综合发展的措施，才能减少人类社会对环境的影响，推动社会经济的持续发展。同年10月，第三届世界国家公园和保护地大会召开，会议指出为了充分提升保护地在社会可持续发展中的作用，需要建立统一的保护地类别体系，以平衡保护地和经济发展之间的关系。

20世纪90年代，随着生态环境的日益恶化，人们的自然保护意识越来越强烈，人们开始对"为了发展而保护"的理论提出质疑。

1992年，联合国环境与发展大会通过了《生物多样性保护公约》，该公约中提出了就地保护的观念，要求世界各国对珍稀濒危物种进行拯救和保护，在保护濒危物种野生种群的同时，还要保护好它们的栖息地，即对物种所在的整个生态系统进行全面保护。除此之外，这次会议上还通过了《21世纪议程》，该文件中首次将环境、经济和社会所关注的重点事项纳入同一个政策框架之中，对可持续发展提出更高要求，进一步发展了可持续发展的理念。1992年2月，第四届世界国家公园和保护地大会召开，肯定了保护地对维护生物多样性的重要意义，并提出了扩大保护地体系的目标。

三、20 世纪前的英美生态主题小说

英美等国家文学中的生态思想可以追溯至希腊神话。希腊神话中存在大量因摧残和掠夺动植物而受到自然惩罚的故事，表达了人类与自然万物密不可分的关系。

早在 18 世纪，欧美等国已然出现了表达生态主题的诗歌作品。一些作家还通过想象赋予自然万物以生命。例如，乔纳森·斯威夫特（Jonathan Swift）在其创作的《格列佛游记》（Gulliver's Travels）中，小说主人公在由马治理的岛国发现马是比人类更有美德的生物，因此主人公学会了马语，并与马生活在一起。这部小说还对人类的思维能力进行了深刻理解。

沃尔特·司各特（Walter Scott）是英国著名的历史小说家和诗人，其小说《威弗利》（Waverley）中即存在大量生态描写。

查尔斯·狄更斯（Charles Dickens）的小说《雾都孤儿》（Oliver Twist）中将小说背景置于当时备受污染的伦敦，并对焦煤镇工业资本家破坏生态环境危害人类健康的行为进行了批判。

美国作家华盛顿·欧文（Washington Irving）创作的《瑞普·凡·温克尔》（Rip Van Winkle）和《睡谷的传说》（The Legend of Sleepy Hollow）中均对自然环境进行了书写，然而其作品还不具备现代意义的生态文学特征。

19 世纪，英美两国的生态文学仍然以生态诗歌为主。例如，英国浪漫主义诗人亨特的诗歌《鱼、人和精灵》；华兹华斯的诗歌等。除此之外，美国作家詹姆斯·库柏创作于 19 世纪的《拓荒者》（The Pioneer）、《最后的莫希干人》（The Last of the Mohicans）、《大草原》（The Prairie）、《探路人》（The Pathfinder）以及《杀鹿人》（The Deerslayer）等小说均表现出美国西部的风光，并对大规模射杀北美候鸽等灭绝物种和破坏自然资源的行径予以批判，以及对文明侵扰荒野的现象进行反思，

表达出鲜明的生态思想。

除此之外，英国作家威尔斯创作于 19 世纪的小说《时间机器》(The Time Machine)中对建立在掠夺自然资源基础上人类文明的可怕未来进行预言，其中也包含一定的生态思想。D. H. 劳伦斯创作的《恋爱中的女人》(Women in Love)、《查特莱夫人的情人》(Lady Chatterley's Lover)中均对工业文明对自然造成的伤害进行了描绘，强调了唯有回归自然，回归本性才能挽救人类。

尽管这些小说中已经体现了生态主义的思想，然而直到 20 世纪英美等国才出现了真正意义上的生态主题的小说。

四、20 世纪英美生态主题小说创作

20 世纪上半叶，以英美文学为代表的西方文学呈现前所未有的大繁荣。许多作家均开始注意到生态环境对人类的影响以及人类社会对自然生态环境的破坏所造成的严重后果，在文学作品中对自然与人类社会的关系进行揭示。

例如，威廉·福克纳(William Faulkner)在小说《去吧，摩西》(Go Down, Moses)中对荒野的毁灭进行了论述。海明威(Ernest Miller Hemingway)的小说《一个非洲故事》(An African Story)、《老人与海》(The Old Man and the Sea)中表现出对人与自然关系的思考。然而，这一时期，真正的生态文学仍然以生态散文和生态诗歌为主。

其中，美国作家奥尔多·利奥波德(Aldo Leopold)是 20 世纪上半叶享有国际声望的科学家和环境保护主义者，被称作美国新保护活动的"先知""美国新环境理论的创始者""生态伦理之父"。19 世纪 20 年代其在美国中部和北部的一些州从事野生动物考察工作，并写出了《猎物管理》被公认为是野生动物管理研究的始创者。1935 年，奥尔多·利奥波德与著名的自然科学家罗伯特·马歇尔一起创建了"荒野学会"，宗旨是保护和扩大面临被侵害和被污染的荒野大地以及荒野上的自由生命。

利奥波德提出了生态整体主义的核心准则："有助于维持生命共同体的和谐、稳定和美丽的事就是正确的，否则就是错误的。"这个准则的提出是人类思想史上石破天惊的大事，它标志着生态整体主义的正式确立，标志着人类的思想经过数千年以人类为中心的发展之后，终于超越了人类自身的局限，开始从生态整体的宏观视野来思考问题了。

利奥波德还是生态美学和生态文学的奠基人。其创作的《沙乡年鉴》（*A Sand County Almanac*）是土地伦理学的开山之作；此外，利奥波德所创作的《大雁归来》（*A Sand County Almanac*）是一篇极具生态主义思想的散文佳作。

除利奥波德之外，约翰·缪尔（John Muir）是美国早期环保运动的领袖。他的大自然探险文字，包括随笔、专著，被广为流传。其生态文学作品包括《我们的国家公园》（*Our National Parks*）、《我在塞拉的第一个夏天》（*My First Summer in the Sierra*）等。

进入20世纪60年代后，随着蕾切尔·卡森《寂静的春天》的发表，英国和美国生态文学的创作日益繁荣。综观20世纪西方生态文学，乃至世界生态史，蕾切尔·卡森的生态作品均具有代表性。

蕾切尔·卡森是美国海洋生物学家。1941年，蕾切尔·卡森出版了其第一部著作《海风的下面》（*Under the Sea-Wind*）描述海洋生物。1948年，她根据最新的科学研究成果撰写了一部关于海洋自然科学发展的专著——《我们周围的海洋》（*The Sea Around Us*），此书于1951年出版后受到了社会广泛关注。1955年，蕾切尔·卡森完成了其第三部作品《海洋的边缘》（*The Edge of the Sea*）。1962年，《寂静的春天》出版，在全球引起强烈震动，成为现代环保运动的经典之作，被称为现代环保运动的肇始之作。

蕾切尔·卡森生态作品的出版激发了英美等国作家对生态环境的关注，进一步推动了生态文学的发展。在此之后，英美等国产生了多部以生态作为主题的小说杰作。

美国作家爱德华·艾比（Edward Abbey）在20世纪下半叶创作出生态小说《有意破坏帮》（*The Monkey Wrench Gang*）、《海都克还活着》（*Hayduke Lives*），其创作深刻地改变了许多美国和其他国家民众的价值观念和生活方式，唤醒了人们的生态意识，激发起许多人为保护地球家园而行动。其中，《有意破坏帮》（*The Monkey Wrench Gang*）是美国生态文学史和生态保护史上的一个传奇，其讲述了主人公海都克以故意破坏的方式阻止人们破坏生态平衡的故事。

1999年，英国作家多丽丝·莱辛出版了《玛拉和丹恩历险记》（*Mara and Dann: An Adventure*），这是一部科幻寓言小说，是多丽丝·莱辛对人与自然关系的深刻思考，这种思考促使多丽丝·莱辛构想一段未来社会人类从依附于自然、对现代科技反思、到重建田园般生活的求生之路，体现了多丽丝·莱辛对恢复世界魅力的强烈愿望，被誉为"冰川时期的出埃及记"。

此外，20世纪创作生态主题小说的代表作家和作品还包括英国作家爱德华·摩根·福斯特及其《天使不敢涉足的地方》（*Where angels fear to tread*）、《看得见风景的房间》（*A Room with A View*）、《霍华德庄园》（*Howard send*）等；美国作家约翰·斯坦贝克的《人鼠之间》（*Of Mice and Men*）、《愤怒的葡萄》（*The Grapes of Wrath*）、《月亮下去了》（*The Moon Is Down*）、《伊甸之东》（*East of Eden*）、《烦恼的冬天》（*The Winter of Our Discontent*）等；美国印第安作家琳达·霍根（Linda Hogan）及其代表小说《恶之灵》（*Mean Spirit*）、《太阳风暴》（*Solar Storms*）、《力》（*Power*）、《靠鲸生活的人》（*People of the Whale*）等。

五、20世纪英美生态主题小说的创新

20世纪英美生态主题小说创作与之前的生态主题小说相比，其创新之处主要体现在以下几个方面。

(一)注重突出生态保护思想

20世纪英美生态主题小说与之前的生态主题小说相比，更加注重突出环境保护思想。20世纪是人类工业科技大发展的时期，同时是人类自然科学快速发展的时期，随着人类自然科学的发展，人们对人与自然之间的关系有了更加深刻的认识。尤其是20世纪五六十年代以来，随着蕾切尔·卡森《寂静的春天》等生态文学的出版，在英美等国掀起了巨大影响。生态主题文学中通过对自然生态遭到的破坏以及自然界的真实现状的呈现，表达出凸显的环境保护思想。

1. 爱德华·艾比小说中的生态保护思想

爱德华·艾比出生于美国的一个小镇，童年一直居住于乡下，使艾比有机会与自然中的山石和树木为伴，在荒野和丛林中进行探险和摸索，少年时期由于父母定居于西部沙漠而与沙漠结缘，并曾在西部流浪和谋生，使其积累了许多想象素材。

对自然的歌颂和对人类现代发展的批判始终贯穿于爱德华·艾比的小说和散文之中。爱德华·艾比创作于20世纪70年代初期的小说《有意破坏帮》是其代表小说之一，集中体现了其生态保护的思想。

《有意破坏帮》讲述的是以海都克为首的四人小组以"生态性有意破坏"（ecosabotage 或 ecotage）的方式保卫地球家园的故事。小说以典型的美式幽默为序曲——通往新修建拦水大坝的大桥通车仪式上，唯发展主义的代表们即将剪断彩带，突然，大桥被拦腰炸毁。这样的生态性有意破坏以"让原有的保持原样"（keep it like it was）为目的、以不危害任何人的生命为前提，试图通过类似工业革命时代捣毁机器运动的破坏性方式，来阻止人类对地球生态的破坏。除这次行动外，四人小组还捣毁了打破生态平衡工程的推土机、拔掉勘探桩、割断电线，他们最惊人之举是试图用装满炸药的船只炸毁重达79万吨、耗资7.5亿美元建成的格伦峡谷大坝。"有意破坏帮"的行动引起政府及唯发展主义者的强烈不满和凶猛报复，警察对他们展开了全面围捕，他们不得不被迫长时间逃亡，小说结尾时，除海都克跳下悬崖生死未卜以外，其他三人全部被捕，并遭到判决。

《有意破坏帮》被誉为生态文学史上的一个传奇，这部小说的出版直接促成了"地球优先！"等环境保护组织的成立。在这部小说中，艾比为实现生态保护的目的，创造了"生态有意破坏"这一词汇来表现他的思想。艾比在小说中强调，自然并非为了服务于人而存在，而是有其自身的固有价值，表达了鲜明的生态保护思想，倡导生态中心主义，认可荒野价值和荒野精神，反对唯发展主义的思想。

2. 多丽丝·莱辛小说中的生态保护思想

多丽丝·莱辛是20世纪英美女性作家的代表，其小说中还包含鲜明的生态保护思想。

以多丽丝·莱辛的小说《玛拉和丹恩历险记》（Mara and Dan: an Adventure）为例。《玛拉和丹恩历险记》是一部科幻小说，讲述了玛拉和丹恩姐弟两个人生活在南半球"Ifrik"大陆南方某部族的王室，她们在战争中不幸失去了父母，在村子里的人们的支持下过着隐姓埋名的生活。此后，在战争的影响下，部族整体迁移逃亡，由非洲南部向北方前行。在迁移过程中，主人公经历了各种艰难险阻，经过多次试验和冒险。在这个过程中，主人公身感环境恶化的后果。人类的破坏，导致自然环境受到了严重创伤，未来的地球不再适宜人类生存，所有的文明都在人类科技的滥用下而毁灭，自然生态的失衡导致人类与动物发生严重的异化问题，未来的人类也难以维持自身的本来面目。

小说的结尾，主人公历经千辛万险，最终到达了一个美丽富饶的农场尽头，那里有人们生存不可或缺的水资源、繁茂的植物和友好的动物。而迁居到此的人们最终摒弃了科技和机械代之以选择过着自给自足的手工生活，将人类行为对自然的影响降到最低，最大限度地实现了人与环境、人与其他物种的共同生存与和谐发展。

在这部小说中，多丽丝·莱辛对自然生态的失衡和社会生态危机以及人类的精神生态的崩溃进行了详细的描绘,并且通过主人公生态意识的觉醒和提升,对人类中心主义进行了批判,彰显了作者的生态整体观和生态环境保护意识,努力构建了一个美丽而富饶的生态理想国,从而实现了人类的生态栖居。

3. 琳达·霍根小说中的生态保护思想

琳达·霍根是 20 世纪美国重要的土著作家,其一生创作了四部小说——《恶之灵》(*Mean Spirit*)、《太阳风暴》(*Solar Storms*)、《力》(*Power*)、《靠鲸生活的人》(*People of the Whale*),这四部小说均表现出鲜明的生态主题。

《靠鲸生活的人》以 1855 年的《尼湾条约》事件为背景。根据条约,居住在美国华盛顿州的玛卡(Makah)部落人以出让土地为代价,获得美国联邦政府同意捕鲸的权利。但在 1926 年,随着鲸鱼数量的下降,玛卡族人自动放弃了捕猎行为,之后,1994 年,当灰头鲸从濒危物种保护名单被撤销时,玛卡族人又请求政府恢复他们的捕鲸权。1996 年后,政府同意部落人每年因为部落仪式最多可以猎捕五只鲸鱼。1999 年春天,八名玛卡族人驾驶独木舟进入华盛顿州西北海岸的尼亚湾打算重拾捕鲸活动时引起了社会的激烈争论。

《靠鲸生活的人》以一个尊重大海和鲸鱼,以鲸鱼为祖先和图腾的土著部落为背景,细致地描绘了随着现代文明的发展和人类中心主义导致的生态失衡,倡导回归传统生态智慧重新实现身份认同。在这部小说中反映了琳达·霍根坚定的生物中心主义的思想,倡导生态保护思想。

(二)突出对工业文明的反思和批判

20 世纪英美生态主题小说突出地表现了作家对工业文明的反思和批判,这一点是 20 世纪前英美生态主题小说中所不具备的。

《有意破坏帮》中对工业文明的反思与批判表现得极其鲜明。工业化的城市为人们的生活带来了更多便利,推动着技术进步和文化发展,商业化、工业化和城市化盛行。然而却对生态环境造成了破坏。《有意破坏帮》中以海都克为首的四人组通过对生活中的广告牌、教室玻璃、垃圾桶等生活物品的破坏引导读者对工业文明进行反思。而四人组企图炸毁美国西南部格伦峡谷大坝的构想中则包含着作者对工业文明的批判。

《玛拉和丹恩历险记》对工业文明的反思和批判更加深刻。在玛拉和丹恩生活的未来世界，科技的产物——包括飞机、火车失去动力之后成为一堆废铁，而战争带来的社会变化则让人们变得麻木。小说中的主人公寻找到最后的理想家园时，坚决摒弃了现代工业文明，重新回归到传统的、以手工业为主的生活。这一小说结尾也反映出小说对工业文明的反思和批判。

综上所述，随着科技的发展，以及人类对环境问题认识的深化，20世纪英美生态主题小说成为英美文学的重要写作主题之一，其中所表现出的突出的生态保护思想和对工业文明的反思与批判彰显了小说作家对人类社会的人文关系和生态问题的反思。

第二节 爱德华·摩根·福斯特生态主题小说研究

爱德华·摩根·福斯特（Edward Morgan Forster）是20世纪英国文学史上的著名作家，其所创作的小说中闪烁着自然生态、社会生态和精神生态之光。本节主要对爱德华·摩根·福斯特的生平创作及其生态主题小说进行研究。

一、爱德华·摩根·福斯特生平与创作

爱德华·摩根·福斯特1879年出生于英国伦敦，其父亲英年早逝，由包括母亲和亲戚在内的多名女性抚养成人。1897年，福斯特进入剑桥大学学习，在此期间，福斯特广交博识，并跻身于上层知识界，使其对英国维多利亚时代的传统产生了怀疑。福斯特大学毕业后，开始专心写

作。其一生曾多次出国旅行前往埃及、印度等国。独特的成长经历使其对生活的观察与思考更加深入，也为其创作提供了别样的视角。福斯特晚年则在剑桥大学潜心执教，成为一位深受学生爱戴的教授。

福斯特一生创作了六部长篇小说和两卷短篇小说、两部传记、两卷杂文集，并创作了《小说面面观》（Aspects of the Novel），这部文学理论著作成为文学批评史上的著名作品。

（一）爱德华·摩根·福斯特的长篇小说创作

爱德华·摩根·福斯特一生从事文学创作，然而其长篇小说却只有六部，分别为1905年发表的《天使不敢涉足的地方》（Where Angles Fear to Tread）、1907年发表的《最漫长的旅程》（The Longest Journey）、1908年发表的《看得见风景的房间》（A Room with a View）、1910年发表的《霍华德庄园》（Howard End）、1914年发表的《莫瑞斯》（Maurice）、1924年发表的《印度之行》（A Passage to India）等。

1.《天使不敢涉足的地方》

《天使不敢涉足的地方》是一部讽刺传统社会风俗的悲喜剧，这篇小说的故事发生于19世纪末20世纪初的意大利，背景为英国和意大利的小城。

小说讲述了主人公莉莉娅的丈夫去世后，她爱上了金克罗夫特先生，然而孀居的妇女再婚在当时的英国是不被允许的。莉莉娅因此被其英国的家人赫里顿夫人遣送到意大利。美其名曰让莉莉娅到意大利旅行。

莉莉娅的意大利之行对其产生了深刻的影响，不仅缓解了其在英国的压抑，意大利自由开放的氛围也使莉莉娅得以重新追求真爱。莉莉娅到意大利不到三周的时间就与一个意大利小伙子坠入爱河。当莉莉娅在意大利订婚的消息传回英国之后，引发了赫里顿夫人的无上怒意。对英国传统思想根深蒂固的赫里顿夫人作为一家之长，视家族荣誉为至高无上，不容亵渎的存在。为了阻止莉莉娅再婚，她派遣菲利普到意大利"拯救"莉莉娅。

而当菲利普满怀怒意到达意大利后，却感受到如同节日般的热烈气氛。与英国的环境不同，意大利人将孀居妇女再婚视为一件再正常不过的事情，倡导每个人都有追求真爱和幸福的平等权利，且不受阶级观念的制约。当莉莉娅订婚且即将结婚的消息传开后，意大利当地人，甚至陌生人都为其感到开心，并送上祝福。

英国和意大利截然相反的社会风俗，使莉莉娅意识中的英国家庭价值观和意大利家庭价值观之间产生了激烈的冲突，而这种冲突也延续到再婚后的莉莉娅与意大利爱人的婚姻中。莉莉娅喜爱意大利自由和开放的氛围，然而其内心深处却深受英国传统文化的影响，婚后其与爱人之间价值观的差异使其彼此逐渐疏远并最终导致两人婚姻破裂。莉莉娅最后在分娩时死去。然而，莉莉娅在英国的家人则再次到意大利"拯救"莉莉娅的孩子，最终导致孩子意外死亡。而孩子的死亡也使莉莉娅亲密的英国朋友对英国的传统社会价值观进行反思，最终完成了内心的文化整合。

2.《最漫长的旅程》

《最漫长的旅程》被视为福斯特本人的自传小说，小说主人公里基天生腿部残疾，从小生活在缺少家庭温暖和呵护的环境中。这种成长环境使里基的童年十分孤独，也因此形成了其善于幻想的性格。里基长大后到剑桥读书，在这里他结交朋友，享受快乐，却依旧保留了沉溺于幻想的性格。这种性格特征使里基远离真实世界并与心目中的"女神"结婚。

婚后，里基前往彭布罗克所在的索斯敦教书。然而，这里的氛围与剑桥大学宽松的氛围截然不同。与此同时，里基心目中的"女神"实际上却是一位自私、虚伪的人。里基被虚伪的工作和家庭所包围逐渐沦落其中。此时，其朋友和同母异父兄弟却使里基重新恢复了活力，并最终为了拯救同母异父的兄弟而被火车碾压双腿而死。

《最漫长的旅程》这部小说中，许多人物均以福斯特现实生活中遇到的人物作为原型，展现了主人千米基漫长的人生成长之旅。

3.《看得见风景的房间》

《看得见风景的房间》是福斯特的第三部小说,这部小说萌芽于福斯特第一次到意大利旅行的时期,经历了漫长和复杂的构思过程。小说的主人公是一位英国姑娘露西,她与表姐到意大利的佛罗伦萨旅游,当她们来到投宿的旅馆后发现被安排到两间不能看到风景的房间,这使两位年轻姑娘十分失望。幸运的是同住一家旅店的美国小伙子乔治父子愿意与她们调换房间,却被具有传统英国思想的露西一行视为轻狂鲁莽之徒。然而,经过一段时间的相互了解之后,露西逐渐改变了看法,同时乔治逐渐爱上了露西,并向其表达了爱慕之情。然而,露西从小接受的英国传统思想使其无法正视自己的真实情感,因此拒绝了乔治。

露西自意大利返回英国后很快与传统的英国男子订婚,然而,未婚夫的陈腐思想却让她难以忍受,最终她解除了婚约,并大胆地向乔治表白,收获了理想的爱情。

这部小说表现了真实、自然的感情和虚假、陈腐观念之间的冲突,引发人们在面对现实生活时如何才能正视事实,面对生活和忠于自己,以免误入歧途,遗恨终生。

4.《霍华德庄园》

《霍华德庄园》是福斯特的第四部长篇小说,也是其创作中最成熟、思想最深刻的一部作品。这部小说围绕施莱格尔家的玛格丽特和海伦两姐妹展开。玛格丽特和海伦在德国度假期间与英国商人威尔柯克斯一家相遇。回到英国后,威尔柯克斯一家恰巧在施莱格尔家对面租住了房子,两家人因此得以重新交往。而威尔柯克斯太太与玛格丽特志趣相投,二人成为莫逆之交。威尔柯克斯太太去世之前修改了遗嘱,将自己家庭的霍华德庄园送给玛格丽特。然而,这一份遗嘱却被威尔柯克斯太太的丈夫及其子女集体隐瞒了下来。

施莱格尔一家在与威尔柯克斯一家交往的同时,还与一位名叫利奥纳德·巴斯特的保险公司职员交往。其间,玛格丽特和海伦通过威尔柯克斯先生意外透露得知利奥纳德·巴斯特的保险公司即将破产，及时建议利奥纳德·巴斯特变换了工作。然而意外的是利奥纳德·巴斯特曾经工作的保险公司并未破产，业务反而越来越好，但新工作的公司却破产了，利奥纳德·巴斯特因此陷入了极其贫困的状态。

海伦同情利奥纳德·巴斯特的遭遇，并认为自己在此事上负有一定的责任，出于愧疚她委身于利奥纳德·巴斯特之后远走他乡。而玛格丽特在与威尔柯克斯先生的交往中接受其求婚，并与威尔柯克斯先生共同入住了霍华德庄园。而海伦在玛格丽特婚后归来，却已身怀六甲，玛格丽特因此提出让海伦在霍华德庄园留宿一夜。利奥纳德·巴斯特得知此事后连夜前往霍华德庄园却被威尔柯克斯家的大儿子用棍棒击中，引发心脏病而亡。威尔柯克斯家的大儿子因此被捕入狱，威尔柯克斯先生也因此一病不起，并订立了遗嘱将霍华德庄园赠送给海伦母子。

《霍华德庄园》塑造了英国中产阶级施莱格尔姐妹、商人施莱格尔一家以及生活在社会底层的利奥纳德·巴斯特一家，通过他们之间的相互联系反映了20世纪初期英国社会的历史图景。

5.《莫瑞斯》

《莫瑞斯》是一部饱受争议的小说，讲述了主人公莫瑞斯在剑桥大学求学时与高年级的同学相恋无果，遇到猎场看守人后再次坠入爱河，最终两人远离尘世，在大自然中自由地生活。

6.《印度之行》

《印度之行》是福斯特的最后一部小说，这部小说也被视为福斯最为杰出的作品。小说围绕主人公到玛拉岩洞探访并因此引发的一系列矛盾冲突，表现了多元化的小说主题。

(二) 爱德华·摩根·福斯特的短篇小说

除长篇小说之外，爱德华·摩根·福斯特还创作了多部短篇小说集，包括《天国驿车》(*The Celesial Omnibus and Other Stories*) 和《来生》

(*The Elermal Moment and Other Stories*)。

爱德华·摩根·福斯特的长篇和短篇小说均具有较强的自传色彩，同时反映了作者对其所处年代的深刻思考，表现出较为鲜明的生态主义倾向。

二、爱德华·摩根·福斯特生态主题小说创作的缘由

爱德华·摩根·福斯特生态主题小说的创作与其个人经历以及社会背景息息相关。

(一) 爱德华·摩根·福斯特独特的成长经历

爱德华·摩根·福斯特幼年丧父，由母亲和其他几位女性亲戚抚养成人，其成长之路较为崎岖。少年时期的福斯特曾进入肯特郡的汤桥公学就读，虽然其文静和爱幻想的个性与该校的风格格格不入，使其备受折磨。然而汤桥公学所在的肯特郡却是一个风景极其优美的地方，素有"英格兰的花园"之称。

进入剑桥大学后，旖旎的校园风光和朝气蓬勃的校园氛围为其打开了全新的世界。大学期间，福斯特接触了意大利和希腊文学，对这两个国家产生了深深的向往。大学毕业后，福斯特用了两年时间到意大利和希腊游历，对这两个国家的美妙风光和独特的社会风俗印象深刻。欧洲大陆的秀美明媚以及地中海的景色风情均使福斯特从中感受到大自然的神奇。

第一次世界大战前后，福斯特还先后两次到印度游历，感受到印度与欧洲迥然不同的自然风光和社会风俗。大自然的美丽与神秘让福斯特感慨万千，其将游历过程中所见的自然风光反映在其小说，无论是《天使不敢涉足的地方》《看得见风景的房间》，还是《印度之行》中均对异域自然风光进行了大篇幅的描写，作者赞叹自然力量的伟大，并意识到人类在自然面前的渺小。

（二）特殊时代的影响

爱德华·摩根·福斯特生活于19世纪末和20世纪，而随着工业革命的迅速发展，机器的大规模使用，对自然环境造成了严重破坏。在工业革命中，煤炭是极其重要的能源，而煤炭的广泛使用，导致大量含有二氧化硫的有害物质被排放到城市上空，对城市空气造成了污染。除空气之外，19世纪末20世纪初的英国工业生产以纺织业为主，纺织业规模的扩大排放出大量污水。此外，纺织业的扩大生产还使资本家们为了获取羊毛而进行规模浩大的"圈地运动"，大量农田变为纺织厂。工业革命所造成的环境恶化并不是一朝一夕发生的，而是经历了百余年工业发展的积累，逐渐从量变引发了质变，在20世纪初，环境污染爆发，引发了包括福斯特在内的作家的广泛关注。

此外，自18世纪以来，随着英国工业化的迅速发展和商品的极大丰富，英国大城市的上流社会兴起了奢侈和享乐之风。而随着工业革命的发展，许多产业主变成实业新贵成为推动社会经济发展的重要力量，并逐渐跻身社会上层，其消费能力较没落的传统贵族更加奢靡。而这种泛滥的物质欲望又刺激了许多商人不遗余力地通过疯狂索取自然资源而牟利。20世纪初英国社会的这种风气也引发了对社会进行观察的福斯特等作家的关注。

爱德华·摩根·福斯特热爱自然，对由于人类的贪欲和不可遏制的欲望而导致的自然环境灾难使其难以认同。时代的变迁推动传统的乡村世界发生了巨大转变，人们赖以生存的精神家园和心灵寄托之所被破坏。虽然工业革命所带来的工业文明中，人们得以摆脱繁重的体力劳动，然而，也打断了人们对精神的追求，传统的美好品质逐渐消失，导致现代人陷入无止境的精神焦虑之中。为了替现代人寻找解除精神焦虑的办法，福斯特在小说中提到了"联结"的思想。

三、爱德华·摩根·福斯特小说中生态思想的体现

爱德华·摩根·福斯特的小说从各个角度对自然这一神秘而特别的存在进行了描绘。福斯特的小说中对蓝天、流水、风景优美的小镇、长满鲜花的丛林等均进行了大量描绘。美丽的大自然令福斯特精神放松，而当其身处自然之中，与自然万物融为一体的和谐也令其悸动不已。福斯特也将其对大自然的情感写入小说中，追求的万物"联结"的和谐状态。

爱德华·摩根·福斯特小说中的生态思想主要体现在以下几个方面。

（一）生态的自然书写

爱德华·摩根·福斯特的小说中对大自然的各种意象进行了描写，展现了多个国家独特的自然风光。这些自然风光神秘而美丽，如诗如画，丰富多彩，既有瞬息变幻，也有气势汹涌；既有冷峻的一面，也有清新的一面。这种对生态的自然书写体现了福斯特的生态思想。

1. 敬畏自然之心

爱德华·摩根·福斯特的小说中存在大量对自然环境的客观描绘，反映了其对自然的全面观察和深入认识，除此之外还反映了其对自然的敬畏之心。

爱德华·摩根·福斯特的小说《印度之行》中描写道："天空主宰着万物，不仅主宰气候和时令，连大地何时穿上美丽服装也要由它来安排。天空独自能做的事却甚少，好像它只能稍稍帮助花儿开放。但是天空高兴的时候，会把光辉洒满昌德拉普尔印度人居住区，也会把恩惠施与天下黎民。天空所以能做出这般奇迹，因为它力大无穷，巨大无边。"❶

这段文字充分彰显了福斯特对自然力量的认识以及对自然的敬畏之心。在敬畏自然的同时，福斯特还充分尊重和维护自然生命的生存权利，并对自然界客观存在事物的内在价值给予充分重视。

---

❶ 福斯特.印度之行[M].杨自俭，邵翠英，译.合肥：安徽文艺出版社，1990：5.

爱德华·摩根·福斯特的长篇小说《最漫长的旅程》存在人类对自然的敬畏场景，彰显了福斯特对生态自然的看法。

2. 倡导人与自然的和谐相处

爱德华·摩根·福斯特的小说倡导人和自然和谐相处。福斯特小说中所描写的自然虽然十分神秘，但却充满了灵气和韵味。福斯特将自然情感化，将人物的情感意象化，赋予自然风景独特的情感投射，从而使自然风景成为小说人物情感的表达。

例如，福斯特的小说《天使不敢涉足的地方》在描绘莉莉娅所在的意大利小镇蒙泰里阿诺时，对小镇的景色进行了描绘："一片迷迷茫茫的绿色橄榄树沿着围墙挺立着，山城宛如梦幻中的一只奇异的船，漂浮在绿树和蓝天之间。"❶这里的风景描写就融入了主人公的某种情感，"迷迷茫茫"在一定程度上反映了主人公面对英国和意大利两种迥异的社会文化时不知往何处去的情感状态。

除此之外，福斯特的小说还反映了人类对自然的尊重，以及人与自然和谐相处的情境。例如，《霍华德庄园》即使用较大的篇幅对霍华德庄园及其附近的自然景观进行了细致的描写，并展现了孩子们在自然中尽情玩乐的场景。

《印度之行》作为福斯特最具代表性的小说之一，通过摩尔夫人与黄蜂的和谐相处展现出人与自然和谐相处的乐趣，以及对工业文明的批判。

（二）生态的人性书写

爱德华·摩根·福斯特的小说不仅对生态自然进行了大量书写，还对生态的人性进行了书写。福斯特的小说思想主题较为深刻，对自然生态、社会风俗、教育制度等均进行了较为深刻的反思，并对人类文明、自然人性束缚进行了深刻的思考。

---

❶ 福斯特.天使不敢涉足的地方[M].林林，薛力敏，译.北京：中国文联出版公司，1988：25.

爱德华·摩根·福斯特除小说之外，还使用散文表现其思想。其散文作品《英国人性格琐谈》（*Notes on the English Character*）中对爱德华时代人与人之间关系冲突和隔膜进行了论述。而在其小说《印度之行》《霍华德庄园》中均对英国爱德华时代人性的异化进行了论述和批判，倡导让"自然人"对"社会人"产生积极正面的影响。

爱德华·摩根·福斯特笔下的"自然人"和"社会人"的分界线十分清晰，而其小说的结局往往以"自然人"对战"社会人"取得胜利，或以"社会人"转变为"自然人"而结束，并通过万物"关联"的思想表现出福斯特对生态的人性书写。

综上所述，爱德华·摩根·福斯特的小说主题丰富，生态主题是福斯特小说的主题倾向之一，主要表现在生态的自然书写和生态的人性书写两个方面。

第三节 约翰·斯坦贝克生态主题小说研究

约翰·斯坦贝克（John Steinbeck）是美国20世纪代表作家之一，同时是一位自然主义者。本节主要对约翰·斯坦贝克的生态主题小说进行研究。

一、约翰·斯坦贝克的生平与创作

约翰·斯坦贝克于1902年出生于加利福尼亚州萨利纳斯，其父亲是一位稍有资产的农场主，后担任蒙特里县财政局长，其母亲是一位中学教师。1918年，约翰·斯坦贝克考入斯坦福大学英文系，其间两度由于经济原因而中断学业。1925年，约翰·斯坦贝克离开斯坦福大学，未获得学位。其后的十年中，约翰·斯坦贝克辗转于泥水匠、漆匠、测量员、水果采摘工、庄园看守等职业，经过了艰难的自我奋斗。

（一）约翰·斯坦贝克的创作历程

1929 年，约翰·斯坦贝克出版了第一部小说《黄金杯》(*Cup of Gold*)，这部小说是以著名的海盗亨利·摩根的生活经历为基础创作的带有浪漫主义色彩的小说。这部小说并不十分成功，然而却为约翰·斯坦贝克赢得了一笔稿酬。

1930 年，约翰·斯坦贝克离开加利福尼亚州前往纽约，开始以写作为生。1932 年，约翰·斯坦贝克发表了长篇小说《天堂牧场》(*The Pastures of Heaven*)，1933 年发布了长篇小说《献给一名无名的神》(*To a God Unknown*)。尽管在短短数年中，约翰·斯坦贝克创作并发表了多篇作品，然而这些作品并没有引起社会的注意。直到 1935 年，其中一篇小说《煎饼坪》(*Torilla Flat*)的发表才在社会上引发了较大影响。

自此之后，约翰·斯坦贝克正式成为一名职业作家，之后相继创作了《胜负未决》(*The Dubious Battle*)、《人鼠之间》(*Of Mice and Men*)、《小红马》(*The Red Pony*)、《愤怒的葡萄》(*The Grapes of Wrath*)、《月落》(*The Moon Is Down*)、《远离炸弹》(*Bombs Away*)、《旅苏日记》(*A Russian Journal*)、《罐头厂街》(*Cannery Row*)、《珍珠》(*The Pearl*)、《任性的公共汽车》(*The Wayward Bus*)、《伊甸园之东》(*East of Eden*)、《美妙的星期四》(*Sweet Thursday*)和《恼人的冬天》(*The Winter of Our Discontent*)等小说。

除此之外，约翰·斯坦贝克一生还创作了多部旅行杂记，包括《和查理一起旅行探索美国》(*Travels with Charley: In Search of America*)、《美国与美国人》(*America and Americans*)、《战地随笔》(*Once There Was a War*)等。

约翰·斯坦贝克是一位多产作家，他一生在文学创作上取得了巨大成就，创作了数量丰富的小说作品，涉及 16 部长、中篇小说和多部短篇小说（见表 3-1），曾多次获得普利策奖、欧·亨利奖，并于 1962 年获得诺贝尔文学奖。

表 3-1　约翰·斯坦贝克主要小说作品一览表

类型	出版日期	中文译名	英文名
长篇小说	1929	《黄金杯》	Cup of Gold
	1932	《天堂牧场》	The Pastures of Heaven
	1933	《献给一名无名的神》	To a God Unknown
	1940	《愤怒的葡萄》	The Grapes of Wrath
	1947	《任性的公共汽车》	The Wayward Bus
	1954	《伊甸园之东》	East of Eden
	1957	《丕平四世的短命统治》	The Short Reign of Pippin IV
	1961	《恼人的冬天》	The Winter of Our Discontent
中篇小说	1935	《煎饼坪》	Torilla Flat
	1936	《胜负未决》	The Dubious Battle
	1937	《人鼠之间》	Of Mice and Men
	1942	《月落》	The Moon Is Down
	1945	《罐头厂街》	Cannery Row
	1947	《珍珠》	The Pearl
	1950	《烈焰》	Burning Bright
	1954	《美妙的星期四》	Sweet Thursday
短篇小说	1933—1937	《小红马》	The Red Pony
	1934	《谋杀》	—
	1936	《收获节的吉普赛人》	—
	1938	《菊》	—
	1938	《逃离》	—
	1938	《蛇》	—
	1938	《白鹌鹑》	—

（二）约翰·斯坦贝克代表作品简述

约翰·斯坦贝克一生创作了多部中长篇小说和大量短篇小说，并荣获了诺贝尔文学奖。其代表作品主要包括《人鼠之间》《愤怒的葡萄》《伊甸园之东》《恼人的冬天》等。

1.《人鼠之间》

《人鼠之间》讲述了主人公伦尼和乔治两位流动农业工人的故事。伦尼体壮如牛却有一定的智力缺陷；乔治精明却瘦小，两个工人一起奋斗，希望用积攒的工钱购买一块土地，盖一座农场和小房子，在自己的农场中生活。这一愿望无比美好。然而在现实中，他们工作的农场却充满了人为制造的陷阱。伦尼由于不能控制自己的力气失手扭断了农场主儿媳的脖子。而乔治则为了避免伦尼被警察带走后倍受折磨开枪杀死了伦尼。而乔治自己也因此陷入精神失常。

2.《愤怒的葡萄》

《愤怒的葡萄》是一部饱含愤怒的长篇小说，它讲述了贫苦农民被迫失去土地后从风沙弥漫的俄克拉何马州平原流落到富庶的加利福尼亚州谷地的悲惨故事。这部小说是根据作者的亲身见闻创作而成的。

俄克拉何马州平原的农民在天灾人祸的双重打击下，为了寻求活路，响应政府广告上的招工信息选择到加利福尼亚生活，以期在那里寻找到摘棉花和摘桃子的基础工作，换得微薄的收入。一路上，人们不断掉队。当幸存的俄克拉何马州农民终于到达加利福尼亚州时，却并没有看到所谓的幸福生活。

加利福尼亚美丽富饶，这里不仅有阳光、沙滩，还有成片的肥沃土地，盛产粮食、水果、棉花、猪肉及牛奶等各色农作物。然而这些农民赖以活命的土地却被有钱的大资本家收购。在大资本家的眼中，土地种植仅是资本循环的一部分，当土地上种植的农作物或养殖的牲畜价格过低时，资本家宁愿倒掉卖不出去的牛奶，烧掉已经成熟的作物也不愿让雇用的农民以此果腹。

小说的主人公乔德一家从俄克拉何马州一路经过艰难的迁徙到达加利福尼亚，然而却发现只能找到工资低得可怜的工作，在辛苦工作一天后，工资尚不能支付一顿饱饭。而当穷人不断饿死的时候，资本家却将成箱的葡萄投入熊熊火光。这一行为激起了农民的愤怒，与乔德一家一同西迁的牧师凯西带领农民组织起来反抗资本家的压迫。然而，凯西却被警察带走并杀死。乔德一家在绝望中开车离开加利福尼亚，路上又遭遇了洪水袭击，一家人经过苦苦挣扎，暂避于一个高地的谷仓，在食物严重不足的情况下，毅然决然地拯救濒临死亡的穷人。

3.《伊甸园之东》

《伊甸园之东》描写了两个移民家族从美国南北战争直到第一次世界大战结束，长达半个世纪三代人的命运，运用象征和写实交融的手法，描绘了善与恶之间的斗争。特拉斯克家族的第一代赛勒斯伪造参加南北战争的经历，骗取了名誉和财产，并专横地送儿子亚当从军，生性善良的亚当收留了一个重伤的女子卡西，却不料她为人邪恶，抛下亚当和一对孪生子改名换姓开了妓院，后来孪生子又因发现她的秘密而走上不同的生活道路。

而另一个家族的第一代家长塞缪尔·汉密尔顿却正直、勇敢、智慧。与特拉斯克家族的第一代家长的行事风格形成了鲜明的对比。美国南北战争期间，塞缪尔带着妻子从爱尔兰漂洋过海来到美国加利福尼亚定居。他为人正直、聪明、勇敢，依靠自己的辛勤劳动与自然界进行顽强的斗争，以求生存并创造较为美好的生活。塞缪尔教育成人的子女大多秉承了他的善良性格，但在资本主义处于上升阶段的美国社会中，他们命运多舛，坎坷失意，最终也在各自的领域获得了一定成就。

4.《恼人的冬天》

《恼人的冬天》是约翰·斯坦贝克最后一部长篇小说。小说讲述了经历战争洗礼后回到家乡的退役士兵伊桑，从一个善良的杂货铺雇员扭曲成为卑鄙的人，又在自我谴责中恍然醒悟的过程。

伊桑在退役后满怀热情回到家乡，在他的印象中，家乡人与人之间保持着淳朴和谐的关系。然而，回到家乡后却发现这里的一切已经发生了天翻地覆的变化。随着生存压力和竞争压力的日益加大，伊桑也变得无比烦恼。最后迫于妻子和孩子追求更好生活的压力，伊桑逐渐背叛了善良的自己。他向移民当局告发了待他如亲人的雇主，将雇主的店铺占为己有；又用计谋骗得了童年好友的地产；甚至制服了狡诈的银行家。正当他得到一切的时候，原先鼓动他谋求私利的一个半娼半巫的女人却来要挟他，而儿子舞弊得到全国作文奖一事也东窗事发，伊桑终于在利欲和良知的内心挣扎中清醒，决定将"光"传递下去。

这部小说用"光"代表希望，无论世界多么黑暗，始终有光的存在。无论冬天多么烦恼，总有一丝绿色预示春天的最终到来。

二、约翰·斯坦贝克小说中的生态思想衍变

约翰·斯坦贝克年少时在乡村和牧场中度过，与大自然亲密接触。这一经历使其对大自然和田野以及在乡村生活的农民们产生了浓厚的情感。就读于斯坦福大学期间，约翰·斯坦贝克曾专门从事海洋动物学的研究。而走出大学之后，成为作家之前，约翰·斯坦贝克从事过多种岗位的工作，大多以体力劳动为主，因此其对劳动人民的生活和思想较为熟悉。这些均为其之后的小说创作产生了深刻影响。

约翰·斯坦贝克的小说通常将视角对准社会底层劳动人民，展现普通农民、小农场主等人物在时代潮流下的遭遇，具有深刻的社会内涵。除此之外，约翰·斯坦贝克的小说中还表现出鲜明的生态思想。这种生态思想并非一开始即走向成熟，而是经历了从萌芽到发展成熟的过程。

（一）约翰·斯坦贝克小说中生态思想的萌芽

约翰·斯坦贝克的早期小说《献给一名无名的神》中，通过对主人公约瑟夫与季节的斗争，以及其对土地上生长的自然事物的深沉的爱意

以及如同图腾般的信奉，对人与土地之间的紧密关系进行了揭示。此外，这部小说中还隐晦地表达了作者对人类对自然消极态度的批判。

除此之外，约翰·斯坦贝克的中篇小说《人鼠之间》，通过讲述20世纪30年代美国经济大萧条时期，两个美国流动农业工人企图通过农场劳动来改变生活的愿望逐渐破灭的过程。在残酷的现实面前，他们只想拥有一所小房子，几亩地，一头牛，几头猪，还有一大片菜园，一窝兔子和几只鸡——一处能获得温饱的小农场，然而都无法实现。为了这一小小的、可怜的梦想而努力的两位主人公如同田鼠般在土地上流浪，最终只能走向幻灭。

这部小说中也体现了人类与土地的紧密关系，农民一旦被工业资本家及其代理人夺走土地，便失去了土地和家园，只能一步步沦为流动农业工人，不得不背井离乡，通过为其他农场主打短工而艰难度日，如同田野中的老鼠一样无根无家。这部小说通过两位主人公的奋斗过程表达了人类渴望回归土地，与大自然建立起连接的愿望。

从以上约翰·斯坦贝克早期小说中所表现出的对自然的敬畏和依恋之情可以看出，在其早期小说中出现了生态思想的萌芽。然而这一时期，其生态主义思想还远远没有成熟。

（二）约翰·斯坦贝克小说中生态思想的发展

约翰·斯坦贝克小说的代表作品《愤怒的葡萄》发表于1940年，是其创作生涯中期的典型代表作品，为其赢得了巨大的声誉。这部小说中表现出的生态思想获得了较大发展，逐渐趋于成熟。

《愤怒的葡萄》中作者对20世纪30年代人类在征服和剥削自然过程中造成的各种灾难性的恶果进行了描述：

"黎明到来了，白昼却不露面。灰蒙蒙的天空出现了一轮红日，那只是一个朦胧的红色的圆东西，放射出微弱的光镜，好似黄昏一般；再过些时，黄昏的天色又变黑了，风在倒伏的玉米上呜呜地叫着。"

……

"一到夜里便是漆黑,因为星光没法穿过尘沙照到地面,窗内的灯光甚至还照不出院落。现在,尘沙和空气匀称地掺杂在一起,成了尘沙和空气的乳状混合物了。家家户户都关闭得紧紧的,门窗门围都用布塞住了缝眼,然而稀薄到在空中看不出的尘沙却还是钻进来,像花粉一般停积在桌椅上、碟子上。"❶

由于过度开垦,地表的土层失去了保护,雨水将地表土冲刷成道道沟渠,而在干旱季节,风卷着浮土漫过田野形成可怕的沙尘暴。小说中对人类活动造成的生态灾难进行了深刻描绘,并表达了其作为一位具有生态危机意识的作家的愤怒与反思。从人与自然的关系视角对人类破坏自然生态的行为进行批判。

《愤怒的葡萄》以明显的生态价值观的角度审视着美国大平原的变迁。约翰·斯坦贝克作为一名有社会责任感的作家,在这一时期,他的焦虑感和生态忧患意识在逐步上升,因而,此间约翰·斯坦贝克小说中的生态思想已经开始从萌芽发展至成熟。

(三)约翰·斯坦贝克小说中生态思想的升华

在创作晚期,约翰·斯坦贝克经过旅游以及担任战地记者等职务,得以更加系统地对自然进行观察,对万事万物的整体性有了更深刻的感悟,对人类的精神生态予以关照,其生态思想也得到了进一步的升华。

《伊甸园之东》是约翰·斯坦贝克晚期最为重要的作品之一,也是其获得诺贝尔奖时在颁奖词中唯一一部被提及的后期作品。这部小说通过两个家族三代经历的描写,以及两个家族历代的重要成员对待土地、动物以及人与自然关系的态度传达出其越发成熟的生态思想。

小说中"善"的代表——汉密尔顿家族的第一代大家长塞缪尔·汉密尔顿对待土地和自然十分尊重,爱护自然界的一草一木,也因此而受

---

❶ 斯坦贝克.愤怒的葡萄[M].胡仲持,译.上海:上海译文出版社,2003:5.

到自然的庇护和恩惠。

与之相反，小说中"恶"的代表——特拉斯克家族的第一代大家长却认为人类是自然的主宰，这一思想使其站立到自然的对立面，最终背离了自然，导致其一生备受精神煎熬而不自知其原因。

作家的生态视角还拓展到了人的精神层面，小说中表现了特拉斯克家族成员的精神困境，也展示了汉密尔顿家族的塞缪尔夫妇如何帮助人们从精神困境中突围，重建精神生态家园。

小说中两个家族的发展理念决定了其家族命运，也展现了约翰·斯坦贝克的生态思想，反映了其对"人类中心主义"观念的批判，对生态整体观的倡导以及对人类回归"自我本真"精神世界的呼唤。

三、约翰·斯坦贝克小说中的生态思想的表现

从上文论述中可以看出，约翰·斯坦贝克小说中的生态思想经历了一系列的变化，最终走向成熟。具体来说，约翰·斯坦贝克中的生态思想主要表现在以下几个方面。

（一）对"人类中心主义"的批判

约翰·斯坦贝克小说中的生态思想的表现首先体现在对"人类中心主义"的批判。

人类中心主义，是以人类为事物中心的学说，倡导要把人类的利益作为价值原点和道德评价的依据，有且只有人类才是价值判断的主体。人类中心主义的核心观点包括以下几点。

（1）在人与自然的价值关系中，只有拥有意识的人类才是主体，自然是客体。价值评价的尺度必须掌握和始终掌握在人类的手中，任何时候说到"价值"都是指"对于人的意义"。

（2）在人与自然的伦理关系中，应当贯彻人是目的思想，最早提出"人是目的"这一命题的是康德，这被认为是人类中心主义在理论上完成的标志。

（3）人类的一切活动都是为了满足自己生存和发展的需要，如果不能达到这一目的活动就是没有任何意义的，因此一切应当以人类的利益为出发点和归宿。

人类中心主义倡导将人类的利益作为一切行动的出发点和归宿。而约翰·斯坦贝克出生于加利福尼亚州，从小与土地、荒野和其他自然事物之间建立了深厚的情感，并对家乡的美景进行了不遗余力的赞美。其小说中对人类无节制征服大自然，试图统治大自然的行为所造成的恶果进行了大篇幅的描写。

在小说《愤怒的葡萄》中，作者借小说人物之口指出："我真不懂这个国家会弄成什么样子……天天有五六十车人从这儿过，都是带着家小和东西往西去的。他们上哪儿去了，他们去干什么呢？"[1] 在这里，约翰·斯坦贝克提出了深深的困惑，隐晦地对人类贪婪地破坏土地导致家园和沃土被毁掉的愤怒。

而在小说《伊甸园之东》中，约翰·斯坦贝克将两个生态观念对立的家族的发展升华为"善""恶"的对立，对特拉斯克家族所持有的"人类中心主义"进行了批判。

（二）对生态整体主义的倡导

生态整体主义与"人类中心主义"不同，倡导把生态系统的整体利益作为最高价值而不是把人类的利益作为最高价值，把是否有利于维持和保护生态系统的完整、和谐、稳定、平衡和持续存在作为衡量一切事物的根本尺度，作为评判人类生活方式、科技进步、经济增长和社会发展的终极标准。强调把人类的物质欲望、经济增长、对自然的改造和扰乱限制在能为生态系统所承受、吸收、降解和恢复的范围内。

生态整体主义理念在约翰·斯坦贝克的小说中得到了大量表现。在约翰·斯坦贝克的小说《献给一名无名的神》（*To a God Unknown*）中，

---

[1] 斯坦贝克.愤怒的葡萄[M].胡仲持，译.上海：上海译文出版社，2003：125.

作者就曾假借人物之口指出:"大自然是一个有机的整体,它让自己远离了人类试图控制、影响或者是了解它的徒劳尝试"[1]。除此之外,约翰·斯坦贝克小说中对生态整体主义的倡导还表现在以下几个方面。

1. 人与土地关系的阐释

人与大地的关系在约翰·斯坦贝克的多部小说中均进行了呈现。例如,《人鼠之间》中即对人与土地的关系进行了阐释,强调了人与自然大地的连接。除此之外,在《愤怒的葡萄》中,约翰·斯坦贝克用大篇幅的笔墨展示了世代在土地上耕作的人们,一旦被迫脱离土地之后的迷茫与不幸。

2. 对人类贪婪索取自然的批判

《愤怒的葡萄》开篇对人类贪婪索取自然导致自然灾害的现象进行了描绘,玉米地里本该旺盛生长的玉米被太阳晒得叶子卷边,由于水土流失,雨水打在地上轻易将沃土冲走。而由于水土流失严重,庄稼无法获得丰收,漫漫沙尘无论清晨还是黑夜都弥漫在空气中,对庄稼的生长和农民的安全造成严重威胁。

而沙尘弥漫的原因主要是人类贪婪的欲望,对土地无情地剥削导致的。小说中约翰·斯坦贝克借助业主之口对人类贪婪索取自然的行为进行了批判:"你们也知道这土地越来越糟了。你们知道棉花对土地起了什么作用;它把土地弄坏了,吸干了地里的血。"[2]人类为了经济利益一味对土地进行索取,忽略了对土地的呵护,不给土地进行换血的机会,最终导致土地变得贫瘠,无力再适应自然的变化,形成了尘暴灾难,在土地上世代生活的农民必须承受这一后果,不得不离开这片土地来到西部寻求理想的家园。

---

[1] 斯坦贝克. 斯坦贝克中短篇小说选(一)[M]. 张健, 等译. 北京: 人民文学出版社, 1983: 183.

[2] 斯坦贝克. 愤怒的葡萄[M]. 胡仲持, 译. 上海: 上海译文出版社, 2003: 35.

3. 对技术和机器的批判与反思

随着科学技术的发展，人们利用技术生产出大量机器，机器逐渐代替人力进行工作，客观上改变了土地和人的关系，导致了人与赖以生存的土地的逐渐疏离，破坏了人与土地之间共同体的情感经验。机器是冰冷的、无情的，而人们在使用机器的过程中也会逐渐变得冰冷和无情，仿佛失去了原本的灵魂一般。

拖拉机是随着科学技术发展而兴起的农业机器。拖拉机的车轮高大，驾驶员坐到驾驶室的铁座上，脚下是钢铁制成的踏板，阻隔了土地与人的联系，导致驾驶员不能真切地感受到土地的情感，无法从土地获得力量，也不能从大自然中获得观照自己的机会。约翰·斯坦贝克小说中对技术和机器的批判与反思均反映出倡导人与自然和谐发展的生态整体主义的思想。

综上所述，约翰·斯坦贝克作为一位热爱自然的小说家，通过对其所处时代的观察和思考，小说表现出鲜明的生态主义倾向。无论是对自然图景的描摹，对自然环境恶化的刻画，对人与自然和谐共处的书写，对社会边缘人境况的描绘，还是对持有不同思想人物的描绘均表现出约翰·斯坦贝克对自然生态和社会发展的深刻观察和理解，反映了作家对人类命运和世界未来的思考和关怀。

第四章 20世纪英美成长主题小说研究

第一节　20世纪英美成长主题小说概述

成长小说（Bildungsroman）作为文学的一种类型，是英美文学的重要母题之一。

在英美文学史上有着悠久的历史，本节主要对20世纪英美成长主题小说进行概述。

一、成长小说和成长主题小说

成长小说，强调主人公受教育的特征。成长小说的主题意涵和强调主人公思想和性格的发展，叙述主人公从童年开始所经历的各种遭遇——通常都要经历一场精神危机，然后长大成熟，认识到自己在世间的位置和作用。

自18世纪后期"成长小说"作为一个完整的概念被提出以来，世界各个国家的多位学者试图对其进行范围界定，其中，苏联文艺学家、文艺理论家和批评家米哈伊尔·巴赫金提出的观点较具有代表性，其将成长小说划分为五种类型，即纯粹的循环型成长小说、与年龄保持联系的循环型成长小说、传记型成长小说、训谕教育小说，与历史事件紧密结合的现实主义成长小说。

同时，巴赫金指出，成长小说的主人公并不是一成不变的，而是一个变动的统一体。

成长小说与历险小说、传记体小说、发展小说、教育小说等概念经常混淆，在此有必要厘清这几者之间的关系（见表4-1）。

表 4-1 成长小说相关概念辨析一览表

序号	项目	定义
1	历险小说	历险小说是成长小说的源头,为成长小说的形成和创作提供了养分,促使成长小说从主人公的内部心理和外部经历两个维度进行,构成了成长小说至关重要的两个方面
2	传记体小说	成长小说与传记体小说具有一定的相似性,同时存在鲜明的差异性,两者诞生的背景不同,传记体小说可以视为成长小说的前身,传记体小说通常以真实经历为基础,属于非虚构作品,而成长小说则是虚构作品,二者在功能上具有互补性和相似性,两者的重要区别在于传记体小说不强调自我教育的观念,而成长小说强调鲜明的教育观念,凸显人的成长这个重要因素
3	教育小说	成长小说与教育小说之间既有相似性又有区别,成长小说侧重于强调"自我教育",教育小说则侧重于学校教育以及正式教育,但成长小说与狭义的教育小说的概念相近

从成长小说在历史上的发展来看,成长小说既是一个历史概念,又保持着相对稳定的文体结构,具有以下几个特征。

(1)成长小说是糅合了心理小说、传记体小说,以及教育小说等作品的特点,塑造的是一个成长着的人,主人公的性格、心理以及世界观均在小说中处于成长状态,随着小说情节的发展发生着明显变化。

(2)成长小说的核心概念是"自我教育",小说主人公在适应社会以及社会交往中追求独特的自我和全面和谐的自我发展。

(3)成长小说突出了人的精神和美学追求,聚集于关注主人公内心生活的同时,关注主人公的精神追求,呈现心理力量与社会力量共同成长的特点。成长小说的结尾部分,主人公一般与社会达成某种上妥协,融入了社会。

(4)成长小说彰显了主人公内在心理和外在实践,即"思"与"行"之间的矛盾与冲突,通常对社会持批判态度。当小说主人公的思想与行动、情感与理智、理想与现实之间发生严重背离时,其往往会退隐回自己的"小世界"。

（5）成长小说以"认识自我"作为主旨，在小说中再现了丰富多彩的社会生活图景。一般而言，主人公在成长过程中会通过直接经验了解社会、认识自我，从而达到自我认知的提升。

二、20世纪前的英美成长主题小说

"成长小说"产生于18世纪的德国，是18世纪七八十年代德国人文影响和熏陶之下的产物。之后，迅速流传至欧美等其他国家。

（一）20世纪前的英国成长小说

英国成长小说通常被认为是德国成长小说在英国的延伸。从时间发展视角来看，英国成长小说主要经历了两个阶段。

1. 18世纪英国成长小说的成型和发展期

1719年，丹尼尔·笛福（Daniel Defoe）创作了《鲁滨逊漂流记》（*Robinson Crusoe*），这部小说讲述了主人公鲁滨逊在荒岛上独自生活28年的故事，而这个故事的背后却隐含着有关成长的命题。

1749年，被誉为"英国小说之父"的亨利·菲尔丁（Henry Fielding）发表了《汤姆·琼斯》（*Tom Jones*），这部小说是亨利·菲尔丁艺术上最为成熟的作品，同时是英国小说史上的划时代作品。

《汤姆·琼斯》讲述了从小被一名富有的乡绅收养的弃儿——汤姆·琼斯从小到大的成长经历。汤姆·琼斯长大后被迫陷入与乡绅外甥的继承权之争，经历被诋毁和诬陷后，汤姆·琼斯被乡绅逐出家门，到处流浪，经历了社会上的种种诱惑与陷阱，最终与心爱的姑娘喜结连理的故事。这部小说是英国文学史上最早具有成长书写意识的成长小说，以汤姆·琼斯的成长经历为重心，对汤姆·琼斯的成长过程进行了细致的描写，为英国成长小说的发展和成熟奠定了良好的基础。

除此之外，18世纪的英国还涌现出塞缪尔·理查森（Samuel Richardson）创作的《帕美拉》（*Pamela*）、《克拉丽莎》（*Clarissa*）等小说，这两部小说均以女性主人公的成长为重点，表现出较强的女性自我意识，体现了女性主人公独立人格的成长，这一点为英国之后女性成长小说的发展起了示范作用。

2. 19世纪英国成长小说的成熟期

进入19世纪后，英国成长小说逐渐进入成熟期，涌现了一大批代表性的作家和作品。主要包括托马斯·卡莱尔（Thomas Carlyle）、本杰明·迪斯雷利（Benjamin Disraeli），以及简·奥斯汀（Jan Austen）、夏洛蒂·勃朗特（Charlotte Bronte）、艾米莉·勃朗特（Emily Bronte）、查尔斯·狄更斯（Charles John Huffam Dickens）、托马斯·哈代（Thomas Hardy）等。

1824年，英国作家托马斯·卡莱尔翻译并出版了歌德的《威廉·迈斯特的学习时代》（*Wilhelm Meisters Lehrjahre*）。同年，其又出版了自传体小说《旧衣新裁》（*Sartor Resartus*）。该书被公认为是英国的第一部德国式成长小说，此后，一批英国小说家创作了大量类似成长小说的作品。其中包括本杰明·迪斯雷利的《维维安·格雷》（*Vivian Grey*）等。

迪斯雷利还创作了一本自传体成长小说《孔塔里尼·弗莱明———部心理自传》（*Contarini Fleming: A Psychological Autobiography*），这部小说讲述了主人公作为一个热爱美和自由的小伙子，经历了一系列探险和变故后，寻求心灵的平静的过程，试图完整地描绘一位诗人的成长过程。

简·奥斯汀是英国文学史上第一位以女性身份书写女性成长的小说家，其代表作品《傲慢与偏见》《爱玛》等均以19世纪初期英国乡镇富绅家庭的淑女为主人公，围绕少女的爱情与婚姻生活事件而展开，表现了少女爱情价值观逐渐成长和成熟的过程。

夏洛蒂·勃朗特的长篇小说《简·爱》是英国小说史上的一个奇迹，也是一部平凡女子不平凡成长经历的传奇。这部小说讲述了身材矮小，长相平平的乡下贫穷姑娘简·爱其出生后不久父母就离开人世，简·爱作为一个幼小的孤女被寄养在舅舅家，而舅舅去世后其被舅母等人排挤，

第四章 20世纪英美成长主题小说研究

被送到孤儿院,成长为一名教师。后应聘到一所庄园作家庭教师,与男主人相知、相恋,最终走进婚姻的过程。这部小说以简·爱从童年、少年至青年早期成长的心路历程为线索,展现了一位孤女成长为一个具有独立人格,不愿屈服于命运,以及不肯通过嫁人来改变卑微命运的独立女性的成长过程。

艾米莉·勃朗特的长篇小说《呼啸山庄》是19世纪英国文学的代表作之一。这部小说讲述了主人公希斯克利夫及其几位同龄人以及后代的故事,展现了希斯克利夫从8~40岁的成长历程,并着重对其少年和青年时代的所作所为进行了重点描写,记录了希刺克厉夫为爱而生,为爱而死,在复仇中毁灭,也在毁灭中升华和永恒的奇特故事。除主人公希斯克利夫的成长故事之外,这部小说中还对希斯克利夫同龄人的成长以及其下一代的成长故事进行了叙述,展现了多种成长景观。

狄更斯是19世纪英国批判现实主义作家,其小说以描写英国社会底层的"小人物"见长,其小说《大卫·科波菲尔》(*David Copperfield*)和《远大前程》(*Great Expectations*)均展现了主人公的成长历程。

《大卫·科波菲尔》讲述了主人公大卫·科波菲尔从小生活坎坷,10岁被迫进入工厂成为一名童工,历经苦难,终于成长的故事,是一部具有浓郁的自传体色彩的小说。

《远大前程》是狄更斯的另一部长篇成长小说,这部小说讲述了主人公孤儿匹普跌宕起伏的成长历程。匹普有着辛酸的童年,因为一次善举使其获得了从天而降的幸运,得以有机会成为有教养的上等人,拥有了所谓的"远大前程"。然而,某天,匹普眼中的"远大前程"烟消云散,经历了重重磨难的他开始明白人生中真正宝贵的事物,最终长大成人。

《无名的裘德》(*Jude the Obscure*)是托马斯·哈代(Thomas Hardy)创作的最后一部长篇小说,出版于1895年。这部小说讲述了主人公裘德·弗利的成长历程。裘德是一位乡村青年,具有刻苦、实干、好学、深思等高尚品质。他不懈努力,不断学习以提高自己,为了进入大学,裘德付出了许多努力，在这一过程中他也遇到了爱情与婚姻。然而，裘德最终并没有达成心愿，而是落得个妻离子散，英年早逝的结局。小说通过主人公裘德爱情的幻灭、职业的失去、理想的破碎等构成了其坎坷的成长经历，然而这一成长却并获得幸福和圆满的结局。这部成长小说的主题与19世纪的主流成长小说的主题相比发生了较大变化。

（二）20世纪前的美国成长小说

美国成长小说源起于19世纪中叶，这一时期，美国文学开始关注年轻人的成长问题，许多杰出作家开始通过小说来反映年轻人成长的困惑和挣扎，表达其对年轻人成长的看法。

纵观20世纪前的美国成长小说大体可以划分为19世纪60年代前和19世纪60年代后至20世纪前两个阶段。

1. 19世纪60年代前

1850年，纳撒尼尔·霍桑（Nathaniel Hawthorne）发表了长篇小说《红字》(*The Scarlet Letter*)，这是一部讲述女主人公海斯特·白兰爱情故事的小说。年轻的海斯特嫁给了大自己几十岁的医生，然而两人之间并没有爱情，医生将海斯特一人送往美洲两年后才与之相聚。在此期间，海斯特与当地年轻的牧师相恋并生下了婴儿，海斯特也因此被惩罚终身佩戴标志着耻辱的红字。医生并不甘心就此罢休而是对海斯特及其恋人展开了疯狂的复仇，在这一过程中，海斯特也逐渐成熟，完成了其成长经历。

赫尔曼·梅尔维尔（Herman Melville）发表于1851年的《白鲸》(*Moby-Dick*)讲述了年少的主人公伊什梅尔在参与出海猎鲸过程中的所见所闻，在此期间少年见识了大海，认识了船上的众人，认知了人与自然的关系，也完成了对自然和社会更深的体悟，并因此而获得了成长。

路易莎·梅·奥尔科特（Louisa May Alcott）的《小妇人》(*Little Women*)则讲述了四个女孩子通过强烈的内省和毅力，战胜自己性格中的不足，在父母和手足的关爱与帮助中走向成熟的成长历程。

这一阶段这些成长小说的叙事结构较为完整，通常呈现直线式、上升型和闭合结构，往往以美好的结局收场。

2. 19 世纪 60 年代后至 20 世纪前

19 世纪 60 年代伴随着南北战争的爆发，美国社会环境发生了较大变化，这一时期，美国成长小说逐渐发展成熟，并彰显出鲜明的特色。这一阶段，美国成长小说的代表包括马克·吐温（Mark Twain）的《哈克贝利·费恩历险记》(The Adventures of Huckleberry Finn)、亨利·詹姆斯（Henry James）的《一位女士的画像》(The Portrait of a Lady)、西奥多·德莱塞（Theodore Dreiser）的《嘉丽妹妹》(Sister Carrie)。

马克·吐温是美国批判现实主义文学的奠基人，其长篇小说《哈克贝利·费恩历险记》出版于 1884 年，讲述了主人公哈克贝利·费恩为了追求自由的生活而逃亡到密西西比河上的故事。其间，哈克贝利·费恩遇到了勤劳善良的黑奴吉姆，二人一同冒险，并在此过程中不断成长的故事。

亨利·詹姆斯的长篇小说《一位女士的画像》讲述了女主人公伊莎贝尔·阿切尔到欧洲游历，并在此过程中经历爱情受挫，婚姻被骗，最终走向成熟的故事。

西奥多·德莱塞的《嘉丽妹妹》讲述了农村姑娘嘉莉来到大城市芝加哥寻找幸福，为了摆脱贫困，出卖自己的贞操，先后与推销员和酒店经理同居，后又凭美貌与歌喉成为演员的故事。这部小说借助主人公的成长故事揭露了资本主义社会的生存法则，思想极其深刻。

从总体上来看，19 世纪 60 年代后至 20 世纪前的美国成长小说开始彰显浓郁的美国地方色彩，凸显美国身份特征，此外小说开始借助人物的成长反映更加深刻的社会主题，推动美国成长小说逐渐走向成熟。

三、20 世纪英美成长主题小说创作

迈进 20 世纪后，英、美两国的成长主题小说均迎来发展的繁荣期，出现了大批名家名作。

（一）20世纪英国成长主题小说

20世纪，英国小说题材更加丰富，许多作家在小说主人公的成长经历中融入了成长因素。这一时期英国成长主题小说的代表作品包括：约瑟夫·特奥多·康拉德·科尔泽尼奥夫斯基（Joseph Conrad）的《吉姆爷》、鲁德亚德·吉卜林（Rudyard Kipling）的《吉姆》（*Jim*）、艾德琳·弗吉尼亚·伍尔芙（Adeline Virginia Woolf）的《远航》、戴维·赫伯特·劳伦斯（David Herbert Lawrence）的《儿子与情人》、威廉·萨默塞特·毛姆（William Somerset Maugham）的《人生的枷锁》、詹姆斯·乔伊斯（James Joyce）的《一个青年艺术家的画像》等。

《吉姆爷》（*Lord Jim*）是英国籍波兰作家约瑟夫·特奥多·康拉德·科尔泽尼奥夫斯基创作于1900年的长篇小说，是其小说作品中的里程碑式的杰作。这部小说讲述了主人公吉姆的成长历程，吉姆年少时就渴望到海上当个勇敢的水手，后来终于梦想成真。一次，吉姆所工作的轮船在夜航时遇险，从船长到船员均判断沉船势所难免，于是在船长的带领下，船员们纷纷抛下乘客弃船跳上救生艇逃走。吉姆初时不屑与这些逃跑的船员为伍，然而在最后一刻船头下沉后也跳上了救生艇。幸运的是这艘船很快被路过的舰艇所救，乘客均得以生还。然而，以水手为梦想的吉姆却深受良心的谴责，并接受了海事法庭的判罪。事后，吉姆拒绝了朋友的帮助，为了赎罪，他隐姓埋名，脱离西方文明，来到东方丛林、马来人原始部落住地帕妥赛岛。在这里，他竭尽全力做好事，获得了当地人的爱戴，被尊称为"吉姆爷"。不久，一股海盗入侵岛屿，大肆抢掠和杀戮，而吉姆则因错过了消灭海盗的良机而悔恨不已，引咎自杀。

《吉姆》是鲁德亚德·吉卜林的代表作品，小说缘起于作家自身在印度孟买度过的六年童年时光，讲述了孤儿吉姆年少时遇到一位喇嘛并共同去寻找箭河，行程中被训练为一名优秀间谍执行任务并开启了一段冒险之旅的故事，传达了青少年在多元文化背景下从经历对自身文化身份的困惑和烦恼到走出迷茫明确对自我的认知的成长主题。

《远航》(The Voyage Out)讲述了一个二十四岁的女孩雷切尔·温雷克自我发现的过程，重点讲述了雷切尔·温雷克从一个单纯的少女成长为一个心智成熟的女性的自我意识觉醒的心路历程。

《儿子与情人》(Sons and Lovers)是英国作家戴维·赫伯特·劳伦斯创作的一部长篇小说，小说的主人公在父母的分歧中长大，在与母亲的严格精神控制相抗争的过程中迷茫地探索爱情与婚姻的真谛，并在此过程中成长。

《人生的枷锁》(Of Human Bondage)是毛姆的长篇小说，讲述了主人公菲利普从童年时代起在家庭、学校和社会的三十年的生活经历，反映了主人公成长过程中的迷惘、挫折、痛苦、失望和探索及其所受到的身体缺陷、宗教和情欲的束缚，以及主人公最后摆脱这些枷锁的成长历程。

《一个青年艺术家的画像》(A Portrait of the Artist as a Young Man)是詹姆斯·乔伊斯的自传体小说，全书分为五章，主要叙述斯蒂芬·迪达勒斯的童年、少年、青少年乃至青年时期的各阶段成长经历，最终，斯蒂芬·迪达勒斯认识到爱尔兰社会与他这样的艺术家格格不入，成为一名决意远离家乡，远离爱尔兰，立志要在他灵魂的作坊里打造自己民族所不曾有的良心青年艺术家。

(二) 20世纪美国成长主题小说

进入20世纪后，美国成长主题小说涌现一大批杰出的作家和作品，持续推动美国成长主题小说走向繁荣。其中代表包括西奥多·德莱塞(Theodore Dreiser)的《珍妮姑娘》(Jennie Gerhardt)、薇拉·凯瑟(Willa Cather)的边疆系列小说，弗朗西斯·斯科特·基·菲茨杰拉德(Francis Scott Key Fitzgerald)的《了不起的盖茨比》(The Great Gatsby)、托马斯·沃尔夫(Thomas Clayton Wolfe)的《天使，望故乡》(Look Homeward, Angel)、欧内斯特·米勒·海明威(Ernest Miller

Hemingway）的《尼克·亚当斯故事集》(*The Nick Adams Stories*)、威廉·福克纳（William Faulkner）的《熊》(*Bear*)、杰罗姆·大卫·塞林格（Jerome David Salinger）的《麦田里的守望者》(*The Catcher in the Rye*)、托尼·莫里森（Toni Morrison）的《最蓝的眼睛》《秀拉》《所罗门之歌》，桑德拉·西斯内罗斯（Sandra Cisneros）的《芒果街上的小屋》(*The House on Mango Street*)、弗兰克·迈考特（Frank McCourt）的《安琪拉的灰烬》(*Angela's Ashes*)等。此处以威廉·福克纳的《熊》和桑德拉·西斯内罗斯的《芒果街上的小屋》为例。

威廉·福克纳的《熊》是其发表于1942年的一部小说，小说讲述了一个名叫艾萨克·麦卡斯林的男孩在山姆·法泽斯的指导下学习打猎，并在荒野狩猎中接受了大自然的洗礼和成人的启蒙，最后成长为一个英雄的故事。小说主人公的成长揭示了人类成长中应该具备最重要的一些品质：诚实、谦卑、勇气、荣誉、同情、怜悯、仁爱和牺牲。

《芒果街上的小屋》是墨西哥裔美籍女作家桑德拉·西斯内罗斯书写的一部成长小说。讲述了墨裔女孩埃斯佩朗莎从懵懂女孩到成熟女性的蜕变。作为一个具有"底层贫民""女性""少数族裔"这三重边缘身份的美国社会的弱势群体，埃斯佩朗莎在成长过程中深陷阶级歧视、性别歧视与种族歧视，对自我的认知产生了严重的困惑与错位，但在几位成长领路人的引导和影响下，她完成了人生的顿悟，用她强烈的意志应对成长中的危机和改变，并最终走向了成功的道路。埃斯佩朗莎的成长不仅实现了自己个人的梦想，同时超越了自我，树立起为整个族裔未来的生存与命运而奋斗的责任意识，使成长的主题得以进一步深化。

纵观20世纪的美国成长主题小说，表现出题材丰富，类型多样，创作群体多元的特点，作家紧密切合时代的发展，通过对青年一代的成长经历进行了描述，反映了美国作为一个移民国家，不同人群成长的困惑与面临的挑战。

四、20世纪英美成长主题小说的创新之处

与20世纪前的成长主题小说相比，进入20世纪后，英美成长主题小说的创作获得了较大创新和突破。主要体现在以下几个方面。

（一）成长主题小说创作观念的创新之处

20世纪的英美成长主题小说与20世纪前相比，其创作观念上呈现鲜明的创新性——强调"顿悟"（epiphany）对主人公的作用。

顿悟，原意为对事物真谛的把握，爱尔兰小说家乔伊斯在其《一个青年艺术家的画像》中将其作为小说主人公成长的必要介质。强调"顿悟"是成长小说里必不可少的因素以及阶段，也是主人公对之前所经历的种种苦难与挫折的认识，主人公一般在完成其"顿悟"时对他所处的世界有了一种全新的看法与认识，从而完成某种成长，走向成熟。

例如，20世纪英国成长小说的代表作品《一个青年艺术家的画像》中的主人公即经历了两次顿悟：一次顿悟让其主人公明白了灵魂的归依之处；另一次顿悟则让其发现了圣洁之美的所在，奠定了其美学理论的基础，帮助主人公完成了成长。

一般而言，20世纪成长主题小说中主人公的"顿悟"通常可以划分为两种类型：一种类型即主人公自身通过其经历的日常琐事以及内在的思索完成自身的"顿悟"；另一种类型则是外在力量促使主人公"顿悟"，这种类型一般是外在力量影响到了主人公的世界，使其原有的世界崩塌，主人公借助这些事件完成"顿悟"。

例如，20世纪美国成长小说的代表作品《了不起的盖茨比》借助故事的讲述者尼克以第一人称视角对杰伊·盖茨比一生经历进行观察和讲述的故事。这部小说以主人公杰伊·盖茨比的成长经历作为主线，在这一过程中，尼克也在成长。杰伊·盖茨比的死亡结局，促使尼克认识到上层社会有钱人的冷酷残忍和居心险恶，完成"顿悟"，最终选择离开纽约这个表面浮华、内里却毫无情义可言的城市，回到了中西部的故乡。

在成长小说中，主人公的成长不仅要依靠自身的经历，同时成长过程中主人公的引路人也至关重要。在成长小说中，主人公的引路人也是必不可少的要素之一。从社会学角度来看，一个人的成长肯定会被周围的环境以及周围的人所影响，他们会从正反两面丰富主人公的生活和生活经验。通过观察周围人所扮演的社会角色，主人公通常能建立起他们自己的社会角色和对生活的指南。主人公在他们的成长过程中经历了困惑。引路人的出现通常情况下是可以帮助主人公消除他们困惑的。正面引路人就像人生导师一样，引领主人公朝着正确的人生方向前进，反面的引路人则会给主人公一次教训使他们变得更加成熟。在引路人的帮助下以及主人公自己不断地摸索中，主人公完成了自己的成长。

而在《了不起的盖茨比》中，故事的讲述者尼克的成长则显而易见地受到了杰伊·盖茨比的影响，也正因如此，杰伊·盖茨比的死亡才促使其最终实现"顿悟"。

（二）成长主题小说创作题材的创新之处

20世纪英美成长主题小说的创作题材也呈现一定的创新，主要表现在成长主题小说的题材更加广泛，内容更加丰富，涉及社会生活和青少年成长的方方面面，包括学校教育、家庭教育、单亲家庭、青少年友谊、生存技能、战争、生态环保等一系列适应20世纪英美小说读者审美和思维要求的题材。

以战争题材的成长主题小说为例。20世纪人类经历了两次大规模的战争，战争为一代人的青春染上了不可避免的阴影。战后，英美两国出现了大量以战争为题材的成长主题小说，如海明威的《尼克·亚当斯故事集》(*The Nick Adams Stories*)等。这些战争题材的成长小说，有的并未直接对战争进行描写，而是注重表现主人公在战争中的成长。

海明威的《尼克·亚当斯故事集》中共包含24篇短篇小说，均以尼克·亚当斯作为主人公，描写了尼克·亚当斯从孩子成长为青少年，又成为士兵、复员军人、作家和父亲的成长过程。在这一过程中，尼

第四章　20世纪英美成长主题小说研究

克·亚当斯经历了生活的磨难，慢慢地体验和认识到了许多新的知识，学会了接受自己及现实世界的不如意之处。这些经历使他从天真走向成熟、从依附走向独立、从盲从走向自主、从关注自我走向关注社会、从无知走向自我完善——这一过程就是其从儿童期走向成年期，成为一名成熟的社会成员的过程。在这一过程中，战争经历带给尼克·亚当斯的影响是极其深远的。

除战争题材的成长主题小说之外，20世纪英美成长主题小说中还存在大量以某个历史时期作为故事背景，反映特定历史时期青少年生活状况及成长之路的成长主题小说。例如，毛姆的《人生的枷锁》(*Of Human Bondage*)，凯伦·库什曼（Karen Cushman）的《孤女流浪记》(*The Midwife's Apprentice*)、克里斯托弗·保罗·柯蒂斯（Christopher Paul Curtis）的《巴德，不是巴迪》(*Bud, Not Buddy*)、理查德·派克（Richard Peck）的《远离芝加哥的地方》(*A Long Way from Chicago*)等。

20世纪英美成长主题小说中还涌现了大量以女性为主人公的成长小说，其中包括艾丽丝·默多克的《钟》(*The Bell*)、托尼·莫里森（Toni Morrison）的《秀拉》、艾丽斯·沃克的《紫色》、玛雅·安吉洛的《我知道笼中鸟为何歌唱》等。这些成长主题小说通过反映女性成长过程中的普遍问题，如爱情、婚姻等，讲述了女性主人公如何争取自己的权利，如何与不利的环境进行抗争，以及其在这一过程中遭遇的挫折，收获的成功。

以玛雅·安吉洛的《我知道笼中鸟为何歌唱》(*I Know Why the Caged Bird Sings*)为例。这部小说讲述了主人公玛格丽特年幼时即被母亲送回祖母家中，一路跌跌撞撞，最终成长的生活经历。这部小说的主人公玛格丽特由于幼年被父母抛弃，始终生活在没有安全感之中，而父母的粗心则又导致其一再被伤害，玛格丽特成长过程中曾失语多年，最后，终于在一次次的挣扎中按照自己的方式完成了自我发现的成长道路。她打破白人世界的规则，成为旧金山第一位黑人女性电车司机。她颠覆传统男权社会，不依附男人，寻求自我价值，独立抚养下一代，去追求自己的价值。

（三）成长主题小说创作风格的创新之处

20世纪英美成长主题小说与20世纪前相比表现出创作风格的创新，主要表现在叙述文本和叙事形式上的创新方面。

以托尼·莫里森的《秀拉》(Sula)为例。作品讲述了生活于20世纪二三十年代的秀拉和奈尔两个小姑娘一路成长的故事。秀拉的父亲早逝，母亲和外祖母依靠出租房屋过活，年幼的秀拉生性喜爱幻想，十分叛逆，想要改变自己的命运，摆脱依靠男人过活，以及为子女奉献的家庭妇女的生活方式。秀拉在抗争中离家出走，在外漂泊十年后，重新回到家乡，背叛亲情、爱情、友情，坚持自我的行为，最后在贫病交加时死去。然而，对于秀拉来说，正是由于叛逆，才使她保持了自我主体性，完成了自我的主体建构。而奈尔则在成长过程中向命运屈服，成为与母亲和祖母一样依靠丈夫生活的普通家庭妇女，然而其内心却充满了对秀拉的敬佩。

这部小说采用了倒叙的艺术手法，以时间脉络为主线，在叙事结构上巧妙地形成了一个时间循环圈，每章以时间作为标题使小说故事的叙述形成独特的回环叙述。此外，《秀拉》将故事的主人公设定为两个好朋友，并且在小说中使用了大量的隐喻，以表达独特的寓意。

又如，艾丽斯·沃克的《紫色》(The Color Purple)则创造性地使用书信体来展现主人公从麻木到觉醒的成长过程，整部小说由茜莉写给上帝的55封信、写给妹妹聂蒂的14封信，以及妹妹聂蒂写给茜莉的21封信，总共90封信件组成。

除此之外，20世纪英美成长主题小说中还大量使用语气夸张、愤世嫉俗、句式松散、随意以及措辞新潮和生动的青少年话语，带给读者别具一格的阅读体验。

综上所述，20世纪英美成长主题小说与20世纪前相比，在创作观念、创作题材、叙事手法等方面均呈现较强的创新性。

第二节 伊恩·麦克尤恩成长主题小说研究

伊恩·麦克尤恩（Ian McEwan）是20世纪英国文坛成就斐然的小说家之一，曾多次入围英国文学奖"布克奖"短名单，并最终于1998年获得布克奖，也曾多次获诺贝尔文学奖提名。本节主要对伊恩·麦克尤恩的生平创作及成长主题小说的特点进行研究。

一、伊恩·麦克尤恩的生平及其成长主题小说创作概述

伊恩·麦克尤恩于1948年出生于英国的一个军官家庭，其童年时期跟随父母辗转于一个又一个海外海军基地，直到11岁才返回英国。1966年，伊恩·麦克尤恩进入大学并开始尝试小说创作。1970年，伊恩·麦克尤恩进入东英吉利大学攻读硕士。在大学中他阅读了大量现代小说，并学习了写作课程，为其后来的文学创作积累了丰富的阅读体验。

1975年，伊恩·麦克尤恩发表了处女作《最初的爱情，最后的仪式》（First Love, Last Rites），这是一部短篇小说集，其中收录了八篇短篇小说，均来自其硕士时期的文学创作，小说构思精巧，笔法精湛，为其斩获了当年毛姆奖。

1978年，伊恩·麦克尤恩出版了第一部短篇小说集《床笫之间》（In Between the Sheets），这部小说集收录了七部短篇小说。同年，伊恩·麦克尤恩出版了《水泥花园》（The Cement Garden），同样是一部小型著作。

1981年，伊恩·麦克尤恩出版了《只爱陌生人》（The Comfort of Strangers）。

1987年，伊恩·麦克尤恩出版了《时间中的孩子》（The Child In Time）这部小说的创作题材与其早期所创作的小说相比，发生了较大变

化，荣获了惠特布莱德图书奖。

1990年，伊恩·麦克尤恩出版了长篇小说《无辜者》(*The Innocent*)，1992年，出版了长篇小说《黑犬》(*The Black Dogs*)，1994年出版了《梦想家彼得》(*The Daydreamer*)，1997年出版了《爱无可忍》(*Enduring Love*)，1998年出版了《阿姆斯特丹》(*Amsterdam*)。

进入21世纪后，伊恩·麦克尤恩相继创作了长篇小说《赎罪》(*Atonement*)、《星期六》(*Saturday*)、《在切瑟尔的海滩上》(*On Chesil Beach*)、《追日》(*Solar*)、《甜牙》(*Sweet Tooth*)、《儿童法案》(*The Children Act*)、《坚果壳》(*Nutshell*)等作品。

伊恩·麦克尤恩的小说表现出鲜明的成长主题，无论是其早期作品还是后期作品均表现了主人公的成长（见表4-2）。

表4-2　伊恩·麦克尤恩成长主题小说一览表

时间	类型	名称	简介
1975	短篇小说集	《最初的爱情，最后的仪式》(*First Love, Last Rites*)	—
1978	短篇小说集	《床笫之间》(*In Between the Sheets*)	—
1978	小说	《水泥花园》(*The Cement Garden*)	讲述了在失去正常社会秩序和规范的家庭荒原中，缺乏家长和社会的正确引导与规范，使未成年孩子们过着迷雾和畸形的日子，经历着痛苦、无序、混沌的成长
1981	小说	《只爱陌生人》（又译《陌生人的慰藉》）(*The Comfort of Strangers*)	—

续表

时间	类型	名称	简介
1987	小说	《时间中的孩子》（The Child In Time）	讲述了主人公斯蒂芬带女儿逛超市时遗失了女儿，与妻子朱莉沉浸在遗失女儿的悲痛之中，并见到了生活狰狞而冷酷的一面，最后，二人在另一个孩子来到人世时化解隔阂和悲痛，完成自我成长救赎的故事
1990	小说	《无辜者》（The Innocent）	讲述了主人公年轻的英国电子工程师伦纳德在纯真与经验两个世界之间摇摆，最终在耄耋之年经历了生命中的顿悟时刻，以宽容的姿态达成爱的和解
1992	小说	《黑犬》（The Black Dogs）	讲述了"二战"刚刚结束，一对蜜月中的夫妻在法国南部的山谷里遭遇两条黑犬的惊险故事，揭示了人类心灵的成长困境
1994	小说	《梦想家彼得》（The Daydreamer）	讲述了主人公彼得的七个白日梦，以此反映小主人公逐渐与童真世界告别，进入成人世界的成长过程
1997	小说	《爱无可忍》（Enduring Love）	讲述了主人公乔·罗斯因一次热气球意外事故结识了不同的人，以及他们彼此之间的纠葛和对爱的态度和行为，最终寻求自我心灵成长和救赎的过程
1998	小说	《阿姆斯特丹》（Amsterdam）	讲述了作曲家克利夫·林雷与报社编辑弗农各自逃避死亡却又走向死亡的故事
2001	小说	《赎罪》（Atonement）	讲述了主人公布里奥妮幼年时因一次误会导致姐姐塞西莉亚与恋人罗比分离至死，自此花费一生时间创作小说《赎罪》，以求为自己早年的错误赎罪的成长过程

续表

时间	类型	名称	简介
2005	小说	《星期六》（Saturday）	讲述了主人公亨利·贝罗安经历了一场风波之后的成长与和自我救赎的过程
2007	小说	《在切瑟尔海滩上》（On Chesil Beach）	讲述了主人公新郎爱德华和新娘弗洛伦斯新婚之夜短短的几个小时之内发生的事情，在这场短暂的婚姻背后对主人公的特定时代的成长经历进行了描写
2010	小说	《追日》（Solar）	讲述了主人公迈克尔·别尔德颇富戏剧性的人生经历
2012	小说	《甜牙》（Sweet Tooth）	讲述了女主人公塞丽娜的四段爱情故事以及其成长的历程
2014	小说	《儿童法案》（The Children Act）	讲述了一位法官违背一个未成年人的意愿判定医院无视未成年人的信仰拯救儿童生命，之后，又因无法重塑未成年人的信仰，导致其自杀的故事，反映了小说人物困于自我成长的故事
2016	小说	《坚果壳》（Nutshell）	小说以一个未出生婴儿的视角重述了一个现代版《哈姆雷特》的故事
2022	小说	《课》（Lessons）	14岁的男孩罗兰（Roland）认为世界末日即将来临，鼓起勇气向暗恋3年有余的钢琴老师米莉亚姆（Miriam）表白，25岁的米莉亚姆回应了他的求爱，2年后，为了摆脱情人的日渐增长的控制欲与束缚，罗兰离开了学校，开启了不断漂泊的一生，经历了辍学、参加乐队等一系列事情，正如米莉亚姆曾警告过那般，罗兰花了一辈子的时间来寻找他曾在青少年时享有过的东西

二、伊恩·麦克尤恩成长主题小说的特点

伊恩·麦克尤恩作为 20 世纪杰出的小说家,其成长主题小说表现出以下鲜明特点。

(一)关注未成年人的异化成长

伊恩·麦克尤恩的多部成长主题小说均将视角对准在家庭中无法得到父母良好的关照而异化成长的未成年人。

伊恩·麦克尤恩创作初期的小说多为短篇小说,如其处女作《最初的爱情,最后的仪式》中收录的多篇短篇小说《家庭制造》(Homemade)、《蝴蝶》(Butterflies)、《夏日里的最后一天》(Last Day of Summer)、《与橱中人的对话》(Conversation with a Cupboard Man)等均以非常态成长的青少年和儿童作为故事的主角,展现了他们的异化成长。

例如,《家庭制造》以第一人称的视角讲述了一个父母疲于生活,早早混迹于社会底层的 14 岁男孩,从成年工人处道听途说了各种无聊的男女话题后,使其对于成年产生了错误的认知。其将成年工友作为学习的榜样,急于成长,并且立志尽快摆脱童贞,步入成年的故事。这种错误的认知使其在隐秘的欲望下诱奸了 10 岁的妹妹,完成了其成人礼。

《蝴蝶》讲述了一个没有下巴的少年由于长相与众不同而在生活中饱受歧视,没有父母,没有工作,没有朋友,孤独地住在伦敦的一个贫民区。一天下午小女孩向其打招呼示好时,少年借口带女孩去看蝴蝶而将其强暴,最后女孩在逃跑中吓晕,而少年则残忍地淹死了女孩。

《夏日里的最后一天》讲述了一位 12 岁的男孩由于父母在车祸中去世,哥哥将家改造成集体公寓,任由嬉皮士们在家中胡作非为,而男孩则因女房客珍妮的照料而获得短暂的安定。和蔼可亲的珍妮充当了男孩成长过程中引路人的角色,帮助男孩克服了对成长的恐惧。夏日的最后一天,船翻了,珍妮和艾丽斯都淹死了,男孩独自一人存活下来。而这次沉船意外事件仿若一场特殊的成人礼,昭示着男孩最终获得了成长。

《与橱中人的对话》讲述了一位 17 岁的少年，父亲早逝，母亲从小对少年过分溺爱，导致其 17 岁依然是个生活不能自理的"老婴儿"。然而这一切在母亲有了情人之后发生了改变，母亲的注意力被转移，少年眨眼间从被溺爱的对象变成被遗弃的对象。少年不得不自己学习长大，在底层社会艰辛闯荡，而其内心深处仍然渴望回到 1 岁时的婴儿状态。

从《最初的爱情，最后的仪式》的众多短篇小说的主人公及其成长经历可以看出，伊恩·麦克尤恩的小说中十分重视人物异化的成长经历。除短篇小说之外，伊恩·麦克尤恩的中长篇小说也极其关注未成年人的异化成长。

例如，《水泥花园》的主人公是一群处于儿童或青少年时期的孩子，父母长期形同陌路，孩子对父母之间并无应有的关爱与依恋。父母相继去世后，孩子们为了房子不被他人占据，将母亲的尸体用水泥封印起来，孩子们在无人监管的情况下，以房子为孤岛，放任自流，最终导致了无法挽回的恶果，并终被警车带走。

未成年人的异化成长不仅对正处于此时的未成年人是一种难熬的疼痛，成年人如果在未成年时期异化成长也会对其人生产生深远的影响。伊恩·麦克尤恩的小说对未成年人异化成长的关注，强调了家庭在个体与社会关系之间举足轻重的作用，反映了伊恩·麦克尤恩对家庭与个体成长关系的深刻思考。

（二）关注个体身份的寻找与认同

伊恩·麦克尤恩小说中的人物身份认同是小说主人公成长的重要影响因素。身份认同包括个体身份认同、集体身份认同、自我身份认同和社会身份认同四个方面。这四种身份认同无一例外均反映了个体与他者之间的动态关系。无论是集体身份认同还是自我身份认同，均强调了人与某一种文化或社会背景之间的联系。成长过程也是个体身份寻找与认同的过程。

例如，伊恩·麦克尤恩的小说《与橱中人的对话》，主人公由于父亲早逝，因此一直被母亲当作唯一的精神寄托，母亲事无巨细地照料阻碍了主人公自我能力的发展，也使其将个体的身份认同为一个需要母亲照顾的"小婴儿"。然而，在其17岁时，母亲有了新欢，重新感受到了爱情的滋润，为了抓住这来之不易的幸福，母亲害怕新欢看到其家中的"巨婴"，因此要求主人公在短短两个月内完成此前17年所停滞的成长。母亲态度的突然转变，直接造成了主人公身份认同的迷茫和混乱。不仅如此，除家庭中母子关系的变化之外，外界社会的冷漠、阴暗和暴力与欺诈，也不断加重主人公的身份认同危机。他无法正常地适应家庭和社会对其个人角色的要求，造成个人的身份认同困境。

又如，《儿童法案》中的未成年人在近18年的时间一直被父亲的信仰所左右，其认同父亲的信仰，因此拒绝了医院为其输血治疗。法官认为其被外在事物影响而无法认识生命的重要，违背了其意愿判定医院为其输血。而在这名未成年人的生命被拯救后，其对之前的信仰产生了怀疑，也因此产生了身份怀疑，迫切需要达成新的身份认同，然而由于缺乏外界的必要帮助，其无法冲破自身的认知构建新的身份认同，导致其重新退回原有的身份认同，从而造成了悲剧的发生。

综上所述，伊恩·麦克尤恩一生致力于成长主题小说的创作，关注未成年人的异化成长以及个体身份的寻找和认同，其成长主题小说涉及深刻的社会主题，因此备受关注。

第三节　杰罗姆·大卫·塞林格成长主题小说研究

杰罗姆·大卫·塞林格（Jerome David Salinger）是20世纪美国成长主题小说的代表作家之一，本节主要对杰罗姆·大卫·塞林格的生平、创作及其成长主题小说进行研究。

一、杰罗姆·大卫·塞林格的生平及其成长主题小说创作概述

杰罗姆·大卫·塞林格 1919 年出生于纽约，13 岁时，曾进入曼哈顿区一所很好的中学读书，一年后由于成绩不及格而离开。少年时期的杰罗姆·大卫·塞林格性格拘谨而喜静。15 岁时，杰罗姆·大卫·塞林格进入宾夕法尼亚州瓦利福谷军校学习，这为其之后创作《麦田里的守望者》提供了故事蓝本。

20 世纪 30 年代，杰罗姆·大卫·塞林格曾追随父亲前往欧洲多地，返美后先后进入几所大学，均未能毕业。"二战"期间，杰罗姆·大卫·塞林格于 1942 年从军，并于 1944 年赴欧洲执行任务，1946 年复员后，开始专门从事写作。

杰罗姆·大卫·塞林格对于写作十分热爱。早在其军校求学期间，就开始创作短篇小说。1940 年，他在杂志上发表了第一篇短篇小说《年轻人》(*The Young Folks*)；1941 年，发表了短篇小说《破碎故事之心》(*The Heart of a Broken Story*)；1951 年，其长篇小说《麦田里的守望者》(*The Catcher in the Rye*)问世；1953 年，其短篇小说集《九篇故事》(*Nine Stories*)出版；1961 年，中篇小说集《弗拉尼和左依》(*Franny and Zooey*)出版；1963 年，中篇小说集《木匠们，把屋梁升高》(*Raise High the Roof Beam, Carpenters*)和《西摩：一个介绍》(*Seymour: An Introduction*)出版；1999 年出版了长篇小说《哈普沃兹 16，1924》(*Hapworth 16, 1924*)，这部长篇小说最早是以短篇小说的形式发表于 1965 年的《纽约时报》(见表 4-3)。

之后，杰罗姆·大卫·塞林格陷入了数十年的沉默期，不再发表作品，然而，其代表作品《麦田里的守望者》仍然在 20 世纪的美国文坛，甚至世界文坛上占有一席之地。

表 4-3　杰罗姆·大卫·塞林格小说中英文对照一览表

出版时间	中文名称	英文名称
1940 年	《年轻人》	The Young Folks
1941 年	《破碎故事之心》	The Heart of a Broken Story
1951 年	《麦田里的守望者》	The Catcher in the Rye
1953 年	《九篇故事》	Nine Stories
1961 年	《弗拉尼和左依》	Franny and Zooey
1963 年	《木匠们，把屋梁升高》	Raise High the Roof Beam, Carpenters
1999 年	《哈普沃兹 16，1924》	Hapworth 16, 1924

《麦田里的守望者》是杰罗姆·大卫·塞林格的一部代表性长篇小说。小说讲述了 16 岁的中学生霍尔顿·考尔菲德从离开学校到纽约游荡的三天时间内所发生的故事，并借鉴了意识流天马行空的写作方法，充分探索了一个十几岁少年的内心世界。

小说的主人公是一位未满 16 岁的中学生霍尔顿·考尔菲德，他出身富裕的中产阶级家庭，在学校时他整日穿着风雨衣，倒戴着鸭舌帽，在校园中四处游荡。他不喜欢读书，由于成绩太差，第四次被学校开除后，他在圣诞节前的一天夜里离开了学校，由于不确定学校的通知是否送达父母，也不敢回家，因此在纽约街头游荡了将近 3 天。在此期间，他住小旅馆、逛夜总会、泡电影院，但身上所带的钱马上就被电梯操作员和妓女骗走。他偷偷溜回家看望年仅十岁的妹妹。妹妹喜欢霍尔顿，然而霍尔顿却认为自己并不爱她。他去看望唯一能够理解他，也被他接受的老师，然而却误会老师是同性恋，仓皇出逃。第二天，他来到博物馆与妹妹见面，发现妹妹居然收拾好了行李要跟他一起逃走。这一行为触动了霍尔顿，他选择暂时留在这个丑恶的社会守护妹妹的成长，以避免妹妹走上他的老路。小说中的霍尔顿早熟、聪慧，他厌恶周围人的虚伪和欺骗，梦想着逃离这个丑恶的社会。然而，同时他又对花花世界极其留恋，最终决定与妹妹返回家中。

二、杰罗姆·大卫·塞林格成长主题小说的特点

纵观杰罗姆·大卫·塞林格成长主题小说，最鲜明的特点是关注青少年的精神困境，使用青少年的语言进行叙述。

（一）关注青少年的精神困境

杰罗姆·大卫·塞林格的成长主题小说十分关注青少年的精神困境，这与杰罗姆·大卫·塞林格的个人成长经历有着直接关系。杰罗姆·大卫·塞林格虽然从小生活在物质富裕的家庭，然而其学生时代却多次辍学，儿童时期就曾因不及格而辍学，进入大学后由于种种原因，也未能毕业。

《麦田里的守望者》的主人公霍尔顿被设定为一个因为多门功课不及格而被学校多次开除的边缘人物。得知这一结果后，他独自一人坐在学校旁边的山顶上，从远处眺望学校足球场上的人们，用独白表达对学校以及周围这个在他眼中充满了虚伪的世界的梳理与痛恨。

霍尔顿对学习不感兴趣，对学校的教学理念充满质疑，其所熟悉的学校的校友几乎都是"势力鬼"和"马屁精"，老师和同学在他眼中也毫无乐趣可言。被学校开除之后，霍尔顿虽然沮丧，但更让他痛苦的是现实的一切。他在深夜乘坐火车离开学校，却又不想回家被父母臭骂，便想学着大人花天酒地的样子，过潇洒的生活。于是，他进入酒吧喝酒，和陌生的姑娘调情……然而仅仅持续了两天，他就对成人世界感到了失望与厌倦。他想到死亡，想到离家出走，到僻静的地方生活。此时，他想到妹妹，只有10岁的妹妹是他对家唯一的留恋。回到家中看望妹妹时，霍尔顿感觉到了轻松愉快，郁闷的心情也一扫而光。然而，父母忽然回家，不愿被父母发现的霍尔顿只好仓皇躲避并决定离开纽约远走高飞。直到看到妹妹，才被妹妹身上的纯真与美好，真情与温暖所打动，

才心甘情愿地留在他所厌恶的世界,守护妹妹。

这部小说刻画了处于青春期的、叛逆的少年复杂而极具深度的形象,通过对主人公细腻的心理展现,将主人公的孤独、苦闷、彷徨,对现实的不满与愤怒刻画得淋漓尽致。然而,这样一个少年的心底并非对世界毫无留恋,而是残存着纯真与美好的企盼,而纯真与美好则是孩子独有的特质,因此他甘心成为麦田里的守望者,留在他所厌恶的世界。小说揭示了美国"二战"后青春期少年的心理特点和面临的成长困境,同时从侧面传达了"守望"的教育理念。

(二)使用青少年的语言进行叙述

杰罗姆·大卫·塞林格的成长主题小说所使用的语言是切合小说主人公身份或讲述者身份的语言,即孩子的语言——粗俗化、俚语化、口语化、夸张性和象征性。

以《麦田里的守望者》为例。《麦田里的守望者》使用的语言均为口语化的短句,且十分丰富多彩,贴近生活,读者阅读时,如同倾听一个真实的少年的声音。例如,that killed me(惊到我了)、shoot the bull(满嘴跑火车)等,这样的语言极其生动,有利于形象地刻画主人公的形象。

《麦田里的守望者》的语言十分切合主人公的形象——一个叛逆、玩世不恭、成绩糟糕的青春期少年。全书中存在大量诅咒语和粗俗语,这是主人公对现实不满和内心孤寂的一种特有的宣泄方式。他对家庭、学校以及社会上的一切都感到厌恶,他以青春期特有的视角看到成人世界中的人们对权力、金钱的追逐,以及人与人之间感情的冷漠与疏离,这种"假模假样"的成人社会让他感觉厌恶,他抗拒自己走上"上大学、坐办公室、挣大钱、打高尔夫球、买汽车、喝马提尼酒、摆臭架子"的道路。然而,作为一个尚未成年的中学生,他无法改变这个自己厌恶的世界,因此,只能通过粗俗的言语来发泄其不满。

《麦田里的守望者》中使用了大量附着语,如同青少年讲话时,话语脱口而出，快速思维，因此通过附着语言来表达主人公由于玩世不恭，以及言犹未尽然而却又不想多费口舌之感。

除此之外，《麦田里的守望者》中使用了大量夸张、重复的语言来达到加强语气的效果，这一点同样符合青少年语言的特点。

综上所述，杰罗姆·大卫·塞林格成长主题小说与其他成长主题小说家的作品相比，更加关注青少年面临的精神困境，同时其极具青少年表达特点的语言对其他成长小说产生了极其深远的影响。

第五章 20世纪英美创伤主题小说研究

第一节 20世纪英美创伤主题小说概述

"创伤"一词可以追溯至古希腊,创伤主题是20世纪英美小说的一个重要主题之一,本节主要对20世纪英美创伤主题小说进行概述。

一、20世纪前的英美创伤主题小说

了解20世纪前后英美创伤主题小说的创伤概况,首先应当对创伤主题小说的概念进行界定。

(一)创伤主题小说的界定

"创伤"一词在古希腊语中的意思为身体上的伤口。

19世纪后期,随着工业化的发展以及工业化时代的到来,机器生产大规模扩展代替了人工操作。然而,机器生产造成的事故以及随着近现代交通设施的不断升级,火车、汽车等新型交通设施造成的交通事故,在给人们的肉体造成疼痛和损失的同时,为人们的心理带来了种种伤害,引发神经系统的"震惊"。这一现象引发了临床医学和心理学的关注。

1980年,美国精神病研究学会第一次将创伤后应激反应综合征(posttraumatic stress disorder,PTSD)列入美国医学和精神分析诊断范围之中,这标志着当代创伤理论研究的开端。《精神疾病诊断与统计手册》(*The Diagnostic and Statistical Manual of Mental Disorders*)第四版定义了创伤后应激反应综合征(PTSD),指出:真实的或可能发生的死亡事件、个体亲身经历或见证对身体完整构成威胁的事件、严重的侮辱伤害事件以及得知家庭成员遭受威胁的事件等都会对受害者造成创伤。这些事件会在个体心理上以难以控制的噩梦、幻觉等方式反复出现,个体会出现恐惧、无助、惊慌、害怕等反应,导致受创者产生失眠、过度紧张、脾气暴躁、高度警觉、注意力分散、严重抑郁等心理症状[1]。

19世纪末神经病学家让-马丁·夏科（Jean-Martin Charcot）和西格蒙德·弗洛伊德（Sigmund Freud）对女性歇斯底里病症进行诊断和治疗，1893年西格蒙德·弗洛伊德和约瑟夫·布鲁尔（Josef Breuer）的论文《论歇斯底里现象的心理机制》（*On the Psychical Mechanism of Hysterical Phenomena*）提出歇斯底里症源于主体遭受了各种创伤性记忆，如恐惧、焦虑、羞愧、身体疼痛等。这一观点被视为创伤理论的源头。

进入20世纪后，学者们对创伤理论的研究更加丰富，尤其自20世纪90年代中期以来，创伤理论的研究进入高潮，1996年，凯西·卡鲁斯（Cathy Caruth）在其著作《沉默的经验》（*Unclaimed Experience*）中首次提出了"创伤理论"这一术语。在此前后，众多创伤理论学者出版了多部创伤理论专著。其中包括德瑞·劳（Dori Laub）和苏珊娜·费尔曼（Shoshana Felman）的《见证的危机：文学、历史与心理分析》（*Testimony: Crises of Winessing in Literature, Psychoanalysis and History*）、凯西·卡茹丝的《创伤：记忆的探询》（*Trauma: Explorations in Memory*）和《未认领的经历：创伤、叙述与历史》（*Unclaimed Experience: Trauma: Narrative and History*）等。

自19世纪末至21世纪，创伤理论的研究先后经历了弗洛伊德心理创伤理论、后弗洛伊德心理创伤理论、种族/性别创伤理论和创伤文化理论四种思潮。

当代创伤理论的研究主要集中于心理创伤、社会学和历史研究，创伤记忆、创伤叙事与创伤叙述的研究，对造成创伤的社会文化背景的探究等领域。

心理创伤是创伤研究的基础，受创者既可以是个体，也可以是集体。

---

[1] 王丽丽. 走出创伤的阴霾：托妮·莫里森小说的黑人女性创伤研究[M]. 哈尔滨：黑龙江大学出版社，2014：30.

此外，创伤还延展到文化领域，与心理创伤不同，文化创伤是对某一个群体产生影响造成伤害。例如，战争的创伤等。

创伤理论的研究为作家的创作带来了灵感，许多作家以战争创伤或灾难创伤作为重要素材进行创作。

从创伤理论的视角来看，创伤是指对于突如其来的、灾难性事件的一种无法回避的经历，其中对于这一事件的反应往往是延后的、无法控制的，并且通过幻觉或其他干扰性的方式反复出现。

本书所指的创伤主题小说即指着眼于个人或集体创伤对个体的情感和心理影响而创作的创伤叙事小说。

（二）20世纪前英美创伤主题小说

由于创伤理论提出于19世纪末期，至20世纪创伤理论的研究才逐渐丰富，因此，创伤理论在文学批评研究领域的成果主要集中对当代文学作品的创伤主题研究方面。目前，学术界对20世纪前英美创伤主题小说的研究呈现较为空白的状态。

从创伤理论视角来看，任何时代的个人或集体均会对同时代作家的创作产生深远的影响。因此，20世纪前英美两国的小说作品也可以使用创伤理论进行分析。本书主要对20世纪后英美创伤主题小说进行分析。

二、20世纪英美创伤主题小说

20世纪，随着创作理论的发展，许多作家开始将个人创伤或集体创伤纳入文学创作之中，创作了大量创伤主题小说。

（一）20世纪英国创伤主题小说

20世纪英国创伤主题小说主要集中在战争、女性的性别创伤等方面，代表作家包括约翰·福尔斯（John Fowles）和派特·巴克（Pat Barker）、多丽丝·莱辛（Doris Lessing）、伊恩·麦克尤恩（Ian McEwan）等。

约翰·福尔斯的作品具有较强的哲学性和思想性，代表作品包括

《魔法师》(*The Magus*)、《法国中尉的女人》(*The French Lieutenant's Woman*)等。

派特·巴克（Pat Barker）1943年出生于英国的一个工薪阶层,其代表作品为《重生三部曲》(*The Regeneration Trilogy*),包括《重生》(*Regeneration*)、《门中眼》(*The Eye in the Door*)、《幽灵路》(*The Ghost Road*)。

派特·巴克本身有着坎坷的童年经历,其家庭成员——继外祖父、继父、舅舅等均参加过战争,而母亲曾告诉巴克其生父是一位丧生于"二战"的飞行员。这使派特·巴克偏爱于写作暴力事件,其《重生三部曲》以战争为切入点,被归为战争创伤小说。

除以上典型的作家之外,其他作家的小说中也存在一定的创伤主题倾向。例如,多丽丝·莱辛作为一名女性作家,其反映女性主人公经历的小说,如《野草在歌唱》《金色笔记》等均表现出较强的女性创伤主题特色。伊恩·麦克尤恩的小说也表现出一定的创伤主题倾向。多主题现象十分符合20世纪英美小说的特点。由于这些作家的作品已在文中其他部分进行了详细分析,这里不再赘述。

(二) 20世纪美国创伤主题小说

20世纪美国创伤主题小说作品数量相对丰富,主要包括战争创伤和女性创伤为主题的小说。

战争不仅能够摧毁城市和村庄,还可以对人的精神产生重创。在战争期间,作为战争的目击者和亲历者,20世纪许多美国作家在小说中对战争创伤进行书写,对战争进行反思,对战争造成的创伤进行自我救赎,创造了大量创伤主题的小说。例如,库尔特·冯内古特（Kurt Vonnegut）的《第五号屠宰场》(*Slaughterhouse-Five*)、科马克·麦卡锡（Cormac McCarthy）的《老无所依》(*No Country for Old Men*)等。

与20世纪英国女性创伤主题小说相比,美国女性因其独特的历史文化,而有着独特的创伤体验,她们背负着文化、情感、信仰以及种族的创伤，经历了多次精神和身份认同危机，在此背景下，许多美国作家对这些女性创伤进行书写，诞生了许多杰出的文学作品。例如，威廉·福克纳的《献给爱米丽的一朵玫瑰花》(*A Rose for Emily*)、田纳西·威廉斯的《玻璃动物园》(*The Glass Menagerie*)，托妮·莫里森的《宠儿》《所罗门之歌》《家园》(*Home*)等。

除此之外，20世纪美国创伤主题小说还有乔纳森·萨福兰·福尔（Jonathan Safran Foer）的《特别响，非常近》(*Extremely Loud and Incredibly Close*)、洛丽·摩尔（Lorrie Moore）的《楼梯口的门》(*A Gate at the Stairs*)、唐·德里罗（Don DeLillo）的《坠落的人》(*Falling Man*)、理查德·鲍尔斯（Richard Powers）的《回声制造者》(*The Echo Maker*)、杰伊·麦金纳尼（Jay McInerney）的《美好生活》(*The Good Life*)、约瑟夫·奥尼尔（Joseph O'Neill）的《地之国》(*Netherland*)等。

（三）20世纪英美创伤主题小说的特点

创伤是一种非比寻常且无法预测的突发事件，面对创伤事件，受创主体在潜意识中会形成一种独特的心理防御机制。创伤体验因其突发性和残酷性无法立刻直接进入受创主体的认知领域，创伤受害者对创伤事件的回忆总是隔一段时间，即具有滞后性的特点。创伤事件通过创伤已经造成的影响或留下的痕迹而被重新建构起来的。而创伤性叙事则能够再现创伤记忆。小说家们通过再现或表现的艺术手法，建构创伤场景使创伤者再次回到创伤发生的历史瞬间。这种对创伤经验的重构能够帮助受害者实现潜意识转化为意识的历程，从而在某种程度上缓解创伤。20世纪英美创伤主题小说具有以下特点。

1.非线性叙事

一般而言，传统小说的叙事遵循从开头到发展再到结局的线性顺序，一般的故事情节总有终结性的结尾。然而，创伤主题的小说叙事却并非如此，而是呈现较强的非线性叙事的特点。

例如，威廉·福克纳的《献给爱米丽的一朵玫瑰花》(*A Rose for*

Emily)讲述了南方一个小镇上的作为家族族长的爱米丽的父亲父权倾向严重维护所谓的等级和尊严,赶走了所有向爱米丽求爱的男子,剥夺她幸福的权利。父亲去世后,爱米丽爱上了来小镇修建铁路的工头——赫默。但爱米丽仍然没有摆脱家族尊严的束缚与父亲对她的影响。当她发现赫默无意与她成家时,便用砒霜毒死了他。从此,爱米丽在破旧封闭的宅院里过着与世隔绝的生活,并与死尸同床共枕40年,直到她也去世。小镇居民在爱米丽的葬礼上才发现了这个秘密。

《献给爱米丽的一朵玫瑰花》在叙事时,常常并没有按时间先后顺序进行描述,而是采用了对事件的重新编排而展现爱米丽小姐生活中的因果关系,通过猜测爱米丽小姐死亡的原因到最后揭示谜底,反映了爱米丽小姐深受南方传统文化道德影响和束缚的一生。

又如,库尔特·冯内古特的《第五号屠宰场》(*Slaughterhouse-Five*)以第二次世界大战为背景,讲述了主人公毕利·皮尔格里姆(Billy Pilgrim)在第二次世界大战中随部队到达欧洲,结果被德军俘虏,随后到德国德累斯顿的一个地下屠宰场做苦工。德累斯顿是一座历史悠久的美丽古城,没有任何军事目标。然而就是这样一座城市,1945年却遭到英美联军的联合轰炸,被一夜间夷为平地。毕利因被关在地下冷藏室而幸免于难,然而这段经历却给他造成无法愈合的精神创伤。由于毕利受到的战争创伤,其常常出现幻想,梦到自己遭遇飞碟绑架,被送到特拉法玛多星球,在星球动物园中像动物般被展出和观看。在过去和未来之间,毕利进行了深刻的思考,并在过去和未来的世界里去找寻答案。

《第五号屠宰场》的叙事常常在最佳状态下,创造出一个现实,从而打破传统小说凝固的叙事结构,通过意识流叙事和毕利的意识在过去、现在、将来的时间隧道上和地球与特拉法麦尔多星球之间的空间轨道上的跳跃和变换,讲述了毕利的时间体验和一系列的空间体验:出生—高中毕业在配镜专科学校学配镜—入伍—第二次世界大战中服役—被德军俘虏—回国—退伍—重回埃廉验光配镜学校学习—当配镜师—结婚—患精神分裂症—在广播电台讲述被特拉法麦尔多星球的飞碟绑架的经过—在芝加哥被杀手杀死。纵观整部小说的叙事大多由一个个断断续续的简短画面构成，形成了蒙太奇式的小说叙事形式，打破了传统小说的叙事结构。

综上所述，创伤主题小说叙事常采用非线性叙事，通过回忆以及回忆过程中的不确定性等碎片化的、非线性叙事特点反映人物的创伤经历，以及寻求治愈的过程。

2. 隐喻叙事

创伤主题小说的叙事呈现鲜明的隐喻叙事的特点。创伤主题小说的作者通常将主人公受到的创伤以某种形式进行隐喻。

例如，《献给爱米丽的一朵玫瑰花》中以"玫瑰花"象征主人公爱米丽的爱情，同时以"玫瑰花"作为对爱米丽小姐的哀思。爱米丽小姐美好、妖娆、高贵，其理应得到生活的眷顾和玫瑰的簇拥，然而由于其专制的父亲在保护她的同时葬送了她所有的幸福与选择的权利。爱米丽起初对于爱情有着无比的渴望与憧憬，对于美好生活有着无数的期待与愿景。当不顾及周围人的眼光与爱人相恋时，爱米丽是快乐和幸福的，甚至她想过要结婚与赫默共度一生。然而，情人却向往自由的生活，而不愿意受婚姻的约束。这一事实打破了爱米丽小姐对未来的幻想，她最终残忍地杀死了情人，却与情人的尸体在玫瑰色的房间中度过了可悲的一生。

又如，约翰·福尔斯的《法国中尉的女人》。小说中的"法国中尉的女人"这一称谓即表达了小说中的女主角莎拉，由于其独立自由的思想与当时的社会环境格格不入，导致女主角的行为被现实中的人们贴上种种标签，反映了个人和社会环境之间难以调和的矛盾。

再如，在托尼·莫里森的《所罗门之歌》始终贯穿着一首关于飞翔的歌，即所罗门之歌。这首歌曲不仅起着彰显人物个性和特点的作用，还对于情节的推动起着重要作用，充满了隐喻色彩。

3. 复调式叙事

创伤主题小说的叙事并非传统意义上的单一视角叙事,而是呈现复调式叙事的特点。

以《献给爱米丽的一朵玫瑰花》为例。《献给爱米丽的一朵玫瑰花》这部小说的叙事视角呈现第三人称全知视角与有限的第一人称叙事视角交替使用的特征。其中,第三人称全知视角的叙事者为"我们"。"我们"在讲述爱米丽故事的同时,也在讲述着"我们"自身的故事。

除此之外,托尼·莫里森的小说也呈现鲜明的复调式叙事特点。托尼·莫里森的小说《家园》讲述了一个关于记忆和爱、失落、失根和家园的故事。

主人公弗兰克·莫尼在某次战争结束后,经过长途跋涉回到家乡拯救奄奄一息的妹妹。在这一故事的叙事中,托尼·莫里森采用了第一人称和第三人称交叉叙事的技巧。第三人称视角是一种全知全能视角,然而在小说叙事中,第一人称的"我",不断进行自我内心聚集,挑战第三人称的全知视角。

在阅读这部作品时可以发现,这部作品中有两个故事的讲述者。其中一个故事的讲述者是主人公弗兰克,其在小说中以"你""我"的称呼进行叙事,并且不断强调"我"而对"你"进行消解和打压,反映了小说作者对现实社会中存在种种歧视与压迫的不满。

除第一人称之外,在此小说中,还有一个全知全能视角,其对于小说中的人物进行全方位观察,明确小说中人物的心理活动。这部小说中"我"和全知全能的第三视角叙事是交叉进行的。故事第一章讲述了"我"和妹妹看见几位白人正在掩埋一位黑人尸体的场面。在第二章中则使用了第三人称,通过对弗兰克过去的经历和现在面临着的状况进行解读。除此之外,小说中的两个声音互相知道对方的存在。例如,小说中,作者用第一身份去与小说的第三人称写作视角进行交流,并对第三人称提出警告和威胁。例如,小说开篇中的"我"就告诉第三人称"你"不

第五章 20世纪英美创伤主题小说研究

要随心所欲地描写，而要适应"我"的要求而写。这种双声部复调写作的方式，打破了小说的传统线性叙述方式，将过去与现在有机结合在一起。同一件事情分为两个声部进行若干片段的讲述，使小说呈现回环往复，场景循环的特点，富有独特的艺术特色。

例如，在小说第二章中提到，一个男人和妻子在火车站时，遭到了他人的欺辱，第三人称转述称"我"得知此事后一定会想，等丈夫回到家中，要揍妻子一顿。因为妻子见证了丈夫受辱的全过程，并且还企图营救丈夫，这对于大男子主义的丈夫来说是不可忍受的。在"我"看来，丈夫是保护妻子的，但是在这件事情中，丈夫却并没有保护好妻子，甚至让妻子被石头砸伤。因此，丈夫要妻子对于自己的行为付出代价，而这一代价就是狠狠地挨揍。

之后，在小说的第五章中，第一人称的叙事者"我"对于第三人称的叙述进行了反驳，并称"我"认为丈夫不但不会揍自己的妻子，还会对妻子的行为感到骄傲。这种叙事方式，可以让读者对问题进行思考，并参与小说的创作过程中，显得十分新颖。

此外，托尼·莫里森的代表作《宠儿》同样使用了复调叙事的特征。《宠儿》与《家园》不同，其叙述方式为第三人称全知叙事。然而这个叙事者并不完全是传达作者个人意志的传声筒，而是置身于故事之外，对于故事中所发生的事件和人物不做任何评论。而是在叙事过程中不断地转换视角，让人物自己发出声音，展现个人的思想意识，从人物的思想意识中展现出人物的个性。

综上所述，20世纪英美创伤主题小说的兴起与发展是随着创伤理论的提出而发展起来的，表现鲜明的非线性叙事、隐喻叙事和复调叙事特点。

第二节　约翰·福尔斯创伤主题小说研究

约翰·福尔斯（John Fowles）是 20 世纪英国后现代主义杰出作家，也是英国创伤主题小说的代表作家之一。本节主要对约翰·福尔斯的生平及其创伤主题小说进行研究。

一、约翰·福尔斯生平及其创作概述

约翰·福尔斯 1926 年出生于伦敦郊外的一个小镇，少年时期曾在贝德福寄宿学校读书，1944 年从中学毕业后进入爱丁堡大学。在这里，约翰·福尔斯经过了短期的海军培训课程，1945 年培训结束后，被分派至德文郡乡下的军营服役两年，升任海军陆战队中尉。服役期满后，约翰·福尔斯进入牛津大学攻读法语和德语，之后又放弃德语，专攻法语。在牛津大学就读期间，约翰·福尔斯接触了法国哲学家萨特和加缪的作品对其思想及之后的文学创作产生了深远的影响。

1950 年大学毕业后，约翰·福尔斯到希腊一所学校担任校长并教授英语，此间开始进行文学创作。约翰·福尔斯早期的文学作品以模仿文学大师的创作为主，在此过程中逐渐开始寻求自己的风格。

1963 年，约翰·福尔斯发表了其第一部小说《收藏家》（The Collector），这部小说获得了巨大成功，约翰·福尔斯也借此进入英国文坛。

约翰·福尔斯一生的文学创作，以小说和非虚构作品的创作居多，且小说带有较为鲜明的后现代主义特征，思想性较为深刻，因此享有"哲学小说家"之称。

《收藏家》是约翰·福尔斯的处女作，其讲述了主人公弗雷德里克·克莱格作为一位普通的税务职员出身贫寒、身无长物，逐渐形成一

种阴暗畸形的心态。一次意外中彩，使他在一夜之间暴富，身上的兽性骤然膨胀，他劫持并囚禁了觊觎已久的姑娘米兰达，并对其进行种种折磨，在米兰达奄奄一息时拒绝伸出援手，导致米兰达因此离世。而已然丧心病狂的弗雷德里克·克莱格在处理好米兰达的尸体，收拾好屋子后，开始物色下一个绑架对象。

《法国中尉的女人》是约翰·福尔斯创作的长篇小说，讲述了主人公查尔斯·史密森在度假时偶遇一位神秘女郎萨拉，之后与其数次交集，被萨拉吸引，并在萨拉精心的布置下坠入爱河。此后，查尔斯不顾亲友劝阻解除了与蒂娜的婚约，试图与身份悬殊的萨拉结婚，却发现萨拉早已离开不知所终，他感受到深深的恐慌与挫败。在漫长的找寻过程中，查尔斯逐渐脱离了自己贵族阶层的傲慢，逐渐感受到自我的存在。当再次遇到萨拉时，萨拉已成为新时代独立自主的新女性，独自抚养着与查尔斯的孩子。

二、约翰·福尔斯创伤主题小说的特点

约翰·福尔斯的小说表现鲜明的创伤叙事特点，主要表现在以下几个方面。

（一）创伤情节的多样性

约翰·福尔斯创伤主题小说执着于对痛苦、挫折、创伤事件的叙述，其小说的创伤情节具有多样性的特点。具体可以划分为家庭创伤、性别创伤和社会创伤三个类型。

1. 家庭创伤

家庭是呵护人们成长的温暖港湾，如果主人公在童年时期无法从家庭中获得足够的温暖则无法培育出内心平和健全的人格。而家庭所造成的心理创伤可能会在儿童成年后对其性格和人生产生深远的影响。约翰·福尔斯创伤主题小说中存在多个因遭受家庭创伤而导致主人公心理畸形的创伤情节。

以《收藏家》为例。《收藏家》的主人公弗雷德里克·克莱格的童年经历十分坎坷，其两岁时父亲因车祸死亡，而母亲则离家出走自谋生路。幼小的弗雷德里克·克莱格跟随姑姑和姑父长大。其中，姑姑对弗雷德里克·克莱格的父母怨言颇深，对弗雷德里克·克莱格的母亲更是极尽诋毁。而姑父则正好相反，不仅对他疼爱有加，而且支持他的爱好和梦想。然而，弗雷德里克·克莱格15岁时，姑父却因中风而去世。

亲人死亡的阴影以及母亲出走，姑姑不亲所造成其成长过程中的母亲角色缺失，使弗雷德里克·克莱格无法与女性建立正常而良好的互动关系，他不懂得如何与女性相处，也无法正常地表达对女性的喜爱和依赖。而其对米兰达这一年轻女性的残忍作为，以及事后的镇定与毫无悔意，均与其家庭创伤之间存在紧密联系。

《法国中尉的女人》中同样表现出主人公的家庭创伤。主人公查尔斯的父亲由于沉迷于享乐而早早离世，查尔斯只好与独身的伯父相依为命。伯父不仅酗酒，而且多次想要剥夺查尔斯的继承权。这使查尔斯无法从亲人处获得足够的安全感。缺乏父母家人和亲情的陪伴与关爱，对查尔斯造成了严重的心灵创伤。

2. 性别创伤

性别创伤是约翰·福尔斯创伤主题小说中经常设置的创伤情节之一。约翰·福尔斯的小说中塑造了许多具有新观念的女性形象，她们普遍寻求自主的生活，并尝试与社会伦理进行对话或和解。

例如，《法国中尉的女人》中的女性主人公萨拉，她是个从不按常规或理性的方式思维和行动的女子，她以直觉作为行动的指南。然而在其所处的时代，女性的行为被赋予较强的束缚，女性稍微出格的行为即会被周围人冠以某种猜测。萨拉被称为"法国中尉的女人"即是一个例子。小说中还多次描写了萨拉对大海的"凝视"和"眺望"，这一举动是悲伤的一种流露，是过往情感创伤的一种复现，也是对内心压抑情绪的一种疏解。

此外,《法国中尉的女人》中的男主人公查尔斯对待婚姻的看法并不乐观,而是将之视为危及自己前程而精心布设的陷阱。他参加社交活动时虽然往往流连于待嫁少女之中,却从未想过与她们定下终身。而查尔斯的未婚妻蒂娜是一位富家女,年轻美丽,温顺守仪,是维多利亚社会认可的"理想的结婚对象",并且她喜爱追求爱情,天真无邪,因此而得到了查尔斯的青睐。然而,伴随蒂娜对家庭生活的期待与重视,查尔斯感到未婚妻的无趣,最终抛弃了蒂娜。蒂娜因此备受打击,遭受情感的重创。蒂娜是维多利亚时代男性视野中女性应该呈现的存在形式,她爱情的挫败和婚姻关系的解除也反映了女性这一性别在那个时代背景下被严重地物化和标准化,在情感和婚姻中往往处于被动状态和弱势地位,是容易受到伤害的一方。

3. 社会创伤

社会创伤是约翰·福尔斯创伤主题小说中常见的创伤事件或创伤经历。

(1)社会阶层差异与对立。以《收藏家》为例。《收藏家》中的男主人公弗雷德里克·克莱格出身于社会下层,年少时家庭经济匮乏和缺乏良好的教育使弗雷德里克·克莱格形成了古板和顽固的性格,而这种性格便其对爱与美的追求产生了消极影响。而女主人公米兰达出生于中产阶级,从小接受了良好的教育。当弗雷德里克·克莱格与米兰达相处时,二人由于身处的阶层不同,导致价值观、行为均存在一定的差异甚至对立,最终由于种种原因导致弗雷德里克·克莱格误杀了米兰达。而这件事又为其下一次犯罪奠定了基础。

(2)社会伦理束缚。以《法国中尉的女人》为例。《法国中尉的女人》中的萨拉在莱姆镇的形象是沉默的、抑郁的、少言寡语的,是莱姆镇上被人们明里暗里谴责的对象。萨拉本身是充满浪漫的,其最初的创伤来自爱情的欺骗,然而之后的创伤则来自世俗观念的谴责与敌视。萨拉在人们别有内指的称谓——"法国中尉的女人"中沉默,在这种无形的社会伦理的束缚中忧郁和愁苦。而当其远走他乡，到达平等自由的社会氛围中后，不再忧郁和愁苦，而是成为一名优雅干练的新女性，不仅开辟了自己的事业，还能够独立抚养孩子。由此可见，社会伦理束缚对女性造成的创伤。

（二）创伤意象的多元化

约翰·福尔斯创伤主题小说中使用大量的隐喻以表现创伤意象，呈现创伤意象的多元化特点。

纵观约翰·福尔斯创伤主题小说中的创伤意象，主要包括患病者、疯女人等。

1. 患病者

约翰·福尔斯在其创伤主题小说中塑造了大量由于曾经遭受过某种创伤从而深陷痛苦记忆无法自拔的人物形象。创伤既可以体现在身体上，也可以体现在心灵上。其中，身体疾病既是人物的显性创伤，也是人物遭受心灵痛苦的象征。

例如，约翰·福尔斯的小说《收藏家》中的米兰达原本是一个十分美好的女性，她被弗雷德里克·克莱格绑架后，由于弗雷德里克·克莱格无法从她身上获得平等的爱与关注，就将其囚禁至缺乏阳光和新鲜空气的地下囚牢中。这种糟糕的环境以及被囚禁与折磨本身均导致米兰达屡次患病。

米兰达第一次犯病时剧烈的咳嗽仿佛预示着其患有某种胸腔疾病，而身体和精神上被囚禁导致米兰达一再犯病。最终这种身体和精神上的双重折磨摧毁了米兰达，导致其死于肺炎。

除身体上的疾病之外，约翰·福尔斯创伤主题小说中的创伤意象还表现在精神疾病方面。

例如，《法国中尉的女人》中萨拉大胆的爱情引发了周围人的鄙视，作为萨拉雇主的波尔坦太太同样无法认同萨拉，于是想尽各种办法限制萨拉的活动范围，以减少其凝望大海的时间。而对于萨拉来说，其作为舆论中心，被他人非议，并非其犯下某种不可饶恕的罪行，仅仅由于其价值观与他人不同。萨拉并没有伤害任何人，却要承受周围人的蔑视，这使其内心深陷抑郁。其不断地眺望大海，以缓解内心的悲伤与抑郁。

无论是身体上有形的创伤还是心灵上无形的创伤，只有经过漫长的时间才能治愈。而在受创伤者寻求治愈以及被治愈的过程，则可称为创伤的修复。

2. 疯女人

疯癫是人们对现实生活中的失控者的一种特殊称谓，通常表现为喜怒无常。约翰·福尔斯创伤主题小说中将疯癫视为创伤意象的一种，通过疯癫的外表表现主人公的痛苦与创伤。

例如，《法国中尉的女人》中的萨拉，其行为被小镇上的人们视为疯狂之举，其本人也因此而被视为疯女人。"疯女人"萨拉的疯狂呈现其精神上的某种自我放逐。现实中的萨拉，并非真正的"疯"，而是其创伤的一种体现。在小说中，萨拉因其出格的行为，需要承受人的误解、指责和谩骂，这种环境使萨拉深陷抑郁，她以"装疯"来实现其对腐朽社会伦理的反叛，以及获得某种自由与独立。

（三）创伤环境的隐喻性

创伤环境是指造成人物产生创伤体验的特定的环境，约翰·福尔斯创伤主题小说中的创伤环境主要包括囚禁、流亡等。

1. 囚禁

囚禁是约翰·福尔斯创伤主题小说中的一种创伤环境，既包括人物身份的无根化状态也包括人物情感的漂泊等。

例如，《收藏家》中的主人公弗雷德里克·克莱格将米兰达绑架后将其囚禁于地下室，即为其打造了一个现实中真实的囚禁环境。这一环境不仅使米兰达身体上遭受种种折磨，还使米兰达的心灵遭受了巨大创伤。

在黑暗污浊的地下囚牢中，米兰达被断绝了一切与外界联系的途径，包括广播、报纸和信件，只能与变态的弗雷德里克·克莱格进行对话作为交流。而当其惹怒弗雷德里克·克莱格时，可怜的自由也被剥夺。这种真实的囚禁环境成为米兰达身体和心灵的创伤的来源。

除现实中的囚禁之外，约翰·福尔斯的创伤主题小说中的人物还面临着无形的囚禁，即心灵囚禁。

《收藏家》中的弗雷德里克·克莱格是真实社会中的绑架者与囚禁者，他对米兰达进行绑架与囚禁。然而，其本人也被囚禁于自己愚昧顽固的意识中，在阶层身份带来的卑微中谨小慎微，在对爱与美的无能为力中麻木困惑。除此之外，弗雷德里克·克莱格还深深地迷恋着米兰达，甘愿自我囚禁于对米兰达的痴念中。他在绑架和囚禁米兰达时，还服务和讨好米兰达；他觊觎米兰达的美，在对米兰达进行无情控制和折辱的同时，又听命于米兰达，供给米兰达物质享受。这种心灵的囚禁使弗雷德里克·克莱格杀死米兰达的同时，杀死了自己的良知，将其变成没有底线的魔鬼。

2. 流亡

流亡是约翰·福尔斯的创伤主题小说中常见的创伤环境，具体又可以划分为现实生活中的真实的身体囚禁和心灵囚禁两种类型。

《收藏家》中的弗雷德里克·克莱格从小生活坎坷，长大后远离家乡与亲人，过着离群索居的生活，在真实的社会关系中独处。中奖前，弗雷德里克·克莱格挣扎在贫困边缘；中奖后，物质上的富足并没有改变其精神上的贫困。他仍然在意他人的眼光与评价，并且尝试从他人处获得陪伴与安定，然而由于认知失常使其始终无法与他人正常相处，与真实的社会保持着一定的距离，使其无法定位自己在社会中的身份，而这种人物身份的无根化状态又促使弗雷德里克·克莱格进一步迷失在自己强烈的收藏欲望中。这种人物身份的无根化进一步加深了人物的心灵创伤，最终使造成其无视同类的生命，放任悲剧的发生。

又如，《法国中尉的女人》中的男主人公查尔斯，生活富足，有着漫长的求学生涯，积攒了丰富的学识和眼界，然而他却不愿走入婚姻。与未婚妻订婚后，仍然我行我素。在遇到萨拉后，查尔斯很快被萨拉的性格特质和生活状态所征服，毅然决然地与未婚妻决裂。之后，查尔斯游历欧洲与美洲，其深刻地察觉到自己原本所属的贵族阶层的生活方式与新时代平等的社会关系格格不入。然而，他既无法回到原本的阶层也无法完全适应新时代的社会关系，因此长期漂泊在新旧时代之间，成为一个身份失根之人。而这种身份的失根化也成为造成查尔斯心灵创伤的主要创伤环境。

情感漂泊是约翰·福尔斯创伤主题小说中流亡创伤环境的重要组成部分。小说人物的情感漂泊是引发人物创伤的重要环境因素。

《法国中尉的女人》除男主人公查尔斯之外，女主人公萨拉也是一个始终处于漂泊和流浪状态的人物。萨拉经历了贫穷而孤独的童年，长大后成为一名家庭教师，在一个又一个家庭中短暂驻足后又离开。情感上，萨拉同样自由，从法国中尉到查尔斯，其情感世界自由奔放，随心所欲，然而面对求婚者，萨拉又果断地拒绝了。她的情感漂泊的环境出于自己的选择，这种情感上的漂泊使其自由同时又造成了她的创伤与痛苦。

无论是囚禁还是流亡均具有较强的隐喻性，除《收藏家》中真实的囚禁之外，约翰·福尔斯小说中的囚禁与流亡通常都具有强烈的隐喻意味，反映了人物特定的生存状态和精神状态。

（四）创伤治疗的重要性

面对人生中的一个又一个创伤，约翰·福尔斯创伤主题小说中给出了治疗创伤的方法，即自我重构，以实现对痛苦的创伤记忆的治疗。

纵观约翰·福尔斯的创伤主题小说，小说的主人公大多经历了各种创伤，包括家庭创伤、性别创伤和社会创伤，这种创伤伴随着主人公的成长成为一种创伤记忆，是主人公心灵上难以愈合的伤口，也影响着主人公的身体或心灵健康，使主人公的认知产生障碍。因此，治疗创伤则可以通过自我重构的方式实现。

仍以《收藏家》为例。《收藏家》中的米兰达作为一个现实生活中被囚禁者，却是主人公弗雷德里克·克莱格精神上的引导者。她在被囚禁期间，无法与外界的真实社会保持联络，于是要求弗雷德里克·克莱格购买书籍、油画、音乐唱片等艺术品试图通过这种方式感染和重塑弗雷德里克·克莱格的灵魂。在被囚禁期间，米兰达一次次暴怒崩溃又一次次对弗雷德里克·克莱格的灵魂进行引导，同时不断进行自我解构与反思，最终米兰达的身体并没有逃脱弗雷德里克·克莱格的控制，然而却完成了自身的深刻审视，实现了自我重构。

综上所述，约翰·福尔斯创伤主题小说通过构建丰富多样的创伤情节、多元化的创伤意象，以及充满隐喻意味的创伤环境，强调了创伤治疗的重要性，为创伤治疗与救赎指出了明确的路径。

第三节　托尼·莫里森创伤主题小说研究

托尼·莫里森（Toni Morrison）是20世纪美国代表作家之一，其以创作女性小说而闻名于世，此外，托尼·莫里森的小说也表现出较强的创伤主题倾向。这种现象反映了20世纪英美小说的多主题性特点。

一、托尼·莫里森的生平及创作

托尼·莫里森1931年2月18日生于美国俄亥俄州的洛雷恩，其父亲是一家造船厂的焊接工，母亲则是一名帮佣。托尼·莫里森的父母热爱非裔传统文化，对托尼·莫里森产生了潜移默化的影响。

1943年，托尼·莫里森考入中学。1949年7月，托尼·莫里森以优异的成绩从洛雷恩高级中学毕业。同年9月，考入美国华盛顿特区的霍华德大学学习。

托尼·莫里森在大学中主修英语文学，同时学习古典文学。在大学期间，托尼·莫里森除学习外，还加入了"霍华德大学演员"剧团，并且走出校园，和剧团成员一起到美国南部演出，这为托尼·莫里森提供了近距离体验美国南部黑人生活的机会。1953年，托尼·莫里森从霍华德大学毕业，并获得了英美文学学士学位。

之后，托尼·莫里森来到纽约，进入康奈尔大学研究生院继续深造，在这里，她主要攻读西方20世纪现代主义文学，主要研究美国意识流小说家福克纳与伍尔夫的小说。在此期间，她开始使用"托尼"的笔名。

1955年，托尼·莫里森顺利从康奈尔大学毕业，并获得文学硕士学位。毕业后，托尼·莫里森受聘于位于美国休斯敦的南德克萨斯大学（德克萨斯南方大学）任教，在这里担任了两年英语讲师。在此期间，托尼·莫里森与牙买加建筑师哈罗德·托尼·莫里森相识相爱，两人于1958年结婚，婚后，托妮·沃福德更名为托尼·莫里森。

1962年，托尼·莫里森参加了一个写作小组，并以此为契机开始有意进行文学创作。

1964年离婚后，托尼·莫里森辞去了在霍华德大学的教职工作，她先带着孩子回到童年成长的洛雷恩镇。1965年，托尼·莫里森进入纽约蓝登出版公司的一个下属公司，开始了编辑生涯。1967年，在蓝登出版公司工作两年后，托尼·莫里森如愿调至该公司位于纽约市的总部担任高级编辑。

从1965年至1984年的近二十年中，托尼·莫里森一直在蓝登公司工作。1967年调入蓝登书屋出版总公司后，托尼·莫里森着手编辑包括穆罕默德·阿里、安德鲁·扬、安格拉·戴维斯等在内的美国历史上非裔著名人物的传记。在此期间，托尼·莫里森开始创作自己的作品（见表5-1）。

表 5-1　托尼·莫里森小说中英文名称一览表

中文名称	英文名称	出版年份
《最蓝的眼睛》	The Bluest Eye	1970
《秀拉》	Sula	1973
《所罗门之歌》	Song of Solomon	1977
《柏油娃娃》	Tar Baby	1981
《宠儿》	Beloved	1987
《爵士乐》	Jazz	1992
《天堂》	Paradise	1999
《爱》	Love	2003
《慈悲》	A Mercy	2008
《家园》	Home	2012
《上帝，救救孩子》	God Help the Child	2015

二、托尼·莫里森创伤主题小说的特点

托尼·莫里森的小说主人公几乎无一例外，在幼年时均受到过某种创伤，而这种创伤又影响了主人公的一生。从这一视角来看，托尼·莫里森的小说表现出鲜明的创伤主题。

本书主要以托尼·莫里森的小说《宠儿》为例，对托尼·莫里森创伤主题小说的特点进行分析。

《宠儿》一书的背景设置于19世纪美国南北战争后，南方重建时期。小说取材于历史上的真实事件。

故事的主人公塞丝是南方种植园的一名女奴，她的母亲是一名奴隶，专门为白人喂奶，自己的孩子却吃不饱或干脆饿肚子。母亲不仅没有能力保护她，而且母亲最后是生是死她都不知道。

《宠儿》是一个悲剧，身为女性的塞丝遭遇了种族与性别的双重压

迫，内心布满了创伤。

在这部小说中，托尼·莫里森使用了意识流的手法，以魔幻现实主义的风格，塑造了塞丝等一系列闪闪发光的人物形象，展示了托尼·莫里森高超的叙事技巧。其中最为显著的特点即为隐喻叙事。

塞丝在"甜蜜农场"里被"学校老师"和他的两个侄子虐待后，又遭到了狠狠的鞭打。塞丝的背部因此长出了一棵树。这棵树即是一种独特的隐喻，这棵树其实是奴隶时代的鞭子在塞丝背上留下的痕迹，见证塞丝在奴隶时代所受的摧残。

除此之外，"宠儿"也是一种隐喻，其是塞丝内心创伤的一种独特的体现。"宠儿"对塞丝的种种折磨，以及塞丝无论"宠儿"怎样伤害自己均任由"宠儿"折磨的行为，是一种独特的隐喻，表现了塞丝深受创伤折磨的痛苦。而众人将"宠儿"赶走的行为表现出对塞丝创伤的救赎。"宠儿"最终的消失也隐喻着塞丝最终得以走出心灵的创伤，回归正常的生活。

综上所述，托尼·莫里森的小说呈现多样化的主题，其中创伤主题是托尼·莫里森小说的鲜明主题之一，具有隐喻性的特点。

第六章 20世纪英美讽刺主题小说研究

第一节　20世纪英美讽刺主题小说概述

讽刺是20世纪英美小说的主题之一，本节主要对讽刺主题小说的概念以及20世纪前后英美讽刺主题小说进行概述。

一、讽刺小说与讽刺主题小说

讽刺是用言辞表达的一种形式。它同时面对两种听众：一种人听而不解其意，另一种人则能听出弦外之音，不仅领会其言外之意，也意识到局外人的不理解。讽刺文学是文学艺术的一种独特的表现类型，对表现人物思想性格，传达文章意涵主旨，增强文字感染力、表现力等方面有着重要的作用，因而具有别具一格的艺术魅力。

讽刺小说即是指具有典型讽刺特点的小说。讽刺主题小说在这里指通过某些特定的艺术手法表达某方面讽刺主题意味的小说，既包括严肃的讽刺，也包括"笑里藏刀"的讽刺。明确了讽刺主题小说的概念之后，下文将对20世纪前后英美讽刺主题小说进行分析。

二、20世纪前的英美讽刺主题小说

欧美等国的讽刺小说源远流长，可追溯至古希腊和罗马文学。古希腊喜剧作家阿里斯托芬（Aristophanes）所撰写的喜剧主要取材于现实生活且具有较强的政治倾向，喜剧的情节荒诞有趣，而结局却发人深省。

罗马文学通常被认为是讽刺的故乡，G. 卢齐利乌斯（Gaius Lucilius）作为古罗马著名讽刺诗人，其创作的诗歌中带有强烈的讽刺倾向，推动讽刺文学逐渐成为文学创作的一种体裁。之后，经昆图斯·贺拉斯·弗拉库斯（Quintus Horatius Flaccus）和尤维纳利斯（Decimus Junius Juvenalis）之手，罗马讽刺体小说发展到新的高度，最终确立了其在西方文学史上不可撼动的崇高地位，并形成了讽刺文学的两大类别——"贺拉斯式嘲讽"（Horatiansatire）和"尤维纳利斯式嘲讽"（Juvenalian satire）。其中，"贺拉斯式嘲讽"温文尔雅、机智诙谐和通情达理，而"尤维纳利斯式嘲讽"则是严肃的道德家的特性。

古希腊和古罗马的讽刺文学传统为英美讽刺主题小说的诞生奠定了基础。

（一）20世纪前英国讽刺主题小说

英国的讽刺文学与欧洲其他国家相比起步较晚，直到中世纪仍然没有出现具有代表性的讽刺文学家，直到文艺复兴时期，莎士比亚的文学作品中也呈现较强的讽刺主题，而莎士比亚的著作又为英国讽刺小说的崛起奠定了基础。

18世纪，英国讽刺主题小说逐渐发展成熟。其中以乔纳森·斯威夫特（Jonathan Swift）和亨利·菲尔丁（Henry Fielding）为代表。

乔纳森·斯威夫特所创作的《格列佛游记》（*Gulliver's Travels*）出版于1726年，讲述了以里梅尔·格列佛（又译为莱缪尔·格列佛）船长的口气叙述周游四国的经历。通过格列佛在利立浦特、布罗卜丁奈格、飞岛国、慧骃国的荒诞奇遇，幽默而深刻地讽刺当时英国的社会现实和政治环境，批判了18世纪前半期英国统治阶级的腐败和罪恶。

亨利·菲尔丁（Henry Fielding）是英国第一个用完整的小说理论来从事创作的作家，被称为"英国小说之父"。其小说《从阳世到阴间的旅行》（*A Journey from This World to the Next*）、《汤姆·琼斯》（*Tom Jones*）等小说均体现出较为鲜明的讽刺主题。其中，《汤姆·琼斯》是亨利·菲尔丁艺术上最为成熟的代表作品，也是英国小说史上具有划时代意义的一部杰作。

进入19世纪后，威廉·梅克比斯·萨克雷（William Makepeace Thackeray）及其代表小说《名利场》（*Vanity Fair*），简·奥斯汀（Jane

Austen)的《理智与情感》(Sense and Sensibility)、《傲慢与偏见》(Pride and Prejudice)等小说也表现出对当时各色各类人物和各种社会现象的讽刺。其中,《名利场》以两个年轻女子蓓基·夏泼和爱米丽亚·赛特笠的一生为主线,真实描绘了1810—1820年摄政王时期英国上流社会没落贵族和资产阶级暴发户等各色人物的丑恶嘴脸和弱肉强食、尔虞我诈的人际关系。这部小说中,威廉·梅克比斯·萨克雷采用讲故事的叙述方法,亲切随便,或幽默,或哀婉,且夹叙夹议,冷嘲热讽,形成一种独特的风格。

简·奥斯汀作为19世纪英国具有代表性的女性作家,其小说以年轻男女的婚恋为题材,然而在故事主题创造和人物形象刻画方面运用了精湛的讽刺技艺,使其小说彰显出鲜明的讽刺主题特色。

(二)20世纪前美国讽刺主题小说

美国文学以幽默讽刺而著称,早在19世纪,美国文坛上即诞生了布赖特·哈特(Bret Harte)、欧·亨利(O.Henry)和马克·吐温(Mark Twain)等讽刺小说家。

其中,布赖特·哈特的代表作品为《咆哮营的幸运儿》(The Luck of Roaring Camp);欧·亨利的代表作品为《麦琪的礼物》(The Gift of the Magi)、《警察与赞美诗》(The Cop and the Anthem)、《最后一片叶子》(The Last Leaf)、《二十年后》(After Twenty Years)等;马克·吐温的代表作品为《百万英镑》(The Million Pound Note)、《哈克贝利·费恩历险记》(The Adventures of Huckleberry Finn)、《汤姆·索亚历险记》(The Adventures of Tom Sawyer)等(见表6-1)。

此处以马克·吐温的《哈克贝利·费恩历险记》为例。马克·吐温是19世纪美国最优秀、独树一帜的批判现实主义作家,《哈克贝利·费恩历险记》是其杰出的代表作之一。小说讲述了机智、勇敢、善良的白人少年哈克贝利与热情忠诚的奴隶吉姆为了追求自由而一路逃亡的经历。[1]小说主要人物的言语和行为都极具幽默感，有时令人忍俊不禁，但在笑声背后却隐藏着作者对社会丑恶现象、人性的阴暗面、种族主义压迫等的辛辣讽刺，引发读者的深思。

表6-1 20世纪前英美讽刺主题小说代表作家和作品一览表

国别	代表作家	代表作品
英国	乔纳森·斯威夫特（Jonathan Swift）	《格列佛游记》（Gulliver's Travels）
	亨利·菲尔丁（Henry Fielding）	《从阳世到阴间的旅行》（A Journey from This World to the Next）《汤姆·琼斯》（Tom Jones）
	威廉·梅克比斯·萨克雷（William Makepeace Thackeray）	《名利场》（Vanity Fair）
	简·奥斯汀（Jane Austen）	《理智与情感》（Sense and Sensibility）《傲慢与偏见》（Pride and Prejudice）
美国	布赖特·哈特（Bret Harte）	《咆哮营的幸运儿》（The Luck of Roaring Camp）
	欧·亨利（O. Henry）	《麦琪的礼物》（The Gift of the Magi）《警察与赞美诗》（The Cop and the Anthem）《最后一片叶子》（The Last Leaf）《二十年后》（After Twenty Years）
	马克·吐温（Mark Twain）	《百万英镑》（The Million Pound Note）《哈克贝利·费恩历险记》（The Adventures of Huckleberry Finn）《汤姆·索亚历险记》（The Adventures of Tom Sawyer）

三、20世纪的英美讽刺主题小说

20世纪英美讽刺主题小说获得了进一步发展，并呈现风格多样的

---

[1] 孙建军. 19世纪美国现实主义小说发展之述评[J]. 赢未来, 2017(12): 17.

特点。

(一) 20世纪英国讽刺主题小说

20世纪二三十年代，随着全球政治、经济的变革，英国社会发生了较大变化，许多社会积弊涌现，一些作家从现实出发运用讽刺手法进行文学创作，诞生了一大批具有代表性的讽刺主题小说杰作。

例如，奥尔德斯·里奥纳德·赫胥黎 (Aldous Leonard Huxley) 的《克鲁姆庄园》(Crome Yellow)、《旋律与对位》(Point Counter Point)、《美丽新世界》(Brave New World) 等；乔治·奥威尔 (George Orwell) 的《让叶兰继续飘扬》(Keep the Aspidistra Flying)、《上来透口气》(Coming Up For Air)、《动物庄园》(Animal Farm) 等；伊夫林·沃 (Evelyn Waugh) 的《衰亡》(Decline and Fall)、《邪恶的躯体》(Vile Bodies)、《一把尘土》(A Handful of Dust) 等。

(二) 20世纪美国讽刺主题小说

进入20世纪后，美国讽刺主题小说获得了新的发展，涌现出菲利普·罗斯 (Philip Roth)、约瑟夫·海勒 (Joseph Heller)、詹姆斯·瑟伯 (James Thurber)、库尔特·冯内古特 (Kurt Vonnegut)、威廉·加迪斯 (William Gaddis)、唐纳德·巴塞尔姆 (Donald Barthelme) 等小说家。

其中，菲利普·罗斯的代表作品《再见吧，哥伦布》(Goodbye, Columbus) 通过运用夸张、讽刺的手法展示了美国犹太中产阶级的生活，创造了一个情节跌宕、人物众多、场景丰富的生活画卷。

约瑟夫·海勒的小说语言幽默讽刺，辛辣、尖刻，对社会现象进行了深刻的揭露与批判。

詹姆斯·瑟伯擅长使用反语进行讽刺，创造了一种啼笑皆非的讽刺方式，其所创作的小说作品《当代寓言》(Fables For Our Time)、《花园里的独角兽》(The Unicorn In The Garden) 对人类的弱点和男女关系的永恒对立进行了无情揭露与讽刺。

库尔特·冯内古特的《第五号屠宰场》(*Slaughterhouse-Five*)通过使用幽默的话语描绘可怕的事物,形成了一种别样的幽默与讽刺艺术。

威廉·加迪斯所著《小大亨》(*JR*)是一部被称为"最伟大的美国讽刺小说"的"史诗式作品",其以喜剧的笔法讲述了一个名叫J.R.范森特的十一岁商业天才,及其创建一个囊括木材加工、矿产、出版和酿造业的大型企业昙花一现的讽刺故事。

唐纳德·巴塞尔姆的短篇小说《玻璃山》(*The Glass Mountain*)创作于1970年,该小说属于典型的后现代主义风格。后现代主义文学承袭了现代主义文学的批判和质疑精神,常用戏谑和嘲讽痛斥社会的弊端。该小说颠覆了原版童话中传统英雄救美的故事,通篇情节荒诞怪异,嘲讽的语调串联于整个小说之中,看似处处诙谐的嘲弄,却实实在在地讽刺了"二战"后美国现实社会生活的无序、混乱与荒谬,暗含作家对此的严肃思考。❶

(三)20世纪英美讽刺主题小说的创新之处

20世纪后的英美讽刺主题小说与20世纪前的英美讽刺主题小说相比,呈现以下创新之处。

1.讽刺方式多样化

纵观20世纪前英美讽刺主题小说的讽刺方式,主要体现在语言讽刺方面,20世纪后的英国讽刺主题小说的讽刺方式更加多样化,既有语言讽刺,也有隐喻讽刺。

以奥尔德斯·赫胥黎的《旋律与对位》为例。

《旋律与对位》讲述了主人公夸尔斯是一位小说家,正在仔细观察周围的各色人物,为他将要创作的小说收集素材。夸尔斯虽然诚实、正派,也有天赋和才华,但性格孤僻,感情冷漠。受到冷遇的妻子埃莉诺,失

---

❶ 孙建军.亦真亦幻亦谐亦庄——《玻璃山》的后现代主义解读[J].文存阅刊,2020(14):3-4.

望之余便开始和早已钟情于她的埃弗拉德暗中来往。夸尔斯的父亲声称自己正在写一本历史书,借口上伦敦大英博物馆查阅资料,实际却与一名女子暗中私通。埃莉诺的兄弟沃尔特与一个有夫之妇同居,同时又与另一个性虐待狂的女子露西勾搭。杂志编辑伯莱普表面上道貌岸然,实际上内心异常贪婪,总是以满口的仁义道德来掩盖自己的堕落行径。浪荡公子莫里斯,他因为怨恨母亲再婚,便将自己投入纵欲的旋涡,厌倦后就去杀人寻找刺激,小说就在其自杀中达到高潮。

这部小说作品以对话为主,运用音乐的结构来剪裁和布置,描绘了一幅形形色色的堕落和怪僻人物的群像图。小说的语言极为精妙讽刺,此外,小说中的人物的行为以及角色本身具有较强的讽喻性,反映了当时的社会现象,能够引发人们的深刻反思。

2. 讽刺手法多元化

20世纪的英美讽刺主题小说的讽刺手法更加多元化,具体可以划分为妙语幽默、犹太幽默、社会讽刺、反语讽刺和黑色幽默等类型(见表6-2)。

表6-2 讽刺小说的类型一览表

序号	类型	内涵	代表作家
1	妙语幽默	通过简洁明快的"妙语"或妙趣横生的文字游戏来达到幽默诙谐之效果的一种幽默手段	奥尔德斯·赫胥黎等作者在小说中均运用了较多的对话,以对话、语言等表现幽默和讽刺
2	犹太幽默	以犹太人的传统生活方式与现代富裕自由的生活方式之间的不协调性作为题材对社会现象进行讽刺	菲利普·罗斯等犹太裔作家
3	社会讽刺	对整个社会机构和社会各个阶层进行讽刺和抨击	伊夫林·沃、约瑟夫·海勒等
4	反语讽刺	对中产阶级市民生活方式的讽刺,其中夹杂着忧伤与愤怒	詹姆斯·瑟伯等

续表

序号	类型	内涵	代表作家
5	黑色幽默	通过运用与轻松欢快的场面密切相关的词语来描绘令人毛骨悚然的恐怖事件，作者把荒谬与恐怖结合在一起，从而产生了幽默所需要的那种"不协调性"。换言之，"黑色幽默"是从"黑色"中，即残忍社会的黑暗中找到幽默，反过来又运用幽默去对待"黑色"	库尔特·冯内古特等

综上所述，讽刺主题小说是西方文学的传统，而20世纪英美讽刺主题小说较之前产生了较大创新，主要表现在讽刺方式多样化和讽刺手法多元化等方面。

第二节 伊夫林·沃讽刺主题小说研究

伊夫林·沃（Evelyn Waugh）是英国20世纪初著名的和最具摧毁力的讽刺作家，本节主要对其生平及讽刺主题小说创作进行研究。

一、伊夫林·沃的生平及其讽刺主题小说创作

伊夫林·沃1903年出生于一个英国上层社会的乡村士绅之家，其父亲是一位传记作家、诗人兼评论家，同时是一家出版社的主管，其兄长也是一位小有名气的小说家。

伊夫林·沃生长在这样的家庭，在其入学之前就已经阅读了大量英国经典诗文。进入牛津大学学习后，伊夫林·沃对讽刺小说产生了兴趣。1924年，伊夫林·沃离开牛津到一所学校担任教师的工作，并经历了人生的低谷。1927年，伊夫林·沃开始潜心从事写作，1928年，伊夫林·沃

小说艺术的创作之路正式开始。1928年,他出版《衰亡》(*Decline and Fall*),使其一举成名。进入20世纪30年代后,伊夫林·沃频繁出游,足迹遍布欧洲、非洲和美洲。还曾作为记者到非洲工作。进入20世纪40年代后,伊夫林·沃进入创作的爆发期,先后出版了《打出更多的旗帜》(*Put out More Flags*)、《旧地重游》(*Brideshead Revisited*)等作品(见表6-3)。1966年,伊夫林·沃因心脏病发作而去世。

表6-3 伊夫林·沃作品一览表

年份	作品	体裁
1928	《衰亡》(*Decline and Fall*)	小说
1930	《邪恶的躯体》(*Vile Bodies*)	小说
1931	《远方的人们》(*Remote People*)	游记
1932	《恶作剧》(*Black Mischief*)	小说
1934	《一把尘土》(*A Handful of Dust*)	小说
1936	《沃在阿比西尼亚》(*Waugh in Abyssinia*)	报道
1938	《新闻》(*Scoop*)	小说
1942	《打出更多的旗帜》(*Put out More Flags*)	小说
1945	《旧地重游》(*Brideshead Revisited*)	小说
1947	《宝贝》(*The Loved One*)	小说
1950	《海伦娜》(*Helena*)	小说
1952	《战士们》(*Men at Arms*)	小说
1955	《军官与绅士》(*Officers and Gentlemen*) 《荣誉之剑》(*The Sword of Hono*)	小说
1961	《无条件投降》(*Unconditional Surrender*)	小说
1964	《一点学问》(*A Little Learming*)	自传

伊夫林·沃的小说以辛辣的笔触对西方现代文明与文化进行了无情的嘲弄。其代表作品主要包括《衰亡》《邪恶的躯体》《一把尘土》等。

《衰亡》是伊夫林·沃的第一部长篇小说，讲述了一位叫作保罗·潘尼费热尔的年轻人所经历的一系列不幸而怪诞的遭遇，充满了黑色幽默、残忍讽刺，以及令人难忘的人物。

父母双亡的学生保罗，因"有伤风化"的行为被所在大学开除学籍，又被监护人吞掉他父母留下的遗产，走投无路之下来到北威尔士一所公学赫兰勒巴城堡当老师。在一次校运会上，保罗认识了美丽富有且孀居的学生家长比斯特奇汀夫人，并很快与其恋爱订婚，却因涉嫌贩运白奴锒铛入狱。然而，保罗并没有就此在监狱中度过一生，而是摇身为自己的远房堂弟，重新做回了神学院的学生。

《衰亡》荒诞离奇的情节，将主人公保罗在令人晕眩的旋涡中抛掷。从牛津到威尔士北部阴暗潮湿的赫兰勒巴公学，到伦敦梅费尔区的上流圈，再到埃格顿荒原的犯人流放点，最后回到他出发的原点牛津，变身为自己的远房堂弟，做回故事开头时那个老实巴交的神学院学生。追随保罗这一趟离奇遭遇，精英教育体制、英国教会、上流社会、法制体系、政治和政客、刑法系统，以及19世纪观念里的绅士，无一幸免地被伊夫林·沃不动声色地讽刺了个遍。

《邪恶的躯体》主人公亚当·芬尼克·赛姆斯在经历了海上剧烈颠簸带来的眩晕折磨后，因为多佛港海关严苛的检查，其自传手稿被销毁，不幸的是这笔稿费的消失使他不能和未婚妻尼娜结婚。就这样，亚当始终都处在弄到一笔钱以具备跟尼娜结婚的条件这一目的而造成的尴尬困境里。在小说中，亚当意外得到了钱但又意外失去了。之后，莫名其妙得到了小报专栏作者的职位，又莫名其妙地失掉了这个职位。最后，亚当被孤零零地抛到了战场上。

这部小说描写了第一次世界大战后，英国社会上被人们称作"妖艳的青少年"的年青一代。在华丽的表面之下，他们狂野冲动、反复无常

第六章　20世纪英美讽刺主题小说研究

又脆弱敏感。混合着天真的心机，他们热切地寻求着财富、刺激和潜意识欲望的满足，把聪颖的心智和邪恶的躯体投入一次次的恶作剧中，有力地讽刺了西方现代文明的浅薄、鄙俗，制度的衰败与崩溃，以及充斥社会的无耻行径。

《一把尘土》讲述了英国上流社会的汤尼·拉斯特与布兰达·拉斯特夫妇，他们住在乡间哥特式建筑的祖传豪宅中自得其乐，鲜与他人交际，过着如隐士般的生活，而单调的日子却使布兰达逐渐感到厌倦。某天汤尼的友人约翰·毕沃尔来访，终使布兰达下定决心摆脱枯燥的生活来到伦敦。她先租了间小公寓，滞留在这社交频仍的大都市之中，而且渐渐爱上了比她年纪小的毕沃尔，追求着浪漫的恋情。毕沃尔可以说是既无个性魅力又无财产靠山，汤尼对此既迷惑不解又不知所措。原本维系拉斯特夫妇关系的儿子安德鲁在一次意外事故中死去，二人的关系正式破裂。汤尼为了摆脱布兰达的背弃之痛，与仅有一面之缘的探险者远道巴西。

这部小说以犀利的笔锋剖析了"一战"后的英国现实，为我们描绘了一幅幅政治、文化、社会风俗等多方面的生动画卷，对上层阶级的道德沦丧与虚伪进行了讽刺。

《新闻》小说的男主人公威廉·布特是一名报刊专栏作家，远离伦敦，隐居于乡下，被报纸老板误认为一位时髦小说家的约翰·布特，阴差阳错地将他派往东非做战地记者，报道那里的战争危机。尽管布特对新闻工作一窍不通，但他却总能因祸得福，幸运地获取独家新闻的消息，最终顺利完成工作。回国后，威廉·布特被视为英雄，并被授予贵族爵位。滑稽的一幕再次上演：首相的手下张冠李戴，把爵位颁授约翰·布特。最终看透一切的威廉·布特重返自己向往的田园生活。

这部作品继承了伊夫林·沃以往讽刺与调侃的风格，喜剧色彩更加浓厚。它的讽刺覆盖范围更广，几乎包含了整个当代社会。无论是政界名流诸如部长、外交官，还是业界达人诸如社交界贵妇、媒体大亨等，无一不是追名逐利的庸俗之辈，揭露了一个虚伪、贪婪、疯狂的世界。

二、伊夫林·沃的讽刺主题小说的特点

纵观伊夫林·沃的讽刺主题小说，具有以下特点。

（一）对社会荒诞性的揭示

伊夫林·沃的讽刺主题小说中对现代社会的荒诞之处进行了辛辣的讽刺。具体表现在人物的荒诞经历、情境的荒诞发展方面。

1. 人物的荒诞经历

伊夫林·沃的讽刺主题小说往往借助人物的荒诞经历来表达对社会的讽刺。

例如，《衰亡》的主人公保罗·潘尼费热尔是一个外表憨厚老实，心地善良，内心自卑，软弱怕事的形象，他常常因为懦弱无能和忍气吞声让自己陷入困境。在大学期间，保罗对一群惹是生非的"酒鬼"学生心怀恐惧，经常小心翼翼地躲避他们。然而，有一天还是被这群人拦住、欺辱，甚至被剥光了衣服，使他只能穿着一条短裤回到宿舍。校方得知此事后，不仅不处罚那群屡有劣迹的学生，反而以行为不检点为由将保罗从大学开除。面对这一不公正的处罚，保罗的自卑使其不敢进行任何反抗，忍受着屈辱离开了学校。

保罗的监护人也趁火打劫剥夺了他的继承权。面对财产被剥夺这样的大事，保罗也没有反抗，而是灰溜溜地跑到偏僻的北威尔士的一个校风混乱的小学当教师。

学校的校长品质低劣，飞扬跋扈，这种恶劣的环境下，保罗更加自卑与懦弱，每天在浑浑噩噩中窘迫度日。面对校长想招其为女婿的想法，保罗惊恐地拒绝。保罗虽然自卑懦弱，却仍然保留着做人的真诚、友善等品质，一心追求美妙的婚姻，然而却因此而身陷囹圄，成为社会道德沦丧的牺牲品。而当保罗锒铛入狱之后，其却感觉到了无比轻松。本以

为余生将在监狱里度过,不承想摇身一变又得到了进入大学学习的机会。

《衰亡》中保罗深受绅士文化影响,他恪守绅士规范,注重礼仪、道德、伦理和责任。"英国绅士文化是英吉利民族在长期发展过程中产生并通过不断吸纳变迁而形成的一种比较完备的思想文化体系"。[1]然而小说中保罗过于对绅士规范的僵化固守却导致了他逆来顺受、刻板被动的性格。除主人公保罗之外,其他人物均存在道德瑕疵,无论大学中的身世显赫却行为恶劣的贵族青年,抑或保罗就职学校的校长和老师,甚至保罗追求的爱人无一不是道德恶劣。然而,他们却能够在一次次劣迹后保持光鲜亮丽的身份,而天真、谨守道德底线的保罗却在浑浊的社会中一次次被绊倒,一回回陷入荒唐的磨难,上演一场场人间闹剧。

除《衰亡》中的保罗之外,《邪恶的躯体》《一把尘土》《新闻》等小说的主人公均无一例外有着荒诞的经历。借助人物的荒诞经历,伊夫林·沃对社会的荒唐、浑浊以及人性的破落和颓败进行了辛辣的讽刺。

2. 情景的荒诞发展

讽刺主题小说在进行社会批判讽刺时,通常借助荒诞的情景达到反讽的效果。小说情节的发展与读者的设想背道而驰,或者情节的发展与相关的场景产生强烈的对比,或小说人物表现出来的思想、言语以及行为超出了常规,小说体现出的价值判断与流行的社会观念和公认的行为准则构成矛盾等均会导致小说情景的荒诞发展。

以《一把尘土》为例。小说的主人公汤尼·拉斯特是一个正直的人,然而其周围的人,包括他的妻子和父亲均是道貌岸然的人。其妻子布兰达·拉斯特背着丈夫与情人通奸,为了弥补良心的不安,布兰达甚至设计和教唆珍妮去勾引自己的丈夫,并且千方百计为丈夫和珍妮创造单独相处的机会。然而,不管珍妮怎么引诱,布兰达的丈夫都没有对珍妮青

---

[1] 孙建军. 浅析电影《王牌特工:特工学院》中的英国绅士文化[J]. 中外交流, 2019, 26(32): 43.

睐，反而更加厌恶珍妮。这一荒诞的情景，使珍妮和布兰达的种种行为均如同跳梁小丑一般。

　　此外，布兰达·拉斯特和情人与丈夫摊牌，希望与丈夫离婚，并要求丈夫支付其高额赡养费。一开始，汤尼·拉斯特答应付给布兰达赡养费。然而，当布兰达狮子大张口，想让汤尼·拉斯特卖掉其心爱的庄园时，汤尼一气之下远走他乡。而无法离婚的布兰达拿不到赡养费，其情人也与其分手，而布兰达只能重新寻找情人。这一场景的荒诞发展，也包含着深刻的讽刺意味。

　　汤尼·拉斯特怀着逃离野蛮与罪恶的心情，远渡重洋，远走他乡，来到一间简陋的小泥屋，将其视为其理想的避世之所。然而，在这里他却被迫不停地朗读狄更斯的书籍。这种被迫的朗读与汤尼以往的主动朗读截然不同，令其痛苦不堪。本想逃离野蛮的汤尼被迫进入另一种野蛮之中，他甚至开始怀念以往厌恶的城市文明的一切。

　　从这些荒诞的情景中，可以看出伊夫林·沃的讽刺主题小说的情节存在种种悖逆与矛盾，这种反差与对比反映出强烈的讽刺意味。

（二）冷漠超脱的叙事风格

　　伊夫林·沃的讽刺主题小说的叙事风格表现为冷漠和超脱，在小说中，伊夫林·沃将其真正意图隐藏在表面的假象中，将多重视镜和多种矛盾和谐地统一在一起，形成既有表面又有深度，既暧昧又透明的讽刺效果。

　　还以《一把尘土》为例。《一把尘土》中的比弗曾是牛津大学的学生，从大学毕业后到一家广告公司工作，失业后由于经济萧条，比弗再也没有出去工作过。因此，比弗与母亲住在一起，而非自立门户。每天早起穿戴完毕后就坐在电话机旁边等着别人给他打电话。

　　而人们对比弗先生的邀请通常会在最后一刻才通知他本人，甚至有时比弗已经开始吃饭了，有人打电话来，比弗也会二话不说离开自己的餐桌，匆匆赶到朋友的餐桌与聚会现场。而在与朋友的聚会上，比弗也十分无聊，可他仍然乐此不疲。

　　小说开头，比弗先生与母亲谈论起前一天晚上的聚会，母亲指出会在外吃饭，而比弗先生则在等别人邀请他吃饭。母亲走后，比弗先生一直待在电话机旁边，电话响了，却是昨晚聚会的朋友蒂平夫人想要议员的电话。比弗先生很痛快地告知蒂平夫人议员可能出现的地点。之后，再没有电话，等到一点钟，比弗先生才不得不出门到俱乐部。正好在俱乐部的楼上碰到议员，议员告知比弗先生已经拒绝了蒂平夫人共进午餐的消息。比弗先生在走进楼下的餐厅之前往家里打电话，看有没有人留下口信，得知蒂平夫人刚刚邀请了他共进午餐后，立刻同意并朝着约定的地方走去。

　　比弗下了楼，可没等进餐厅就叫侍者往他家打电话，看有没有人留下口信。

　　"蒂平太太几分钟前打来电话，问你今天可否与她共进午餐。"

　　"请给她回个电话，好吗？说我很高兴去，但也许要晚几分钟。"

　　他离开布拉特俱乐部时刚过一点半。他大步流星地朝希尔街走去。❶

　　这段话中将比弗这一死乞白赖蹭吃蹭喝的可悲人物形象刻画得淋漓尽致，然而作者的叙事却又出奇冷静，并不对人物的行为多加置评。这种冷漠超脱的叙事风格，反而达到了一种独特的讽刺效果。

　　综上所述，伊夫林·沃的讽刺主题小说在20世纪英国的讽刺主题小说中独树一帜，其使用冷漠的叙事风格，对社会的荒诞进行了揭示，勾勒出一个又一个时代的人物，对社会上的种种现象进行了鞭辟入里的讽刺。

---

❶ 沃．一把尘土[M]．伍一莎，等译．南京：译林出版社，2000：10.

第三节 约瑟夫·海勒讽刺主题小说研究

约瑟夫·海勒（Joseph Heller）是20世纪美国讽刺主题小说的代表作家，本节主要对其生平及讽刺主题小说进行研究。

一、约瑟夫·海勒的生平与讽刺主题小说创作

约瑟夫·海勒1923年出生于的美国纽约市布鲁克林区的科尼岛，其父母均为第一代俄裔犹太移民。约瑟夫·海勒5岁时，父亲去世。母亲一人将三个年幼的孩子抚养成人。1941年，约瑟夫·海勒进入布鲁克林区的亚伯拉罕·林肯高中。1942年在诺福克海军造船厂做铁匠助手，同年参加美国空军，并于1944—1945年奔赴欧洲战场。1945年，约瑟夫·海勒结婚，并开始在《故事》杂志的军人专版发表文学作品。1946年，约瑟夫·海勒进入纽约大学学习，并于1948年自该大学毕业。大学期间，约瑟夫·海勒笔耕不辍，在杂志上发表了多篇文学作品。

1949年，约瑟夫·海勒获得哥伦比亚大学的英语硕士学位，并于同年以富布赖特学者的身份到牛津大学圣凯瑟琳学院学习英国文学。

1954年，约瑟夫·海勒开始构思长篇小说《第二十二条军规》（Catch-22）。并于1955年发布了小说的第一章。1961年，《第二十二条军规》正式出版，约瑟夫·海勒一举成名，被誉为"60年代的最佳小说"。同年，约瑟夫·海勒放弃其他职务，专门从事写作。

1974年，约瑟夫·海勒出版了其第二部长篇小说《出了毛病》（Something Happened）；1979年，出版长篇小说《像高尔德一样好》（Good as Gold）；1984年出版长篇小说《天知道》（God Knows），1988年出版长篇小说《描述这个》（Picture This），1994年出版长篇小说《最后一幕》（Closing Time）。

除小说之外，约瑟夫·海勒一生还撰写了大量戏剧和文学批评著作。所有文学作品中以《第二十二条军规》的影响最大，被视为"黑色幽默小说"的开山之作。

《第二十二条军规》是约瑟夫·海勒的代表作品，讲述了主角约塞林上尉所在的飞行中队驻扎在意大利以南的地中海的一个小岛上。如果从高空俯视，似乎岛上所有人都完全投入了与德国的交战中，飞行员、厨师、医生、护士、上中少将、上中少校、上中少尉们都忙忙碌碌，每个人似乎都在恪尽职守，为这场正义的战争效力。但作者让读者从高空俯冲下来降落到了这群人中间，用放大镜去观察他们在有条不紊规划作战、众志成城击败敌军的伪装下面其实荒诞而又疯狂的言行举止。他们中的有些人在战争状态下露出了邪恶的本性，竭尽所能地损人利己，有些人则成为牺牲品，身心一起崩溃，疯狂地寻找活下来的办法。

这本书重点描述的人物多达 30 位，还有众多的次要人物轮番上场，描绘出一幅幅荒诞不经的图像，表达了对社会的深刻讽刺。

二、约瑟夫·海勒讽刺主题小说的特点

约瑟夫·海勒的讽刺主题小说被称为"黑色幽默"，主要表现了周围环境和自由个体之间的冲突。"黑色幽默"的核心目的是讽刺，旨在批判现实世界，因此本书将其归为讽刺主题小说。

约瑟夫·海勒的讽刺主题的代表作品为《第二十二条军规》，本节以此小说为主对约瑟夫·海勒的讽刺主题小说的特点进行分析。

（一）叙事结构别具一格

约瑟夫·海勒的讽刺主题小说打破了传统意义上的小说结构，没有传统意义上的中心线索或核心人物，全书共 42 章，每章关注一个人物，组成庞大的人物画廊（见表 6-4）。有的人物会反复出现，但前后事件往往没有必然关联，有的人物只是昙花一现，便再无踪迹。而统治着这个巨大的人物网的便是"第二十二条军规"，这些分散的人都受控于它。

表6-4 《第二十二条军规》章节名一览表

序号	章节名称	序号	章节名称
1	得克萨斯人	22	米洛市长
2	克莱文杰	23	内特利的老头
3	哈弗迈耶	24	米洛
4	丹尼卡医生	25	随军牧师
5	一级准尉怀特·哈尔福特	26	阿费
6	亨格利·乔	27	达克特护士
7	麦克沃特	28	多布斯
8	沙伊斯科普夫少尉	29	佩克姆
9	梅杰·梅杰·梅杰少校	30	邓巴
10	温特格林	31	丹尼卡太太
11	布莱克上尉	32	约—约的同帐篷伙伴
12	博洛尼亚	33	内特利的妓女
13	德·科弗利少校	34	感恩节
14	基德·桑普森	35	勇敢的米洛
15	皮尔查德和雷恩	36	地下室
16	露西安娜	37	沙伊斯科普夫将军
17	浑身雪白的士兵	38	小妹妹
18	看什么都是两个图像的士兵	39	不朽之城
19	卡思卡特上校	40	第二十二条军规
20	惠特科姆下士	41	斯诺登
21	德里德尔将军	42	约塞连

（二）"反英雄式"的人物形象

约瑟夫·海勒在《第二十二条军规》中所塑造的人物几乎均为"反

第六章　20世纪英美讽刺主题小说研究

英雄式"的人物。小说中的人物有的诚实、本分、柔软、善良,但被逼成言行举止疯狂的小人物;有的则是用各种规则将诚实的士兵逼疯的上层军官。

约塞连上尉是小说中贯穿始终的人物,也是一位"贪生怕死"的飞行员,他以为完成预定的飞行次数就可以回国休息了。结果中队的卡思卡特上校为了自己升官得奖一次又一次增加飞行定额。理所当然地抬出了冠冕堂皇的爱国理由和有名的"第22条军规",把约塞连和其他队员气得发疯,虽然怕得要命,却不得不服从命令。约塞连只好用装病来逃避执行飞行任务,结果发现医院比军营更难以忍受。只好又回到军营,虽然有吃有喝,有假期去罗马找女人,但他没有一天是内心平安的,看到队友们一个个死亡或者发疯,在恐惧的环绕中,约塞连生不如死,也因此想尽各种办法消极怠工,直至驾机逃跑。

亨格利·乔是约塞连上尉的战友,其战前曾是《生活》杂志的摄影师。亨格利·乔想要回国,于是拼命执行飞行任务。后来变得歇斯底里,竟忘了要回国的目的,只知道要求更多的飞行任务,否则连觉也睡不踏实,每晚定时做噩梦尖叫,让整个军营的人都心绪不宁。后来,科恩中校派他每周驾驶军邮班机递送邮件,这才让大家有几个安静的夜晚睡觉。他执行了数不清的飞行任务,最后,亨格利·乔没有死在飞机上,而是死在自己的噩梦里。

随军牧师是小说第一章就出现的人物,作为军队的牧师,其不用执行任何可怕的任务,只需要鼓舞士气、安慰伤病员、鼓励士兵不怕牺牲,勇敢战斗即可。可是这位可怜的牧师表现得实在不尽如人意。他不但不能安慰或鼓励别人,连自己都常常不知失措。他的信仰让他不能说谎,更不能以上帝的名义说谎。他万分同情周围这些急需帮助的士兵们,但他本人的软弱和疑惑的个性与长官们的凶狠和坚定的态度完全不相容。他对发生在身边的一切都感到无能为力。他向卡思卡特上校建议每次飞行之前允许他带领士兵们祷告,上校虽然同意祷告但是要用他授意的祷告词，还希望自己的名字因此上《星期六晚邮报》，气得牧师只好放弃了这个最卑微的请求。牧师很想早日回家与妻儿过平安的日子，明知自己做不了任何惊天动地的大事，但面对约塞连的逃跑计划，牧师依然决定协助约塞连逃跑，而自己则与士兵们一起留在岛上。

米洛·明德宾德是一个小小的中尉，然而却利用小岛上大官小兵们的食欲，现有的飞机设备军费，做起了前所未有的投机贩卖大生意。最后还成立了一种垄断集团——M&M 辛迪加把所有人接收为成员，借着战争构建商业帝国。然而当士兵们急需救命的吗啡时，急救箱里却只有垄断集团的广告而没有任何急救药品。

《第二十二条军规》通过刻画一个个形象鲜明的"反英雄"人物及其经历揭示了战争的荒诞性，以及现实世界的荒谬与混乱，对战争中形形色色的人物，以及所谓的"第二十二条军规"进行了深刻的讽刺。

（三）叙事情节的讽刺性

约瑟夫·海勒的讽刺主题小说《第二十二条军规》的叙事情节极其荒诞、讽刺。

以军医丹尼卡为例。军医丹尼卡老于世故，对周围所处的荒诞环境十分了解且厌恶，他因此总是愁眉不展，将工作交给两个根本不懂医术的士兵后，整天坐在阳光下暗自纳闷儿，只关心自己的健康和飞行时间。而其关心飞行时间是为了领取飞行津贴，因此每月必须在飞行上花费时间。丹尼卡医生厌恶飞行，不喜欢被囚禁在飞机上。于是请约塞连劝说麦克沃特将丹尼卡的名字记入其飞行日志，上面记载着训练任务或者往返罗马的航程。然而，麦克沃特在一次飞行任务中自杀毁机后，其所在机组人员的名字便从部队的花名册中删除了，而军医丹尼卡的名字也赫然在列。

尽管部队中的每个人都能见到活生生的丹尼卡，然而大家还是被告知他已经死亡。他在国内的妻子也被通知，政府还向其妻子发放了几十万元的抚恤金和保险金。他的妻子在得到这笔意外之财后便忘记了悲伤。活着的丹尼卡由于纸面上的死亡而无法得到应有的军饷和定量供应。他不愿"被死亡",每天找人解释,然而上层军官却拒绝见他,并不为其进行申诉,军医丹尼卡因此饱受折磨,如同幽灵一般漫无目的,也如同生病的老鼠般步履蹒跚,成为一个活着的死人。

这种荒诞而极具讽刺的情节在《第二十二条军规》中比比皆是,充分彰显了小说叙事情节的讽刺性。

(四)叙事语言荒诞性

约瑟夫·海勒的讽刺主题小说《第二十二条军规》中使用了大量反讽、充满逻辑悖论的叙事语言。

1. 反讽

约瑟夫·海勒的讽刺主题小说《第二十二条军规》使用了大量反语表示反讽,彰显小说的荒谬和讽刺性。

例如,《第二十二条军规》中的米洛·明德宾德借助战争大发横财,是一个十足的小人,他声称自己从不说谎,紧接着又明确,只是在需要时说谎。这种不动声色的反讽语言,将米洛·明德宾德虚伪、狡诈的形象刻画得入木三分。

2. 逻辑悖论

约瑟夫·海勒在小说中使用冷漠克制的语言进行叙事,而这些语言相互之间却充斥着逻辑悖论。

例如,《第二十二条军规》中主人公约塞连到罗马度假时发生的一段对话:

"这总得有个理由,"约塞连固执地说,他用一只拳头使劲捶着另一只手掌,"他们总不能就这么闯进来把所有的人都赶出去吧。"

"没有理由,"老太婆呜咽道,"没有理由。"

"那他们有什么权利这么做?"

"第二十二条军规。"

"什么?"约塞连惊恐万状,一下子愣住了,他感到自己浑身上下针扎般地疼痛,"你刚才说什么?"

"第二十二条军规。"老太婆晃着脑袋又说了一遍,"第二十二条军规。第二十二条军规说,他们有权利做任何事情,我们不能阻止他们。"

"你到底在讲些什么?"约塞连困惑不解,怒气冲冲地朝她喊叫道,"你怎么知道是第二十二条军规?到底是谁告诉你是第二十二条军规的?"

"是那些戴着硬邦邦的白帽子、拿着棍子的大兵。姑娘们在哭泣。'我们做错了什么事?'她们问。那些兵一边说没做错什么,一边用棍子尖把她们往门外推。'那你们为什么把我们赶出去呢?'姑娘们问。'第二十二条军规,'那些兵说。他们只是一遍又一遍地说'第二十二条军规,第二十二条军规'。这是什么意思,第二十二条军规?什么是第二十二条军规?"

"他们没有给你看看第二十二条军规吗?"约塞连问。他恼火地跺着脚走来走去,"你们就没有叫他们念一念吗?"

"他们没有必要给我们看第二十二条军规,"老太婆回答道,"法律说,他们没有必要这么做。"

"什么法律说他们没有必要这么做?"

"第二十二条军规。"

"唉,真该死!"约塞连恶狠狠地嚷道,"我敢打赌,它根本就不存在。"他停住步,闷闷不乐地环顾了一下房间,"那个老头在哪儿?"

"不在了,"老太婆悲伤地说。

"不在了?"

"死了,"老太婆对他说。她极为悲哀地点点头,又把手掌朝着自己的脑袋挥了挥,"这里面有什么东西破裂了。一分钟前他还活着,一分钟后他就死了。"

"但他不可能死!"约塞连叫道。他很想坚持自己的观点,可他当然知道那是真的,知道那是合乎逻辑的,是符合事实的:这个老头和大多数人走的是一条路。❶

事实上,"第二十二条军规"本身就是一个严重的悖论和巨大的逻辑陷阱。这段话中"第二十二条军规"俨然成为一切行为的解释之处,甚至连法律都可以凌驾的所在,似乎可以统管一切,无所不包,处处适用,然而其每条规定又相互矛盾,相互推翻,但又环环相扣,织就了一条无形的绳索,将所有人牢牢套在其中,既荒谬又讽刺,同时极其可怕。

综上所述,约瑟夫·海勒作为20世纪美国讽刺主题小说的代表人物,其所创作的《第二十二条军规》具有较强的代表性,无论小说人物形象,还是叙事结构、叙事情节、叙事语言均表现出极强的讽刺效果。

---

❶ 海勒.第二十二条军规[M].吴冰青,译.南京:译林出版社,2019:434-435.

第七章 20世纪英美科幻主题小说研究

第一节　20世纪英美科幻主题小说概述

科幻，即科学虚构与幻想，该主题是 20 世纪英美小说的重要主题之一，本节主要对 20 世纪英美科幻主题小说进行概述。

一、科幻小说与科幻主题小说

科幻小说又称为科学小说、科学幻想小说，其是文学的一种体裁，其主要特征是根据科学原理与科学事实并在此基础上加以适度的想象。❶以生动的、引人入胜的手法描绘科学技术进步的远景和人类对大自然奥秘的深入了解。科学幻想作品描写的对象是实际上还没有实现的科学发现和发明，但科学技术已有的发展一般已为它的实现准备了条件。

科幻小说的类型可以划分为硬科幻小说和软科幻小说。本书所指的科幻主题小说，既包括硬科幻小说也包括软科幻小说（见表 7-1）。

表 7-1　科幻小说的类型一览表

类型	内涵	示例
硬科幻小说	以物理学、化学、生物学、天文学、心理学、医学等"硬科学"为基础的，以严格技术推演和发展道路预测，以描写极其可能实现的新技术新发明给人类社会带来影响的科幻作品称为硬科幻	H. G. 威尔斯（Herbert George Wells）的《时间机器》（The Time Machine）、《莫洛博士岛》（The Island of Dr. Moreau）、《隐身人》（The Invisible Man）、《星际战争》（The War of the Worlds）等科幻小说

---

❶ 黄禄善，刘培骧. 英美通俗小说概述 [M]. 上海：上海大学出版社，1997：223.

续表

类型	内涵	示例
软科幻小说	该概念是相对于硬科幻小说而言的一种将畅想中可能的未来 / 以过去科技为背景，重点关注人文、生活的科幻作品	道格拉斯·亚当斯（Douglas Adams）的《银河系漫游指南》（The Hitchhiker's Guide to the Galaxy）系列，以及《宇宙尽头的餐馆》（The Restaurant at the End of the Universe）、《生命、宇宙及一切》（life, the Universe and Everything）等科幻小说

二、20世纪前的英美科幻主题小说

科幻小说是以现代科技的发展作为基础的一种文学体裁，进入20世纪后，随着科学技术的迅猛发展，科幻小说的创作进入了黄金时代。

（一）20世纪前的英国科幻主题小说

英国科幻主题小说肇始于18世纪，在此之前，古罗马时期的卢奇安（Loukianou，也被译为琉善）即创作了《真实的故事》（True History）等颇具科幻色彩的作品，其中提到了主人公登上月球，开展月球之旅的故事。然而，这一作品并非真正意义上的科幻主题小说，而是带有科幻色彩的讽刺性作品。

1516年，英国作家托马斯·莫尔（St.Thomas More）的杰作《乌托邦》（Utopia）问世，这一作品中虚构了航海家旅行过程中的种种见闻，这部游记式小说虽然不是科幻主题小说，然而却向读者展示了在小说中创造在现实世界中完全不存在的虚构世界的可能。

弗朗西斯·培根（Francis Bacon）于1627年发表的一部乌托邦名著《新亚特兰蒂斯》（The New Atlantis）中借助奇异的旅行展开故事，建构了一个超现实的第二世纪，并且假借幻想之物讽喻现实。这部作品虽已然具备了科幻的雏形，但也并非真正意义上的科幻主题小说。

第七章　20世纪英美科幻主题小说研究

1726年，英国作家乔纳森·斯威夫特（Jonathan Swift）的《格列佛游记》（*Gulliver's Travels*）出版，在这部游记式小说中，作者放飞想象构建了诸多颇具科幻色彩的场景，并构想了非人类智慧的文明，为科幻主题小说中非人类智慧文明提供了重要题材。

18—19世纪，随着工业革命在英国的崛起，现代科学技术取得了一系列成果，对人类的生产和生活方式以及生存观念与意识产生了较大的影响。真正意义上的科幻主题小说也应运而生。

1818年，玛丽·雪莱（Mary Shelley）发表了《弗兰肯斯坦》（*Frankenstein*），这部小说讲述了一位不负责任的年轻科学研究者弗兰肯斯坦亲手创造了一个机器怪物，却失去了对怪物的控制而最终深受其害的故事。这部小说中主人公在创造生命时不是借助虚无的魔法，而是借助现代科技的产物——电流，并初步讨论了科学发展与传统道德之间的关系。因此，这部小说被公认为英国乃至西方文学史上第一部真正意义上的科幻主题小说，玛丽·雪莱本来也因此被誉为"科幻小说之母"。1826年，玛丽·雪莱出版了第二部长篇科幻小说《最后一个人》（*The Last Man*）。

自《弗兰肯斯坦》问世之后，科幻主题小说开始迈向世界文学舞台。英国作家乔治·汤姆金斯·切斯尼于1871年出版了《杜金战役》（*The Battle of Dorking*），这部科幻小说对未来战争进行了设想，并开创了未来战争的科幻文学样式。

1884年，埃德温·A.阿博特（Edwin Abbott Abbott）创作了《平面国：多维世界传奇》（*Flatland: A Romance of Many Dimensions*）对二维世界进行了想象。

1885年，博物学家约翰·理查德·杰弗里斯（John Richard Jefferies）创作了《伦敦毁灭之后》（*After London*）。这部小说开创了科幻小说中的毁灭题材。

1886年，罗伯特·路易斯·斯蒂文生（Robert Louis Stevenson）创作了《化身博士》（*Strange Case of Dr Jekyll and Mr Hyde*）开创了心理

学题材科幻小说，双重人格的塑造和耸人听闻的故事手法，赋予了这部小说极强的魅力。

1892年，罗伯特·巴尔创作了《伦敦的毁灭》(The Doom of London)，对60年后的伦敦烟雾事件进行了预见。

1895年，H. G. 威尔斯发表了科幻小说《时间机器》(The Time Machine)。这部小说一举成功，奠定了威尔斯在英国科幻文坛举足轻重的地位。

纵观英国20世纪前的科幻小说创作，纵然有渊远流长的萌芽阶段，然而直到19世纪，英国科幻小说才逐渐走向成熟。20世纪前英国科幻小说的作家和作品创作的数量有限，且大多与其他小说风格和主题相关。以世界上公认的英国第一部真正意义上的科幻小说《弗兰肯斯坦》为例。在这部小说创作过程中，其作者玛丽·雪莱在创作之初，本想写一部哥特式小说，哥特式小说于18世纪在英国颇为流行，其内容以恐怖、暴力、神怪以及对中世纪生活的向往为特点，且通常充满悬念，以毁灭为结局。而《弗兰肯斯坦》除被作为科幻小说推崇之外，还被许多人认为是哥特式小说、恐怖小说。直到H. G. 威尔斯的《时间机器》发表，才开创了科幻文学的独立时代。

（二）20世纪前的美国科幻主题小说

与英国科幻主题小说的早期发展不同，美国科幻主题小说起步相对较晚，20世纪前的美国科幻主题小说作家作品比较有限，此处着重介绍埃德加·爱伦·坡相关方向的创作。

埃德加·爱伦·坡（Edgar Allan Poe）是19世纪美国诗人、小说家和文学评论家。爱伦·坡以创作侦探、冒险、恐怖小说著称于世，此外，值得注意的是，他还创作了大量科幻色彩的小说。

例如，《汉斯·普法尔历险记》(The Unparalleled Adventure of One Hans Pfaall)讲述了一个破产的荷兰人乘坐气球飞到月亮上去的冒险经历，以及《山鲁佐德的第一千零二个故事》(The Thousand-and-Second

Tale of Scheherazade）、《未来的故事》(Mellonta Tauta) 等。

尽管爱伦·坡创作的科幻小说并没有以其传达的科幻主题著称，而是多以侦探小说框架为主，且被冠以恐怖小说或冒险小说的称谓，然而其对美国科幻小说创作的影响却是极其深远的。

三、20世纪英美科幻主题小说的发展

进入20世纪后，以英美等国科幻小说为代表的西方科幻小说逐渐进入了成熟期，并经历了黄金时代、新浪潮时代和后浪潮时代三个阶段的发展。

（一）20世纪英国科幻主题小说的发展

20世纪英国科幻主题小说迎来了创作的丰收期，许多主流作家纷纷加入科幻主题小说的创作中，这推动了科幻小说不断发展。

1. 黄金时代的创作

20世纪30—60年代被誉为西方科幻小说的"黄金时代"，而在20世纪初期至60年代，英国的科幻小说创作也迎来了高峰期。

除H. G. 威尔斯之外，还涌现了许多杰出的科幻小说作家和作品。

约瑟夫·鲁德亚德·吉普林（Joseph Rudyard Kipling）创作的《夜班邮船》(With the Night Mail) 和《易如ABC》(As Easy As A.B.C.) 均属于科幻小说。其中，《夜班邮船》描写了一包"邮件"旅行的事件，吉普林创作这部作品时，飞艇早就在天空翱翔，吉普林综合了实际存在的科技知识，把飞艇的前景描述出来，属于预言类科幻小说。《易如ABC》则描述了一种能控制人的镭射武器，以科幻的外衣反映对现实社会的思考。

阿瑟·柯南·道尔（Arthur Conan Doyle）作为一位推理小说家，于1912年创作了长篇科幻小说《失落的世界》(The Lost World)，这部小说中描绘了被时间遗忘的史前动物，对后世文学的创作产生了深远影响。

阿道斯·伦纳德·赫胥黎（Aldous Leonard Huxley）于1932年出版

了颇具想象力的科幻小说《美国新世界》(*Brave New World*)。

乔治·奥威尔（George Orwell）于1949年创作了科幻小说《一九八四》(*Nineteen Eighty-Four*)在这部作品中奥威尔刻画了一个令人感到窒息的恐怖世界，在假想的未来社会中，独裁者以追逐权力为最终目标，人性被强权彻底扼杀，自由被彻底剥夺，思想受到严酷钳制，人民的生活陷入了极度贫困，下层人民的人生变成了单调乏味的循环。

威廉·戈尔丁（William Golding）于1954年出版了长篇科幻小说《蝇王》(*Lord of the Flies*)，讲述了未来第三次世界大战中的一场核战争中，一群六岁至十二岁的儿童在撤退途中因飞机失事被困在一座荒岛上，起先尚能和睦相处，后来由于恶的本性膨胀起来，便互相残杀，发生悲剧性的结果。

C. S. 刘易斯（Clive Staples Lewis）于1938—1945年出版了"空间三部曲"科幻小说，包括《沉寂的星球》(*Out of the Silent Planet*)、《皮尔兰德拉星》(*Perelandra*)、《黑暗之劫》(*That Hideous Strength*)等。

威廉·奥洛夫·斯特普尔顿（William Olaf Stapledon）创作了科幻小说"宇宙三部曲"，包括于20世纪二三十年代出版的《最后和最初的人》(*Last and First Men*)、《最后的伦敦人》(*Last Men in London*)、《造星主》(*Star Maker*)描绘了外星智慧生物的种类，同时激励着一代人去思考人类的终极问题。除此之外，斯特普尔顿还创作了《怪约翰》(*Odd John: a Story Between Jest and Earnest*)、《天狼星》(*Sirius: A Fantasy of Love and Discord*)等科幻小说。

除以上作家之外，亚瑟·查尔斯·克拉克（Arthur Charles Clarke）是英国著名科幻小说家之一。第二次世界大战期间，克拉克加入英国皇家空军，担任雷达技师，参与预警雷达防御系统的研制。"二战"结束后，克拉克进入伦敦的英皇学院学习，并获得了物理数学的科学学士学位，同时加入英国天文学会，并于1946—1952年担任英国星际学会主席。克拉克早在20世纪40年代就开始创作小说，然而其早期小说并不属于科幻文学。1951年,克拉克出版了长篇科幻小说《太空序曲》(*Prelude to space*)和《火星之沙》(*The Sand of Mars*),获得了公众好评。1953年和1956年又相继出版了《童年的终结》(*Childhood's End*)《城市和星星》原名为《城市和群星》(*The City and the Stars*)两部中长篇科幻小说。1973年,克拉克出版了长篇科幻小说《与拉玛相会》(*Rendezvous with Rama*);1979年出版了《天堂的喷泉》(*The Fountains of Paradise*)。1968年,克拉克与斯坦利·库布里克合作拍摄了电影《2001:太空之旅》,并出版了同名小说(*2001: A Space Odyssey*)。1982年至1987年,克拉克相继出版了《2010年:太空之旅之二》(*2010: Odyssey Two*)、《2061年:太空之旅之三》(*2061: Odyssey Three*),这两部小说均被拍成电影。1997年,克拉克出版了"太空之旅"系列的终结篇《3001:最终的太空之旅》(*3001: The Final Odyssey*)。

除长篇科幻小说之外,克拉克还出版了《星》(*Star*)、《太阳帆船》(*Sunjammer*)等多部短篇科幻小说。由于其在科幻主题领域的创作,1986年,克拉克荣获象征终身成就的星云科幻大师奖,并成立阿瑟克拉克奖,颁给在英国出版的最佳科幻小说。

2. 新浪潮时代的创作

20世纪六七十年代,属于西方科幻小说的新浪潮时代,这一时期西方科幻小说正式走进主流文学的领地。新浪潮时代的英国科幻小说作家主要包括米切尔·莫考克(Michael Moorcock)、詹姆斯·格雷厄姆·巴拉德(J. G. Ballard)、布赖恩·威尔森·奥尔迪斯(Brian Wilson Aldiss)等。

米切尔·莫考克(Michael Moorcock)自1958年开始创作科幻主题小说,其主要作品包括《空中军阀》(*The Warlord of the Air*)、《瞧这个人》(*Behold the Man*)等。

詹姆斯·格雷厄姆·巴拉德(James Graham Ballard)被誉为"科幻小说之王",是英国新浪潮时代最为重要的作家之一,其代表作品主要包括灾难主题三部曲——《沉没的世界》(*The Drowned World*)、《燃烧的世界》(*The Burning World*)、《结晶的世界》(*The Crystal World*)，此外还有《最后的海滩》(*The Terminal Beach*)、《撞车》(*Crash*)等。

布赖恩·威尔森·奥尔迪斯（Brian Wilson Aldiss）于1957年开始创作科幻小说，相继创作了短篇科幻小说《太空、时间和纳撒内尔》(*Space, Time and Nathaniel*)、长篇科幻小说《直航》(*Non-Stop*)等，其将科幻小说推进到了一个新的高度。此外，奥尔迪斯除创作科幻小说之外，还积极创办科幻杂志，并于1960年当选英国科幻协会主席，积极推进新浪潮运动，为英国科幻小说的发展做了重要贡献，被誉为"英国科幻小说教父"。

3. 后浪潮时代的创作

进入20世纪80年代以后，英国科幻主题小说的代表作家为多丽丝·莱辛，其于1979—1983年创作了"太空小说"科幻五部曲（分别为《什卡斯塔》《第三、四、五区间的联姻》《天狼星人的试验》《第八号行星代表的产生》和《伏令帝国多愁善感的间谍》）。描述了银河系中三个庞大的太空帝国天狼星、老人星和沙马特星的故事。有的学者指出，多丽丝·莱辛的小说并非真正意义上的科幻小说，而属于"准科幻小说"。

（二）20世纪美国科幻主题小说的发展

如同英国科幻主题小说的兴起，美国科幻主题小说的兴起也源于现代科学技术的发展。与英国主流作家参与科幻主题小说的创作不同，美国主流作家很少参与科幻主题小说的创作，然而这并不影响美国科幻主题小说在20世纪迎来"黄金时代"。

1. 黄金时代的创作。

19世纪，随着新型造纸法的普及，欧美等国的造纸成本大大降低，纸浆杂志应运而生。阅读杂志和报纸逐渐成为人们茶余饭后进行消遣的主要方式，一些纸浆杂志以刊载西部小说、推理小说、爱情小说、早期科幻故事为主。因此，在客观上为科幻小说的创作奠定了基础。

美国科幻主题小说的黄金时代始于科幻杂志的黄金时代。

埃德加·赖斯·巴勒斯（Edgar Rice Burroughs），于1912年开始在杂志上连载《在火星月光的照耀下》，该小说于1917年出版时，更名为《火星公主》（A Princess of Mars）之后又创作了一系列续作。

雨果·根斯巴克（Hugo Gernsback），于1911年开始在杂志上连载自己的科幻小说《拉尔夫124C·41+》（Ralph 124C41+: A Romance of the Year 2660）。1926年，根斯巴克创办了世界上第一本纯科幻小说杂志《惊奇故事》（Amazing Stories），根斯巴克对科幻小说进行定义，并在《惊奇故事》上重新刊登了威尔斯、爱伦·坡等人的作品。之后，根斯巴克还相继创办了《惊奇故事》季刊（Amazing Stories Quarterly）、《科学奇妙故事》（Science Wonder Stories）、《空中奇妙故事》（Air Wonder Stories）、《科学侦探》月刊（Scientific Detective Monthly）等科幻杂志，为科幻小说的创作提供了不可或缺的平台，因此其被誉为"科幻杂志之父"。为了纪念其为美国科幻小说创作所做出的重要贡献，1953年，世界科幻协会将科幻小说的创作奖命名为"雨果奖"。

哲学博士爱德华·埃尔默·史密斯于1934年出版了《透镜人》系列（Lensman series）科幻小说。

约翰·伍德·坎贝尔于1934年在《惊人故事》（Amazing Stories）杂志上连载了第一篇科幻小说并于1937年成为《惊人故事》杂志主编。1938年，坎贝尔将《惊人故事》杂志更名为《惊人科幻小说》（Astounding Science Fiction），强调科幻小说应当以符合科学事实，体现正确的科学文化为基础，引导科幻小说创作，并造就了一大批科幻明星作家，开创了美国科幻小说的黄金时代，因此被誉为"美国科幻教父"。

1949年，《幻想与科幻杂志》（Fantasy and Science Fiction）创刊，这一杂志倡导科幻小说应当提高其自身的艺术性。

1950年,《银河科幻小说》(Galaxy)创刊,该杂志主编 H. L. 戈尔德倡导科幻小说不必描写科学家或工程师,而应当描写普通人寻求生存之路而不是设法拯救世界,并拒绝粗制滥造的小说,引导美国科幻小说不断朝着多元化的方向发展。

自 1949 年至 1953 年,数量众多的美国科幻杂志相继诞生或消失,更替频繁。仅 1950 年一年就有 25 种科幻杂志发行,到了 1953 年科幻杂志的数量达 36 种之多,这些科幻杂志的发行极大地推动了科幻主题小说的创作。这一时期,许多非专业科幻杂志也纷纷开辟专栏刊登科幻小说。直到 1957 年,随着平装科幻书籍的崛起,科幻杂志的鼎盛时代结束,美国科幻黄金时代也随之结束。

正是美国的科幻杂志确立了科幻小说的标准。而且,美国确立的这一科幻小说的标准被认为是正宗的,也获得其他国家和地区的认可。其原因是,有关科幻小说的一些概念,正是在科幻杂志上进行了深入的探讨,并取得了较为一致的看法。在其他国家,科幻作家之间很少有联系,他们的创作只是作家个人的行为。……美国的科幻小说在发展过程中逐渐确立了标准科幻小说的地位❶。

美国科幻小说的黄金时代涌现了一大批杰出的科幻小说作家,其中以罗伯特·海因莱因(Robert Anson Heinlein)、艾萨克·阿西莫夫(Isaac Asimov)、雷·布雷德伯里(Ray Bradbury)、A. E. 范·沃格特(Alfred Elton van Vogt)为代表。

罗伯特·海因莱因于 1939 年开始在小说《生命线》(Life-Line)上刊登科幻小说《惊异》开始了其科幻小说的创作之路,其代表作品主要有《星船伞兵》(Starship Troopers)、《星际迷航》(Tunnel in the Sky)、《严厉的月亮》(The Moon is a Harsh Mistress)、《双星》(Double Sta)、

---

❶ 冈恩. 科幻之路 第 2 卷:从威尔斯到海因莱恩[M]. 郭建中,译. 福州:福建少年儿童出版社,1997.

《银河系公民》(*Citizen of the Galaxy*)等。

艾萨克·阿西莫夫与罗伯特·海因莱因、亚瑟·克拉克并列为科幻小说的三巨头,艾萨克·阿西莫夫自1935年开始向《惊奇故事》投稿,并于1939年在《惊奇故事》上发表了第一个科幻故事。从此一发不可收拾,其代表作品包括《基地系列》(*The Foundation Trilogy*)、《银河帝国三部曲》(*The Galactic Empire Trilogy*)和《机器人系列》(*The Complete Robot*)三大系列等。

雷·布雷德伯里很小的时候就成为一名科幻迷,于1938年在《幻想!》杂志上发表了第一部短篇小说《霍勒波岑的困境》(*Hollerbochen's Dilemma*),之后相继出版了多部科幻小说,其代表作品有《火星纪事》(*The Martian Chronicles*)、《太阳的金苹果》(*The Golden Apples of the Sun*)、《R代表火箭》(*R is for Rocket, by Ray Bradbury*)等。

A.E.范·沃格特于在1939年在《惊奇故事》上成功发表科幻小说《黑色毁灭者》(*Black Destroyer*),之后成为一名专职作家,其代表作品有《斯兰》(*Slan*)、《伊夏的武器店》(*The Weapon Shops ofIsher*)、《非A世界》(*The World of A*)等。

除以上四位代表作家之外,黄金时代美国科幻作家还包括杰克·万斯、弗莱德里克·波尔、哈尔·克莱门特、詹姆斯·布利什、罗伯特·谢克里、阿尔弗雷德·贝斯特、杰克·威廉森、斯坦利·G.温鲍姆、霍华德·菲利普·洛夫克拉夫特、克利福德·唐纳德·西马克、沃尔特·M.米勒、西奥多·斯特金、L.罗恩·哈伯德、波尔·安德森、理查德·马特森、库尔特·冯内古特等。

2. 新浪潮时代的创作

1965年,迈克尔·莫考克出任英国《新世界》(*New Worlds*)杂志主编,其主张摒弃传统,力求创新,将主流文学元素引入科幻之中,带动大西洋两岸共同掀起了新浪潮运动。

新浪潮时代的到来使美国科幻杂志起死回生,并诞生了一批新的科幻作家和作品，其中主要包括萨缪尔·德拉尼（Samuel·R. Delany）及其创作的《通天塔-17》（Babel-17）；凯斯·丹尼尔（Daniel Keyes）及其创作的《献给阿尔吉侬的花》（Flowers for Algernon）、罗杰·泽拉兹尼及其创作的《光明王》（Lord of Light）、《光与暗的生灵》（Creatures of Light and Darkness）；弗兰克·赫伯特（Frank Herbert）及其创作的沙丘三部曲[《沙丘》（Dune）、《沙丘救世主》（Dune Messiah）、《沙丘之子》）（Children of Dune）]，厄休拉·勒吉恩（Ursula K. Le Guin）及其创作的《地海》（Tales from Earthsea）系列、《黑暗的左手》（The Left Hand of Darkness）与《一无所有》（The Dispossessed）；菲利普·K. 迪克（Philip K. Dick）及其创作的《高堡奇人》（The Man in the High Castle）、《流吧！我的眼泪》（Flow My Tears, the Policeman Said）等。

3. 后浪潮时代的创作

美国科幻主题小说的新浪潮时代很快终结，继新浪潮科幻小说之后，后浪潮时代开启，美国后浪潮时代的科幻主题小说主要以赛博朋克为主。赛博朋克的英文"Cyberpunk"由"控制论"（cyber）和反文化生活方式"朋克"（punk）组成，意指具有反传统及未来主义观念的电脑工程师。赛博朋克科幻小说是美国20世纪80年代中期兴起的科幻小说流派，是在一系列新科学（控制论、信息论、计算机/网络、生物遗传工程等）飞速发展的背景下形成的。它通过对未来社会的想象，探讨新科技的发展可能会给社会及人类自身带来的种种影响，在肯定技术发展促进人类进步的同时，表现了对科技泛滥的隐忧，作品带有一定的反乌托邦色彩（见表7-2）。

第七章 20世纪英美科幻主题小说研究

表 7-2 20 世纪英美其他代表性科幻小说家及作品补遗一览表

国籍	作者	代表作品
英国	安东尼·伯吉斯（John Anthony Burgess Wilson）	1962 年发布《发条橙》（A Clockwork Orange）等
	约翰·布鲁纳（John Brunner）	一生创作了 150 多部短篇科幻小说，50 多部长篇科幻小说，其代表作品包括《锯齿状轨道》（The Jagged Orbit）、《绵阳抬头》（The Sheep Look Up）、《冲击波骑手》（The Shockwave Rider）等
	道格拉斯·亚当斯（Douglas Adams）	创作了《银河系漫游指南》（The Hitchhiker's Guide to the Galaxy）系列，以及《宇宙尽头的餐馆》（The Restaurant at the End of the Universe）、《生命、宇宙及一切》（life, the Universe and Everything）等科幻小说
美国	奥森·斯科特·卡德（Orson Scott Card）	代表作品包括《安德的游戏》（Ender's Game Trilogy）、《死者代言人》（Speaker for the Dead）、《天贼》（Hot Sleep: The Worthing Chronicle）、《背叛之星》（A Planet Called Treason）、《沃辛编年史》（The Worthing Chronicle）、《沃辛传奇》（The Worthing Saga）等科幻小说
	乔治·R. R. 马丁（Geoger Raymond Richard Martin）	代表作品包括《莱安娜之歌》（A Song for Lya）、《光逝》（Dying of the Light）、《图夫旅行记》（Tuf Voyaging）等科幻小说
	拉里·尼文（Larry Niven）	代表作品包括《中子星》（Neutron Star）、《环形世界》（Ringworld）等科幻小说
	迈克尔·克莱顿（Michael Crichton）	代表作品包括《安德洛墨达品系》（The Adromeda Strain）、《神秘之球》（Sphere）等
	特德·姜（Ted Chiang）	代表作品包括《巴比伦塔》（Tower of Babylon）、《你一生的故事》（Stories of Your Life and Others）等
	詹姆斯·冈恩（James Gunn）	代表作品包括《星桥》（Star Bridge）、《快乐制造者》（The Joy Makers）、《长生不老的人》（The Immortals）、《倾听者》（The Listeners）等
	乔·霍尔德曼（Joe Haldeman）	代表作品包括《千年战争》（The Forever War）、《永远的和平》（Forever Peace）

续表

国籍	作者	代表作品
美国	罗伯特·西尔弗伯格（Robert Silverberg）	代表作品包括《夜翼》(Nightwings)、《内心垂死》(Dying Inside)、《玻璃塔》(Tower of Glass)、《荆棘》(Thorns)、《瓦伦丁君王的城堡》(Lord Valentine's Castle)
	康妮·威利斯（Connie Willis）	代表作品包括《末日之书》(Doomsday Book)、《懂你》(Crosstalk)、《即使是女王》(Even the Queen)、《烈火长空》(Fire Watch)、《林肯之梦》(Lincoln's Dreams)等
	迈克尔·斯万维克（Michael Swanwick）	代表作品包括《潮汐站》(Stations of the Tide)、《铁龙神女》(The Iron Dragon's Daughter)、《杰克·浮士德》(Jack Faust)和《地球龙骨》(Bones of the Earth)
	萨金特·帕梅拉（Pamela Sargent）	代表作品包括《梦想维纳斯》(Venus of Dreams)、《女人海岸》(The Shore of Women)
	查尔斯·斯特罗斯（Charles Stross）	代表作品包括《奇点天空》(Singularity Sky)、《末日奇点：钢铁朝阳》(Iron Sunrise)、《土星之子》(Saturn's Children)等
	金·斯坦利·鲁宾逊（Kim Stanley Robinson）	代表作品包括："火星"三部曲——《红火星》(Red Mars)、《绿火星》(Green Mars)和《蓝火星》(Blue Mars)；《重要代码》三部曲——《四十种征兆》(Forty Signs Of Rain)、《五十度以下》(Fifty Degerees Below)与《六十天和计算》(Sixty Days and Counting)等
	格雷格·贝尔（Greg Bear）	代表作品包括《血音乐》(Blood Music)、《移动火星》(Moving Mars)、《达尔文电波》(Darwin's Radio)、《天使女王》(Queen of Angels)、《永世》(Eon)等
	格雷戈里·本福德（Gregory Benford）	代表作品包括《时间景象》(Time scape)、《大天河》(Great Sky River)、《光之潮汐》(Tides of Light)《狂怒湾》(Furious Gulf)、《渡越光明永恒》(Sailing Bright Eternity)等
	迈克尔·毕晓普（J. Michael Bishop）	代表作品包括《时间之外，别无敌人》(No Enemy But Time)
	大卫·布林（David Brin）	代表作品包括《星潮汹涌》(Startide Rising)

续表

国籍	作者	代表作品
美国	丹·西蒙斯 （Dan Simmons）	代表作品包括《海伯利安》（*Hyperion*）、《海伯利安的陨落》（*The Fall of Hyperion*）、《安迪密恩》（*Endymion*）、《安迪密恩的崛起》（*The Rise of Endymion*）
	洛伊斯·比约德 （Lois McMaster Bujol）	代表作品包括《自由下落》（*Falling Free*）《悲恸之山》（*The Mountains of Mourning*）、《贵族们的游戏》（*The Vor Game*）、《贝拉亚》（*Barrayar*）、《镜舞》（*Mirror Dance*）和《灵魂骑士》（*Paladin of Souls*）
	奥克塔维亚·E.巴特勒（Octavia E.Butler）	代表作品包括《野种》（*Wild Seed*）
	帕特·卡迪根 （Pat Cadigan）	代表作品包括《合成人》（*Synners*）、《傻瓜们》（*Fools*）
	卡尔·萨根 （Carl Edward Sagan）	代表作品包括《宇宙》（*Cosmos*）、《暗淡蓝点》（*Pale Blue Dot*）、《接触》（*Contact*）
	哈里·哈里森 （Harry Harrison）	代表作品包括《不锈钢老鼠》（*The Stainless Steel Rat*）和《银河英雄比尔》（*Bill the Galactic Hero*）等系列
	克雷斯·南希 （Nancy Kress）	代表作品包括《西班牙乞丐》（*Beggars in Spain*）、《乞丐与选民》（*Beggars and Choosers*）和《乞丐的愿望》（*Beggars Ride*）

四、20世纪英美科幻主题小说的创新之处

20世纪英美科幻主题小说与早期英美科幻主题小说相比，具有以下创新之处。

（一）科幻主题小说创作者身份的创新

20世纪前的英美科幻主题小说的创作者大多以作家为职业，进入20世纪后，英美科幻主题小说创作者的队伍不断扩大，不仅吸引了大量职业作家加入科幻主题小说的创作，还吸引了大量科学家加入科幻主题小说创作的队伍。

例如，英国科幻小说家亚瑟·查尔斯·克拉克（Arthur Charles Clarke），其不仅是一位职业科幻小说家，还取得了物理数学的科学学士学位，是天文学会会员，还在"第二次世界大战"期间从事与雷达相关的工作。克拉克所创作的科幻小说多以科学为依据，小说里的许多预测都已成现实。尤其是他对卫星通信的描写，与实际发展惊人的一致，地球同步卫星轨道因此命名为"克拉克轨道"。

艾萨克·阿西莫夫（Isaac Asimov）除是一位科幻小说家之外，还是波士顿大学医学院的生物化学助理教授，曾出版了多部科普书籍，包括《数的趣谈》（Asimov On Numbers）、《地球以外的文明世界》（Extraterrestrial Civilizations）、《科技名词探源》（Words of Science and the History Behind Them）、《终极抉择——威胁人类的灾难》（A Choice of Catastrophes）。

除克拉克和艾萨克·阿西莫夫之外，20世纪时还有许多天文学家加入科幻小说的创作。与其他科幻小说家不同，科学家所创作的科幻小说多以科学发展为现实依据。此外，与20世纪前的科幻创作者相比，20世纪科幻创作者对科幻理论更加重视，许多科幻作家同时进行科幻理论创作。如英国科幻小说家布莱恩·斯特布尔福特等（见表7-3）。

表7-3　天文学家所著科幻小说举要一览表

国籍	作者	身份	著作
英国	马克·威克斯	天文学家	1911年出版《经过月亮到达火星》（To Mars via The Moon）
英国	弗里德·霍伊尔	天文学家	1957年出版《黑云》（The Black Cloud）；1962年出版《仙女座安德罗米达A》（A for Andromeda）
美国	卡尔·萨根	天文学家	1986年出版《接触》（Contact）

第七章　20世纪英美科幻主题小说研究

（二）科幻主题小说的内容创新

科幻主题小说的内容创新体现在20世纪英美科幻主题小说的内容更加多样，对科技和社会发展的思考更加深化。纵观20世纪英美科幻主题小说的内容可以划分为机器想象、星空探索、末世生存、

1. 机器想象

19世纪以来，伴随着西方国家工业革命的相继完成，机器大生产逐渐代替了手工生产，作家出于对机器力量的想象，创作出了大量以机器想象为内容的科幻小说。

机器想象是英美科幻主题小说的重要内容，英国公认的第一部科幻小说——玛丽·雪莱创作的《弗兰肯斯坦》的主人公的悲剧即来源于创作的机器怪人。进入20世纪后，机器想象仍然是英美科幻主题小说的重要内容，其对未来机器世界的想象更加丰富。尤其伴随着20世纪60年代初机器人技术的快速发展，以及首个机器人的问世及其在工业领域的应用，出现了专门以机器人为内容的科幻小说。

这类科幻小说的代表作家和作品主要包括艾萨克·阿西莫夫的"机器人系列"小说、菲利普·迪克（Philip K. Dick）的《仿生人会梦见电子羊吗？》(Do Androids Dream of Electric Sheep?)等。

艾萨克·阿西莫夫的"机器人系列"小说大多收录在其《我，机器人》(I, Robot)科幻短篇小说集中，包括《小机》(Robbie)、《转圈圈》(Runaround)、《理性》(Reason)、《抓兔子》(Catch That Rabbit)、《骗子》(Liar!)、《消失无踪》(Little Lost Robot)、《逃避！》(Escape!)、《证据》(Evidence)、《可避免的冲突》(The Evitable Conflict)九部作品。这些作品在社会上引发了巨大反响，艾萨克·阿西莫夫也因此被称为"现代机器人之父"。

其中，《小机》讲述的是一个机器人保姆小机的故事，小机是一位8岁小女孩的玩伴，两人之间产生了深厚感情。然而当时很多人却认为机器人对人有危险，极力反对机器人。女孩的妈妈害怕机器人，想方设法

逼迫丈夫把小机卖掉。小女孩失去小机后一直闷闷不乐，她的父母带她到纽约游玩，但最后小女孩仍然对小机念念不忘，爸爸安排了女孩与她的小机重逢的感人场面。

艾萨克·阿西莫夫的《我，机器人》科幻短篇小说集中包含着许多对未来世界，人与机器人共存的想象。在这本小说集中，艾萨克·阿西莫夫提出了"机器人学"（robotics）一词，还创立了著名的"机器人学三大法则"，成为科幻小说界不可撼动的铁律。

（1）机器人不得伤害人类，或袖手旁观坐视人类受到伤害。

（2）除非违背第一法则，机器人必须服从人类的命令。

（3）在不违背第一法则及第二法则的情况下，机器人必须保护自己。

菲利普·迪克的《仿生人会梦见电子羊吗？》讲述了未来世界地球已不再适合人类居住。为了鼓励残存的人口移民，政府承诺，只要移民到外星球，就可以为每个人自动配备一个仿生人帮助其生活。仿生人不满足于被人类奴役的现状，想方设法逃回地球。在这篇小说中，作家将仿生人设定为会思考、会睡觉和会做梦，而不只是可以运算的机器，引发读者对人与仿生人机器之间的特质的思考。

机器人的出现并高速发展是社会和经济发展的必然，是为了提高社会的生产水平和人类的生活质量。机器人可以代替人力从事一些易对人体造成伤害的工作，如喷漆、重物搬运等；或人类无法身临其境的工作，如火山探险、深海探秘、空间探索等；或工作质量要求高，人类难以长时间胜任的，比如汽车焊接、精密装配等；或环境恶劣，单调重复性劳作等。

而随着机器人技术的迭代升级，机器人的适用场景将越来越多，机器人未来与人类如何相处？人类如何在未来世界保持人的特质成为科学现实和科幻主题小说共同探讨的内容。

2. 星空探索

20世纪初第一架带动力的、可操纵的飞机完成了短暂的飞行之后，

第七章 20世纪英美科幻主题小说研究

人类在大气层中飞行的古老梦想才真正成为现实。经过许多杰出人物的艰苦努力，航空科学技术得到迅速发展，飞机性能不断提高。人类逐渐取得了在大气层内活动的自由，也增强了飞出大气层的信心。20世纪50年代中期，火箭、电子、自动控制等科学技术获得了显著进步，第一颗人造地球卫星发射成功，开创了人类航天新纪元，广阔无垠的宇宙空间开始成为人类活动的新疆域。20世纪人类航空航天事业的发展为人类离开地球，对宇宙进行探索提供了科技基础，同时为20世纪英美科幻小说提供了创新性内容的想象——星空探索成为20世纪英美科幻小说的主题内容之一。

这一类型的代表作家和作品包括艾萨克·阿西莫夫的"银河帝国三部曲"——《繁星若尘》(The Stars' Like Dust)、《星空暗流》(The Currents of Space)、《苍穹一粟》(Pebble in the Sky)，阿瑟·查尔斯·克拉克《长空序曲》(Prelude to space)、《火星之沙》(Sands of Mars)、《与拉玛相会》(Rendezvous with Rama)、《天堂的喷泉》(The Fountains of Paradise)等。

艾萨克·阿西莫夫"银河帝国三部曲"中包含的三部小说彼此之间没有紧密联系，可以视为独立的作品，三部小说分别讲述三个在银河帝国建立早期、中期和晚期的故事。这些小说通过对宇宙星空的想象，创造了科幻小说的新方向，激发了许多作家以星空作为基础进行想象，创作出大量杰出的科幻小说作品。

阿瑟·查尔斯·克拉克的《与拉玛相会》中讲述了公元2130年，人类太空警卫计划的计算机发现了一颗新的行星。这是一个直径为40千米，以每四分钟一次的速度自转着的物体，它被命名为"拉玛"。宇宙探测器拍回了拉玛的照片——一个像是车床加工而成的、十分完善的圆柱体。两个端面除在中心部分有些小小的突出构件之外，相当平坦。从屏幕上看，它像一个家庭用的锅炉，而对拉玛微小的引力场的测定，证明拉玛是一个非自然的、中空的物体。一个无可否认的事实摆在人类的面前——人类将接待第一位星际来访者。人类派出探险队前去对"拉玛"进行调查，在此过程中发生的故事。这部小说对外星来客进行了充分想象，用文字描绘了人与太空的相遇。

3. 末世生存

20世纪英美科幻主题小说中存在大量末世生存想象，这类作品的代表作家和作品包括布莱恩·奥尔迪斯（Brian Aldiss）的《丛林温室》（*Hothouse*）、《赫利康尼亚》（*Helliconia*）三部曲——《赫利康尼亚之春》（*Helliconia Spring*）、《赫利康尼亚之夏》（*Helliconia Summer*）和《赫利康尼亚之冬》（*Helliconia Winter*）；詹姆斯·格雷厄姆·巴拉德（J. G.Ballard）的"毁灭三部曲"——《沉没的世界》（*The Drowned World*）、《燃烧的世界》（*The Burning World*）、《结晶的世界》（*The Crystal World*）等。这些科幻小说的主题和内容通常是基于作家对人与自然、科技与自然以及人与人之间关系、世界与人的未来的关注与探讨。

布莱恩·奥尔迪斯的《丛林温室》讲述了在遥远的未来，月球的引力已使地球停止自转，地球上日夜交替已消失。因此，地球一面总是白昼，另一面却永远处于黑暗之中。与此同时，一种相互制约的效应强制月球停止运行，远远地漂离地球，处于对地球具有威胁的位置。它与太阳及地球形成等边三角形。无论是月球，或是地球，其明亮一面都处于永恒不变的下午时分。古老的地球陷入迷惘。由于太阳强烈照射，人只能深居于庞大的榕树丛林的中层，树林底部生长着无数形形色色、奇形怪状的食肉植物。这些植物威胁着人的生命。无论男女老幼，一旦落到丛林底部就会被这些植物所吞食。此时，植物的天性已然改变，整个生存系统失去平衡。在这部小说中，人类从自然的主宰者沦为自然竞争中的弱势群体，一不留心就会丧生于植物之口。人类则退化至原始状态，在遍布的植物中艰难求存。

《赫利康尼亚》三部曲全书共分为三部，在第一部《赫利康尼亚之春》中交代了赫利康尼亚的背景：赫利康尼亚是一个类地行星。它围绕着自己的恒星巴塔利克斯公转,而巴塔利克斯恒星则围绕着另外一颗更大的恒星弗雷耶公转。简单来说,赫利康尼亚虽然是一颗行星,但是在这三颗行星中的位置就犹如太阳,地球、月亮中的月亮。这种与地球完全不同的宇宙处境,导致了赫利康尼亚也拥有与地球完全不同的气候环境,从而衍生了一系列与地球生物完全不一样的生物。

《赫利康尼亚之夏》和《赫利康尼亚之冬》讲述了人类在赫利康尼亚星球上恶劣环境中生存的故事。当赫利康尼亚处于夏季时,酷热覆盖整个星球,赤道上的森林也会自燃;而当赫利康尼亚星球处于冬季时,严寒又将席卷整个星球达上百年。每当冬季来临,赫利康尼亚星球上的文明几乎消失殆尽,到春季时文明得以重建。这些小说对人类在未来面临的恶劣的生存环境进行了想象,并在此基础上探讨人与自然、人与人之间的关系。

巴拉德的"毁灭三部曲"讲述了未来人类面临的三种灾难。

《燃烧的世界》讲述了海洋表面被油膜覆盖,阻止了海洋水分的蒸发,地球水循环失去了平衡,成为干旱的星球,人们为了生存不得不向海岸聚集,与原本就居住在海岸边的人产生了激烈冲突。这种世界末日般的景象令人类对未来感到绝望。

《沉没的世界》描述了太阳突然发生磁暴,强烈的太阳辐射直抵地面,两极冰川消融导致世界各地水位上升,许多城市被淹没。地处内陆的城市则迅速被热带雨林覆盖,人类的生存空间已经被淹没,主人公极力反思,找寻生命存在的意义,最后拯救了世界的故事。

《结晶的世界》则讲述了由反物质构成的河外星云与银河系相遇,造成了时空扰动和结晶化,太阳系和地球也在劫难逃,世界上的人和物,都在毫无规律地结晶化,所有人都陷于恐惧之中。

从上述布莱恩·奥尔迪斯和巴拉德的小说中所描绘的人类在末世生存的内容来看,这类科幻主题小说从现有的科学研究出发,表明了人类在危机四伏的宇宙中生存面临着种种危机,只有充分重视自然生态,利用科学，才能为人类文明的延续寻求一线生机。

4. 科技伦理

20世纪五六十年代，生命科学和基因技术的快速发展，引发了社会各种伦理争议，在科技日益对人直接产生复杂影响的深度科技化时代，人类不得不面对科技发展与生命和社会文明之间的关系进行深入思考。一些科幻作家在生物研究等基础上展开了充分想象，20世纪英美科幻主题小说中产生了大量以科技伦理为内容的科幻小说。

这类科幻小说的代表作家和作品主要为阿道斯·伦纳德·赫胥黎的《美丽新世界》等。

故事设定的时间是公元26世纪左右，那时的人类已经把汽车大王亨利·福特尊为神明，并以之为纪年单位，它的元年（1908年）是从福特第一辆T型车上市那一年开始算起；类似福特所发起的汽车大规模生产的生物学统一生产方法，在那时就开始用在生产一模一样的人类身上，因为统治者相信，这样可以提高生产力。管理人员用试管培植、条件反射、催眠、睡眠疗法、巴甫洛夫条件反射等科学方法，严格控制人类的喜好，让他们用最快乐的心情，去执行自己被命定一生的消费模式、社会角色和工作岗位。婴儿完全由试管培养、由实验室中倾倒出来，完全不需要书、语言，也不需要生育。所谓的"家庭""爱情""宗教"……均成为历史名词。在这个世界中，人们尽情享乐反而失去了思想的自由，忘记了幸福的真正内涵。

《美丽新世界》中对丧失科技伦理的世界进行了深刻的思考，表现出对科技发展带来的社会伦理的关注与忧虑。

综上所述，20世纪英美科幻主题小说与20世纪前英美科幻主题小说相比，无论是创作者身份还是内容，均呈现出更加丰富多样的创新特点。

第二节　H. G. 威尔斯科幻主题小说研究

H. G. 威尔斯（Herbert George Wells）是英国科幻小说史上举足轻重的人物，其科幻主题小说的创作始于19世纪末，在20世纪初期又创作了一系列科幻主题小说佳作，这些作品无一例外均成为世界科幻史上的经典。本节主要对其科幻主题小说进行深入研究。

一、H. G. 威尔斯的生平及其科幻主题小说创作概述

H. G. 威尔斯1866年出生于肯特郡的一个小镇上的贫寒家庭，其父亲是一位职业板球运动员，后经营一家五金店铺。1880年，由于父亲经营的店铺破产倒闭，年少的威尔斯开始了其学徒生涯，曾到布店、学校等作学徒，也曾给小镇的药剂师作助手，多年的学徒经历为威尔斯价值观的最终形成奠定了重要基础。

1883年，威尔斯终于结束了其难以忍受的学徒生涯，进入一家文法学校从事助教职位，并于1884年获得助学金进入英国皇家科学院的前身堪津顿科学师范学校学习物理学、化学、地质学、天文学和生物学。这些课程以及生物学教师托马斯·赫胥黎（Thomas Henry Huxley）的进化论科学对其思想和之后的科幻小说创作产生了巨大影响。1890年，威尔斯以动物学的优异成绩获得了伦敦大学帝国理工学院的理学学士学位。

1891年，威尔斯进入伦敦大学函授学院教授生物学。同年，威尔斯开始为一些报刊撰写文章。1893年，威尔斯开始进行科普创作，创作出《百万年的人》（*The Man of the Year Million*）。在这部著作中，威尔斯对未来人类的形象进行了大胆设想。

1894年，威尔斯开始尝试借助其已掌握的科学知识创作短篇科幻小说。包括《被窃的杆菌》（*The Stolen Bacillus*）和《奇兰花开》（*The

Flowering of the Strange Orchid）等。之后，威尔斯开始在报刊上连载其关于时间旅行的小说，并于1895年出版时将这部中篇小说更名为《时间机器》(The Time Machine）。这部小说出版后在全国引发了巨大轰动，同时为威尔斯奠定了科幻小说家的声誉。

除《时间机器》之外，威尔斯之后又陆续出版了《莫洛博士岛》(The Island of Dr. Moreau）、《隐身人》(The Invisible Man）、《世界大战》(The War of the Worlds）、《神的食物》(The Food of the Gods and How It Came to Earth）等科幻小说。

除科幻小说之外，威尔斯在20世纪还创作了大量社会性小说和历史著作，是一位"百科全书式"的作家（见表7-4）。

表7-4 H. G. 威尔斯代表小说一览表

类别	出版时间	代表作品名称
中长篇小说	1895	《时间机器》(The Time Machine）
	1896	《莫洛博士岛》(The Island of Dr. Moreau）
	1897	《隐身人》(The Invisible Man）
	1897	《世界大战》(The War of the Worlds）
	1899	《昏睡百年》(When The Sleeper Wakes）
	1900	《爱情和鲁雅轩》(Love and Mr Lewisham）
	1901	《月球上最早的人类》(The First Men in the Moon）
	1904	《神的食物》(The Food of the Gods and How It Came to Earth）
	1906	《彗星来临》(In the Days of the Comet）
	1909	《托诺-邦盖》(Tono-Bungay）
	1914	《获得自由的世界》(The World Set Free）
	1923	《神秘世界的人》(Men Like Gods）
	1933	《未来世界》(The Shape of Things to Come）
	1937	《新人来自火星》(Star Begotten）

续表

类别	出版时间	代表作品名称
短篇小说	1894	《百万年的人》(The Man of the Year Million)、《被窃的杆菌》(The Stolen Bacillus)、《奇兰花开》(The Flowering of the Strange Orchid)、《怪物大闹天文台》(In the Avu Observatory)、《制造钻石的人》(The Diamond Maker)、《发电机之王》(The Lord of the Dynamos)、《鸵鸟交易》(A Deal in Ostriches)、《巨鸟岛》(Aepyornis Island)
	1895	《天空英雄》(The Argonauts of the Air)、《关于戴维森的眼睛的非凡案例》(The Remarkable Case of Davidson's Eyes/The Story of Davidson's Eyes)、《蛾》(The Moth)、《月光之锥》(The Cone)
	1896	《显微镜下的失误》(A Slip Under the Microscope)、《手术刀下》(Under the Knife)、《红屋子》(The Red Room)、《柏莱特尔失踪之谜》(The Plattner Story)、《已故的艾尔维山姆先生的故事》(The Story of the Late Mr. Elvesham)、《在深渊里》(In the Abyss)、《禁果传奇》(The Apple)、《紫色的蘑菇伞》(The Purple Pileus)、《食人海怪》(The Sea-Raiders)
	1897	《水晶蛋》(The Crystal Egg)、《石器时代的故事》(Stories of the Stone Age / A Story of the Stone Age)、《星》(The Star)
	1898	《制造奇迹的男人》(The Man Who Could Work Miracles)、《被盗的身体》(The Stolen Body)
	1899	《一个发生在未来的故事》(A Story of the Days to Come)、《一个末日裁判的梦幻》(A Vision of Judgment)
	1901	《善恶大决战之梦》(A Dream of Armageddon)、《菲默尔》(Filmer)、《新加速剂》(The New Accelerator)
	1902	《窝囊鬼的故事》(The Inexperienced Ghost)
	1903	《蜘蛛谷》(The Valley of Spiders)、《派伊克拉夫特之真相》(The Truth About Pyecraft)、《魔法商店》(The Magic Shop)、《陆地上的铁甲舰》(The Land Ironclads)
	1904	《盲人国》(The Country of the Blind)
	1905	《蚂蚁王国》(The Empire of the Ants)
	1906	《墙中之门》(The Door in the Wall)
	1908	《太空战》(The War in the Air)
	1908	《现代乌托邦》(A Modern Utopia)
	1909	《美丽套装》(The Beautiful Suit)

H. G. 威尔斯最负盛名的科幻主题小说创作于 19 世纪末 20 世纪初，包括《时间机器》《莫洛博士岛》《月球上最早的人类》《神的食物》等。

（一）《时间机器》

《时间机器》这部小说奠定了威尔斯科幻小说之父的声名。《时间机器》的故事背景设定于公元 802701 年的反乌托邦未来世界，小说讲述了一位不知名的时间旅行者发明了一种能够在时间纬度上任意驰骋于过去和未来的机器。当其乘坐时间机器来到公元 802701 年时被这里的奇异恐怖的景象所震惊。这一时期人类已经分化为两个种族，包括爱洛伊人和莫洛克人。

其中，爱洛伊人长相精致美丽，却失去了劳动能力，他们生活在地面上，以瓜果为食，每天只知游戏和玩乐。而莫洛克人正好相反，面目狰狞，终日劳动，过惯了地下潮湿阴暗的生活，慢慢进化为老鼠一样的穴居动物。由于食物匮乏，莫洛克人晚上便四处捕食爱洛伊人。时间旅行者在此不慎遗失了时间机器，经过一番波折后，时间机器才失而复得。在旅行过程中，时间旅行者邂逅了爱洛伊人韦娜，她跟随时间旅行者左右不离不弃。然而，最终韦娜在一场大火中丧生。而时间旅行者最终离开了公元 802701 年的世界，在其他未来时间看到了未来的各种奇异场景并最终回到了"现在"，将其在旅行中的经历告知了朋友。之后，时间旅行者再次借助时间机器踏上了时间之旅，而这一次，时间旅行者永远消失于漫漫的时间长河中。

（二）《莫洛博士岛》

《莫洛博士岛》是威尔斯创作于 1896 年的长篇科幻小说。这部小说以第一人称的视角讲述了博物学爱好者爱德华·普伦狄克所乘坐的船在大洋中遇险后意外来到一个小岛。小岛上居住着一位名为莫洛的科学家。莫洛利用自己所掌握的科学知识和科技力量，利用器官移植和变形手术等一系列惊世骇俗、前所未闻的实验创作了大量新的动物物种。

these新的动物物种是一些介乎人兽之间的动物。他们除有着人类的外形，总有一种兽类的特征明显地呈现在其动作、面部表情等方面，有的像猪、有的像猴、有的像豹。这些奇异的见闻，使爱德华·普伦狄克辗转反侧，夜不能寐。第二天，爱德华·普伦狄克突然听到了人的呻吟声，于是不顾一切地闯入莫洛的工作室，发现其竟然在解剖活人，于是不顾一切地逃走。而莫洛博士则与其助手带着狗紧紧追赶。在逃跑途中，爱德华·普伦狄克遇到一个猴人，被带进了野人村，被迫参与野人的入伙仪式（复诵法律），此时莫洛博士追来，并告诉爱德华·普伦狄克野人不是人而是人性化了的兽类。爱德华·普伦狄克听到的声音是人性化了美洲豹发出的声音。

原来，莫洛博士一共制造了100多名野人，许多野人生下了后代之后死去，其后裔也不免死亡。为了防止野人的兽性复活，莫洛博士规定他们必须遵守某些法律，禁止野人尝到血的味道，发现后立即将触犯法律的野人处死。故事的最后，莫洛博士死于其制造的野人手中，小岛上的法律秩序也因此开始动摇，野人重新恢复了兽性，小说的讲述者爱德华·普伦狄克也终于逃离了小岛。

（三）《月球上最早的人类》

《月球上最早的人类》讲述了主人公贝德福德认识了一位叫作凯沃的人，凯沃制造出了一种可以隔断万有引力的物质，因而二人得以乘坐炮弹式的飞行装置到了月球。他们在这里遇到了月球人，贝德福德还在月球上发现了黄金，经历了奇妙的冒险后，凯沃被月球人抓走，贝德福德却幸运地重返地球，并意外从太空接收到来自月球的信息。小说家幻想性地描绘了月球上的奇异景色和月球上的生命物种，还趣味性地预见了人类在未来进行太空旅行的方式和场景。

（四）《神的食物》

《神的食物》讲述了两位科学家配制了一种能够激发生物生长潜力的

"神食"。有了"神食"后，巨型生物不断出现，老鼠大如虎，小鸡比猫大，黄蜂壮如鹰，彻底颠覆了这个世界的面貌。之后又在科学家的通力合作下消灭了巨怪。后来科学家又用神食喂养自己的子女，哺育出了一代巨人，他们身高马大，力大无比，心地良善。但他们却不被统治阶层所接纳，遭到无端迫害，因为他们妨碍了当权者的利益。威尔斯用荒诞的情节对现实社会的强权政治进行了影射与讽刺。小说中的"神食"代表了由人类自己创造出来的对人类自然进化进行干预的现代科学技术，这些技术的介入极易导致现代社会伦理变得无序和混乱，表达了作家对生命科技的审慎态度以及对科技对生命干预的忧虑。

二、H.G.威尔斯的科幻主题小说创作的特点

H.G.威尔斯的科幻主题小说具有以下特点。

（一）题材丰富

H.G.威尔斯发表第一部科幻主题小说时尚处于英国科幻小说的起源阶段，其小说《时间机器》也被一部分学者认为是英国科幻小说的真正起源。威尔斯的科幻小说题材十分丰富，为其他科幻小说家进行了良好示范，开辟了科幻主题小说的广阔道路。

美国科幻小说研究会主席詹姆斯·冈恩（James Gunn）在其著作《交错的世界——科幻小说史》中总结了14种科幻题材（见表7-5）。而这些题材，威尔斯的小说大都涉及过。

表7-5 詹姆斯·冈恩归纳的14种科幻题材一览表

序号	詹姆斯·冈恩	H.G.威尔斯的作品及其作品中使用的题材
1	远程旅行，不寻常的旅行，太空之旅	《时间机器》《月球上最早的人类》中均涉及时间旅行和太空之旅的题材

续表

序号	詹姆斯·冈恩	H.G. 威尔斯的作品及其作品中使用的题材
2	疯狂的科学家和可怕的发明，无法控制的科学技术，科技发展成对人类危害	《莫洛博士岛》《隐身人》等均涉及器官移植、活体解剖或隐形药水等科学家及其可怕发明的题材
3	人和机器，主要表现人和他的创造物之间的关系	《莫洛博士岛》涉及人与其创造物之间的关系的题材
4	进步或者退化变质；乌托邦和反乌托邦；人的条件变好或变坏	《时间机器》《昏睡百年》等涉及人类未来的发展与衍变的题材
5	人与他的社会，与"进步"类似，只是其意图是描述性多于讽刺性	《盲人国》涉及一个与世隔绝的盲人世界的美德对现实世界进行讽刺的题材
6	人与未来，与"进步"也类似，只是没有任何讽刺的成分，而是夸大了可能合理性	《获得自由的世界》涉及世界联合体等对人类进步的想象题材
7	战争，武器或战争本质的变化	《世界大战》等反映战争的题材
8	大变动（自然条件发生变化和大灾害）	《彗星来临》等反映地球大灾害的题材
9	人与他的进化，可能关系到地球、太阳系、宇宙及其自然法则	《海上侵袭者》等反映自然界事物进化的题材
10	超凡能力（能力的变化），如奇异才能、隐形能力、预测术	《关于戴维森的眼睛的非凡案例》等反映人类眼睛奇异才能的题材
11	超人，成为一个新的种族，并生殖后代	《神的食物》等以"神奇食物"创造了巨人生物的题材
12	人与外星人，异形，外星人的入侵，外星人的思想或生活方式，以外星人的眼光看人类	《星际战争》《水晶蛋》等反映火星人入侵地球以及水晶蛋的题材
13	人与宗教（改变人的信仰）：开始、意义、结局，包括末世学	《发电机之王》等将发电机视为"超人"的题材
14	多种混合式的主题：未来或过去的一瞥，意外事件，逸事奇谈，冒险故事	《可怖的人》《巨鸟岛》《奇兰花开》等反映逸事奇谈的题材

H.G. 威尔斯科幻主题小说呈现奇异瑰丽、蔚为大观的态势，其以各

种社会阶层人物、各种星球生物为故事角色，将宇宙太空作为人物活动的舞台，以千万年的时间差作为时间跨度，编织出了无比精彩的故事。其科幻小说题材的丰富性为英国20世纪科幻小说开创了良好的开端，对后世科幻小说题材的创作与创新提供了良好示范。

（二）思想深刻

H.G.威尔斯科幻主题小说给小说披上了一层科幻的外衣，然而其小说所表达的思想却并不止对人类未来的想象，还具有十分深刻的意义。从威尔斯小说的主题表达上来看，威尔斯所创作的科幻小说是一种借助科幻故事反映现实世界的内涵。

1. 表现出对科学技术发展的认同与担忧

H.G.威尔斯科幻小说属于硬科幻小说，其小说中对19世纪末期和20世纪初期科学技术的发展以及未来对人类社会的影响进行了各种想象。其小说中对科学技术的发展报以肯定态度的同时，也表现出对科学技术不当运用所造成不良后果的担忧。

H.G.威尔斯科幻小说中包含大量古生物学、细菌学、植物学、电磁学、光学、矿物学等领域有关的科学知识，并以此作为基础对小说情节进行合理的想象，使其科幻小说具备了较强的科学预见性，这一点也是H.G.威尔斯科幻小说经久不衰的内在原因所在。

例如，《月球上最早的人类》中提到科学家研制出了一种反重力的材料，并以此材料制作出了球体登月舱。这一科学预见在20世纪成为现实。

由此可见，H.G.威尔斯科幻小说中表现出对科学技术发展和认同以及信心。然而，在认同与信心的背后，也同样掩藏着其对科学技术的不当运用所造成的不良后果的担忧。

例如，《莫洛博士岛》《隐形人》《显微镜下的失误》等小说中均对科学怪人利用科学技术创造出不受人类控制的怪物的可怕后果进行了想象。

由此可见，H.G.威尔斯科幻小说中对待科学技术未来发展趋向的认识是丰富、深刻且发人深省的。其科幻小说给了科学技术的未来发展无限可能，同时指出科学的发展以及人类的进化可能会为人类的生存带来各种灾难，因此人们必须要防患于未然。

2.揭露社会矛盾，谴责社会制度的不合理

H.G.威尔斯科幻小说借助瑰丽的想象在展现科学技术的神奇之处时，还对社会矛盾进行了无情揭露，对社会制度的种种不合理之处进行了谴责。

例如，《莫洛博士岛》对莫洛博士对动物进行活体解剖以及利用鞭子等工具对其所创造的兽人进行奴役和统治的过程进行了详细描写。而这一场景中则隐喻着人类自相残杀的丑恶本性。小说的结尾，主人公终于逃离了小岛，然而在其即将抵达人类真实的世界时，突然表现出强烈的恐惧。由此可见，小说看似以恐怖小岛为故事的发生地，实则以现实社会作为故事的发生地，整个科幻小说是对现实社会的一种隐喻。

此外，H.G.威尔斯科幻小说对人类已经形成的社会权威和所谓永久秩序进行讽刺。《莫洛博士岛》中如同上帝般存在的莫洛博士利用手中的手术刀一手创造了小岛上的"兽人"，并要求兽人必须遵守某些秩序，维护莫洛博士的权威。然而，莫洛博世却讽刺地丧生于其所创造的兽人之手，而莫洛博世死后，兽人很快又恢复了兽性，只在偶然时才流露出一点人的痕迹。

3.对战争进行抨击，表现出悲天悯人的情怀

作为科幻小说的鼻祖，H.G.威尔斯科幻小说中对星际战争进行了想象。例如，《世界大战》和《新人来自火星》均对星际战争的状况进行了描绘，而当地球人突然遭到火星人的进攻，对火星人进行抱怨的同时，也将地球人对动物或不同国家、地区人民的进攻相提并论，表达了威尔斯对战争的抨击，同时表现出同情弱者和被压迫者的悲天悯人的情怀。

综上所述，H. G. 威尔斯科幻小说对英国乃至整个西方世界的科幻小说均有着巨大的影响，其科幻小说不仅题材丰富，立足于科学发展，对未来的科学技术进行了科学而合理的预测，同时赋予了其科幻小说深刻的社会主题，使其科幻小说具备了非凡的魅力。

第三节　厄休拉·勒奎恩科幻主题小说研究

厄休拉·勒奎恩（Ursula Le Guin）是美国文坛上一位著名的女性科幻小说家，她被盛赞为幻想文学大师，其在科幻小说领域的创作对推动科幻主题小说的发展起着极其深远的作用。本节主要对厄休拉·勒奎恩及其科幻主题小说进行研究。

一、厄休拉·勒奎恩生平及其科幻主题小说概述

厄休拉·勒奎恩 1929 年出生于加利福尼亚州伯克利，其父亲是现代人类学的创始人之一、人类学家艾尔弗雷德·克罗伯（Alfred L.Kroeber），其母亲是心理学家和作家，其三位兄长均为学者，均十分关注美国原住民文化。其父母经常在家中举行聚会，与会人员多为知名学者以及研究生等人，除此之外还有许多印第安人。厄休拉·勒奎恩从小在富有学术氛围的环境中成长，1951 年取得哈佛大学的雷地克里夫学院的学士学位，1952 年取得哥伦比亚大学的硕士学位，并在大学任教。

厄休拉·勒奎恩年幼时即开始尝试写作，其早期作品大多为基于真实世界的虚构国度（Fictional Country），后来才转型写作科幻主题小说。20 世纪 60 年代，厄休拉·勒奎恩作为一名科幻小说家逐渐成名，被誉为新浪潮派科幻小说的代表作家之一，其一生共获得了五次雨果奖、六次星云奖、一次美国国家图书奖和十八次《轨迹》杂志读者票选奖。

厄休拉·勒奎恩的科幻主题小说按照故事发生的背景可以划分为

地海系列、伊库盟系列、欧西尼亚系列和未来的美国西海岸系列,这四种系列科幻小说代表厄休拉·勒奎恩创造的四个不同的世界(见表7-6)。

表7-6 厄休拉·勒奎恩科幻小说代表作品一览表

类型	释意	出版时间	中文译名	英文名
地海系列	地海是一个住满了人、巫师和龙的群岛	1964	《解缚之咒》	The Word of Unbinding
		1968	《地海巫师》	A Wizard of Earthsea
		1970	《地海古墓》	The Tombs of Atuan
		1972	《地海彼岸》	The Farthest Shore
		1990	《地海孤儿》	Tehanu
		1998	《蜻蜓》	Dragonfly
		1999	《黑玫瑰与钻石》	Darkrose and Diamond
		2001	《寻查师》	The Finder
		2001	《大地之骨》	The Bones of the Earth
		2001	《高泽上》	On the High Marsh
		2001	《地海风土志》	A Description of Earthsea
		2001	《地海奇风》	The Other Wind
伊库盟系列	伊库盟是一个存在于外太空的、以海恩星为母星的星系联盟	1964	《珊丽的项链》	Semley's Necklace / The Dowry of Angyar
		1969	《黑暗的左手》	The Left Hand of Darkness
		1969	《冬星之王》	Winter's King
		1971	《庞大而凝滞,甚于帝国》	Vaster Than Empires and More Slow
		1972	《世界的词语是森林》	The Word for World is Forest

续表

类型	释意	出版时间	中文译名	英文名
伊库盟系列	伊库盟是一个存在于外太空的、以海恩星为母星的星系联盟	1974	《失去一切的人》	The Dispossessed / The Dispossessed: An Ambiguous Utopia
		1974	《革命前夕》	The Day Before the Revolution
		1990	《肖比们的故事》	The Shobies' Story
		1994	《塞格里纪事》	The Matter of Seggri
		1994	《别无选择之爱》	Unchosen Love
		1994	《另一个故事——浦岛太郎新编》	Another Story or A Fisherman of the Inland Sea
		1994	《孤绝至上》	Solitude
		1994	《宽恕日》	Forgiveness Day
		1995	《成年于喀哈德》	Coming of Age in Karhide
		1995	《族民之子》	A Man of the People
		1995	《一名女性的解放》	A Woman's Liberation
		1996	《荒山之道》	Mountain Ways
		1999	《老音乐与女性奴隶》	Old Music and the Slave Women
		2000	《倾诉》	The Telling
欧西尼亚系列	欧西尼亚是一个假想的中欧国家	1971	《天钩》	The Lather of Heaven

238

续表

类型	释意	出版时间	中文译名	英文名
西海岸系列	未来的西海岸则是一个在21世纪被自然灾害和人为破坏彻底改变的美国西部沿海地区	2004	《西岸三部曲1：天赋之子》	*Gifts*
		2006	《西岸三部曲2：沉默之声》	*Voices*
		2007	《西岸三部曲3：觉醒之力》	*Powers*

厄休拉·勒奎恩一生曾多次获得星云奖等科幻小说大奖，其最为著名的作品为"地海三部曲"——《地海巫师》《地海古墓》和《地海彼岸》，以及伊库盟系列的代表作品《黑暗的左手》。

（一）《地海巫师》

《地海巫师》讲述了主人公少年戈德（Sparro whawk）生活在一个满是岛屿、海洋、魔法的奇幻世界里，其出身贫寒，是一位牧羊童。然而，戈德生来却拥有强大的魔法潜质。进入魔法学校学习后，戈德立志成为一个可以呼风唤雨的巫师。最终在与邪恶势力斗争的过程中，戈德终于成为一名成熟的青年。

（二）《地海古墓》

《地海古墓》讲述了一名在地海东北角沙漠之中的古老陵墓中生活的小姑娘特娜（Tenar）的成长和觉醒故事。特娜从小被作为陵墓女祭司的转世之人从父母身边带走，到陵墓的神庙接受陵墓女祭司的种种训练。沙漠中的陵墓圣地与世隔绝，特娜虽然地位神圣崇高，却也感受着重重束缚，只有在陵墓地底迷宫的黑暗中，她才能寻得宁静与归属。而戈德意外闯入陵墓，为特娜讲述了外面的精彩世界，使其心生向往。最终特娜和戈德一起逃出了陵墓，奔向自由。

（三）《地海彼岸》

《地海彼岸》讲述了由于魔法失效，地海群岛异常情况四起，平衡被打破，出现了纷乱，整个地海岌岌可危。少年王子阿伦在戈德的帮助下学会了勇敢面对死亡，并在经历了重重考验之后，从神秘的邪恶势力手中解救了地海，重新恢复了地海世界生与死的动态平衡。

（四）《黑暗的左手》

《黑暗的左手》出版于1969年，为伊库盟系列小说之一。这部小说获得了1969年的星云奖与1970年的雨果奖，为厄休拉·勒奎恩带来了巨大的声誉。小说讲述了星际联盟使者金力·艾来到终年严寒的格森星，试图说服星球上的国家加入联盟。

格森星是一个气候寒冷、生存严苛的行星。格森人乃双性同体（en:androgyne），平时在生理上并无男女之分，但在每个月一次的卡玛期（kemmer，意即发情期），会随机分化为男性化或女性化状态，事后除非女方怀孕，否则又会再恢复完全的双性同体。由于卡玛期会变为何种性别全无规则可循，一个格森人可能既是父亲也是母亲，因而形成格森社会的特有形态：其成员并无性别习性。

金力·艾的格森星之行充满了波折，甚至被投入劳改营中，然而格森星上的有识之士则对金力·艾的到来表示热烈欢迎，并屡次拯救其于危难。而有识之士之所以这么做的目的是避免格森星不同国家之间的战争，化解不同国家格森星人之间的无谓冲突，确保格森星人的整体利益。

二、厄休拉·勒奎恩科幻主题小说的特点

厄休拉·勒奎恩是世界科幻作家群体中为数不多的女性科幻作家，其科幻主题小说的思想极其深刻，其科幻主题小说主要有以下特点。

（一）探求人类与自然的平衡发展

厄休拉·勒奎恩的科幻主题小说对人类与自然的平衡发展进行了探

索，具体表现在以下几个方面。

1. 重视人与自然的关联性

厄休拉·勒奎恩的科幻主题小说十分重视人与自然的关联性，强调自然有其内在发展规律，同时强调了人与自然的守护关系。

厄休拉·勒奎恩的科幻主题小说中将人与自然的关系设定为人类对自然的守护。例如，小说《倾诉》中的阿卡星人借助倾诉和倾听来理解生活，他们借助树叶和花朵的枯荣之理、阿卡星系行星的运动等进行倾诉，其倾诉的内容包含世界上的万事万物。在阿卡星人的眼中，一棵树、一具躯体、一座山、动物、植物、岩石、河流都记录了万象和虚无，并像摇曳的火焰一般鲜活，值得认真倾听。阿卡星人重视倾听，认为如果失去了倾听，则人们会认不出山在水中的合影，或者不再耕种，或者过度耕种，或者在河流、大地上排放毒素从而对河流和大地造成污染。

在阿卡星人看来，万事万物有条有理，人类必须学会倾听自然，以及倾诉真的"理性"。唯有如此才能了解世界和守护世界，否则人类就会走向迷失和灭亡。

又如，小说《失去一切的人》中的阿纳瑞斯本来是一个无主之地，而当其他星球的革命者被流放到这颗星球之时，人们极力地保护这颗星球上脆弱的生态环境，无论捕鱼还是耕种均尽量克制，不使用对自然生态环境有危害的废料，也不过度捕捞和种植。在人类有意的守护之下，阿纳瑞斯星球平和地适应和接受了这群闯入者，将人类纳入其自然生态系统之中。

2. 强调人类与自然的嵌入关系

厄休拉·勒奎恩的科幻主题小说在重视人与自然的关联性的同时，还强调人类与自然的嵌入关系，倡导搭建人类与自然命运共同体。人类与自然之间相互交融，你中有我，我中有你，双方之间是一种相互关联合嵌入的关系，而非割裂性的关系。

例如，小说《变化的位面》中，厄休拉·勒奎恩刻画了一个奇异的安萨位面。在这一位面中生活的安萨人一生长约三年,一年相当于二十四个地球年。安萨位面也有四季变化。安萨人的生活方式伴随着季节的变迁而发生变化。

总而言之,安萨人的一生与自然的变迁、季节的交替紧密地缠绕在一起,全身心地体验自然。这种生活方式在科技发达的其他星球人看来极具原始性和动物性。然而,安萨人却不愿进行任何改变,而是享受这种嵌入自然的生活方式。小说通过安萨人的生活方式强调了人类与自然的嵌入关系。

3. 重视人类与自然的平等关系

厄休拉·勒奎恩的科幻主题小说在搭建人类与自然的命运共同体时着重强调了人类与自然的平等关系。无论是人与自然的关联性还是人类与自然的嵌入关系均建立在人类与自然平等关系的基础上。

厄休拉·勒奎恩的科幻主题小说《世界的词语是森林》中的新塔希提星球上的艾斯珊人以一种平等的态度对待森林中的一草一木,他们认为如果森林灭亡,那么森林中的其他动物种群也会随之灭亡,人类的世界也会随之崩塌。

因此,艾斯珊人以树种的名字为自己的后代命名。例如,铜柳树、白桦林、山楂树、榆树、栗子树、苹果树等。每位新生儿的降临以及其日后的身份均与树林密切相关。即使他们遇到陌生人也会迅速了解陌生人来自哪丛树林以此作为认知陌生人的方式。这种对待森林的态度,反映了他们对人类与自然之间平等关系的重视,强调了人类与自然命运共同体的构建。

(二)对机器与科技发展的反思

厄休拉·勒奎恩的科幻主题小说对机器与科技的发展进行了深刻的反思,具体表现在以下几个方面。

1. 对生命与科技的互动进行反思

厄休拉·勒奎恩在小说集《变化的位面》中勾勒了16个不同的位面，相当于16个平行时空。在其中一个位面，疯狂的生物学家肆意运用基因技术创造出了会说话的狗、会下棋的猫，以及迷你熊等人类婴孩的宠物。更为疯狂的是生物学家最终将基因技术应用到人类身上，制造出各种基因大杂烩，这些人已不是正常人，也并不属于任何物种。这些人长大结婚后生下的可能是人类的婴儿，也可能是小马驹、小天鹅，或小树苗。不仅人类，动植物也是如此。这样的科技创造出来的世界，最终陷入无尽的疯狂与混乱之中。

通过这部小说集，厄休拉·勒奎恩对生命与科技的互动，以及科技的无序使用所带来的灾难进行了深入反思。当科技无视生命的自然规律，强行推动生命发展时，生命就失去了原有的意义。

2. 对科技的发展速度进行反思

人类与其他生物相比具有较强的理性，会运用工具，可以将科技应用于生活，然而厄休拉·勒奎恩强调科技的应用必须顺应自然发展规律。

以厄休拉·勒奎恩《黑暗的左手》为例。这部小说中刻画了一个四季严寒的星球，因此被称为冬星。冬星上有着终年无休止的寒冷、冰雨、冰冻、寒风和暴雪。为了便于出行，人们发明了动力交通工具。虽然科技的应用可以让交通工具跑得更快。然而，冬星上的人们却担心科技的快速发展会导致社会、文化和生物的随机突变，而这一切可能会使星球陷入万劫不复之中。因此，冬星上的机械工业发展了三千多年，却仍然没有达到地球上三百年工业革命所达到的成就。冬星上的人们有意缓慢地迎接技术变革，虽然缓慢，但却一直在发展，并且无须付出地球曾经付出的代价。

在《黑暗的左手》这部小说中，厄休拉·勒奎恩用冬星的例子说明了科技的发展、前进和运用是智慧领域自然而然的趋势，并不是说进程缓慢一定是对的，进程迅速便一定是错的，倡导科技与自然之间保持协同的步调，唯有如此才能顺应自然发展规律，人类也才能更好地适应自然。

  3. 对科技的合作与分享进行反思

  厄休拉·勒奎恩在伊库盟系列科幻主题小说中构建了一个星球联盟。这个星球联盟由众多宜居星球组成，没有通行的法律，不是一个权力系统，却是一个星际沟通平台，不同星球间的商业交易和文化交流都可以在此协商进行。

  《黑暗的左手》中星球联盟的母星派遣使者到冬星劝导冬星上的两个王国加入星球联盟，达成星际互动，倡导了星际联盟成员之间相互学习与交流。除此之外，厄休拉·勒奎恩在伊库盟系列科幻主题的其他小说中也表达了和星际联盟之间相互学习先进技术的理念，倡导科技合作与分享。

  综上所述，厄休拉·勒奎恩的科幻主题小说体系庞大，内容丰富，内涵深远，启发性强，其小说重点探索了人类与自然的平衡发展之道，同时对机器与科技的发展进行了深刻反思。

参考文献

[1] 福斯特.天使不敢涉足的地方[M].林林,薛力敏,译.北京:中国文联出版公司,1988.

[2] 福斯特.印度之行[M].杨自俭,邵翠英,译.合肥:安徽文艺出版社,1990.

[3] 黄禄善,刘培骧.英美通俗小说概述[M].上海:上海大学出版社,1997.

[4] 冈恩.科幻之路 第2卷:从威尔斯到海因莱恩[M].郭建中,译.福州:福建少年儿童出版社,1997.

[5] 包惠南.文化语境与语言翻译[M].北京:中国对外翻译出版公司,2001.

[6] 胡全生.英美后现代主义小说叙述结构研究[M].上海:复旦大学出版社,2002.

[7] 孙建军.英美小说的承袭与超越[M].北京:中国书籍出版社,2017.

[8] 斯坦贝克.愤怒的葡萄[M].胡仲持,译.上海:上海译文出版社,2003.

[9] 斯坦贝克.斯坦贝克中短篇小说选(一)[M].张健,等译.北京:人民文学出版社,1983.

[10] 王诺.欧美生态文学[M].北京:北京大学出版社,2003.

［11］李美华. 英国生态文学［M］. 上海：学林出版社，2008.

［12］瞿世镜. 当代英国小说［M］. 北京：外语教学与研究出版社，1998.

［13］王晓英. 走向完整生存的追寻：艾丽斯·沃克妇女主义文学创作研究［M］. 苏州：苏州大学出版社，2008.

［14］夏光武. 美国生态文学［M］. 上海：学林出版社，2009.

［15］沃. 一把尘土［M］. 伍一莎，等译. 南京：译林出版社，2000.

［16］李维屏. 英国短篇小说史［M］. 上海：上海外语教育出版社，2011.

［17］闫小青. 20世纪美国女性文学发展历程透视［M］. 长春：吉林大学出版社，2012.

［18］段军霞，张月娥，石卉. 20世纪英国小说流派研究［M］. 北京：新华出版社，2013.

［19］莫里森. 宠儿［M］. 潘岳，雷格，译. 海口：南海出版社，2013.

［20］李维屏，张和龙. 英美文学研究论丛 第20辑（2014年春）［M］. 上海：上海外语教育出版社，2014.

［21］王丽丽. 走出创伤的阴霾 托妮·莫里森小说的黑人女性创伤研究［M］. 哈尔滨：黑龙江大学出版社，2014.

［22］常耀信. 精编美国文学史 中文版［M］. 天津：南开大学出版社，2016.

［23］张金泉. 我心深处——多丽丝·莱辛作品研究［M］. 武汉：华中科技大学出版社，2016.

［24］景虹梅. 黑色幽默经典小说主题研究与文本细读［M］. 济南：山东人民出版社，2017.

［25］赵春喜.美国小说的创作与发展探究［M］.北京：九州出版社，2017.

［26］梁彩群.美国当代文学的生态解读［M］.长春：吉林文史出版社，2017.

［27］冯春园.多丽丝·莱辛自传、自传体小说中的身份研究［M］.天津：南开大学出版社，2017.

［28］魏淼.历史视角下的英美女性文学作品研究［M］.北京：北京工业大学出版社，2017.

［29］徐梅.搏击生命的荆棘鸟：考琳·麦卡洛小说中的苦难主题研究［M］.北京：现代出版社，2017.

［30］郭竞.颠覆与超越：20世纪英国女性小说研究［M］.西安：世界图书出版公司，2017.

［31］李琳，陈颐，杨智慧.消费文化与英美科幻小说的发展［M］.成都：四川大学出版社，2018.

［32］杨莉馨，汪介之.20世纪欧美文学［M］.南京：南京师范大学出版社，2018.

［33］龙娟.美国环境文学中的记忆主题研究［M］.长沙：湖南师范大学出版社，2018.

［34］王佐良，周珏良.英国20世纪文学史 新版［M］.北京：外语教学与研究出版社，2018.

［35］张明，高玉.伊恩·麦克尤恩小说成长主题研究［M］.上海：上海交通大学出版社，2018.

［36］海勒.第二十二条军规［M］.吴冰青，译.南京：译林出版社，2019.

［37］陶家俊.形象学研究的四种范式［M］.北京：中国社会科学出

版社，2019.

［38］潘家云.创作之谜：以约翰·福尔斯及其创作为例［M］.北京：中央编译出版社，2019.

［39］朱红.基于多元视角的英美文学研究［M］.长春：吉林出版集团股份有限公司，2019.

［40］张郭丽.文化交融与碰撞视阈下的20世纪英美文学创作研究［M］.北京：中国书籍出版社，2019.

［41］萧星寒.星空的旋律 世界科幻简史［M］.北京：北京理工大学出版社，2019.

［42］戴维·西格尔·伯恩斯坦.科幻小说中的科学［M］.北京：机械工业出版社，2020.

［43］孙胜忠.西方成长小说史［M］.北京：商务印书馆，2020.

［44］任嫒作，郝岚，吕超.世界文学与文化论坛 二十世纪美国小说专题研究［M］.天津：南开大学出版社，2021.

［45］孙建军.英国后现代主义小说发展述略［J］.文化创新比较研究，2017，1（4）：110-111.

［46］王建会.谈英国讽刺文学的发展及其特点［J］.沈阳师范学院学报（社会科学版），1991（4）：115-120.

［47］孙建军.美国黑人小说主题发展概述［J］.课程教育研究，2017（6）：9.

［48］李福祥.试论多丽丝·莱辛的"太空小说"［J］.成都师范高等专科学校学报，1998（2）：48-53.

［49］陈许.动荡与融合：略谈20世纪90年代外国科幻小说［J］.外国文学动态，2002（4）：7-9.

［50］芮渝萍.英国小说中的成长主题［J］.宁波大学学报（人文科学版），2004（2）：27-31.

[51] 李春宁.美国19世纪末20世纪初新女性小说主题探究［J］.名作欣赏，2010（6）：61-63.

[52] 肖腊梅.论凯特·肖班作品中的女性主义特色［J］.西南科技大学学报（哲学社会科学版），2003（4）：6-9.

[53] 张立峰，马跃.试析美国成长小说的嬗变［J］.陕西青年职业学院学报，2010（2）：66-70.

[54] 朱丽.20世纪美国女性小说发展述略［J］.河南社会科学，2011，19（4）：146-149.

[55] 黄雪飞，尹松涛.英国成长小说的流变及其文化内涵［J］.名作欣赏，2011（33）：55-57.

[56] 张晓丽，吴远青.英国女性文学传统视域下的战后英国女性小说［J］.赤峰学院学报（汉文哲学社会科学版），2012，33（12）：132-134.

[57] 孙晓蕾.概述英国女性小说的三阶段[J].文学教育(中),2012(6)：16.

[58] 王霞，宋红英.1860年之前美国成长小说的特征及成因［J］.绵阳师范学院学报，2013（9）：41-44.

[59] 许太梅.成长小说的缘起和美国女性成长小说的繁荣［J］.新乡学院学报（社会科学版），2012，26（3）：101-104.

[60] 程静.美国成长小说的流变研究［J］.短篇小说（原创版），2013，（21）：5-6.

[61] 李赞红，潘明.英国当代女性成长小说研究[J].作家,2014(22)：118-119.

[62] 李新然.从生态女性主义角度解读夏洛特·帕金斯·吉尔曼的《她乡》[J].赤峰学院学报（汉文哲学社会科学版），2015,36(7)：158.

[63] 张昕昕.英国成长小说研究综述[J].大学英语（学术版），2016，13（1）：191-194.

[64] 贡建明.美国女性主义小说中的生态关怀[J].文学教育（下），2016（6）：14-15.

[65] 孙建军.和谐共生 重返春天——《寂静的春天》的生态主义思想解读[J].作家天地，2022（28）：85-87.

[66] 秦宏.英国成长小说史上的过渡之作：《人生的枷锁》[J].外文研究，2017，5（2）：23-26，32，105.

[67] 孙建军.19世纪美国现实主义小说发展之述评[J].赢未来，2017（12）：17.

[68] 张龙艳.新世纪美国少数族裔成长小说中青少年成长主题研究——以小说《拯救骨头》与《圆屋》为例[J].参花（下），2017（2）：133-134.

[69] 程汇涓.美国女性小说的文化特征[J].外文研究，2017，5（1）：54-60，65，107-108.

[70] 安洁，张飞龙，王宝琴.解读19世纪英国女性小说中的女性意识[J].文化创新比较研究，2018，2（26）：57，59.

[71] 王霞.19世纪60年代至一战美国成长小说的特征[J].牡丹，2019（29）：81-85.

[72] JOHN Glendenin."Green Confusion": Evolution and Entanglement in H. G. Wells's "The Island of Doctor Moreau"[J]. Victorian Literature and Culture，2002（2）：575-576.

[73] 孙建军.浅析电影《王牌特工：特工学院》中的英国绅士文化[J].中外交流，2019，26（32）：43.

[74] 孙宜学，王双.新浪潮时代英国科幻小说的生态思想探究[J].井冈山大学学报（社会科学版），2020，41（2）：112-117.

［75］姚利芬.新时期以来美国科幻小说中译的三次浪潮［J］.海南大学学报（人文社会科学版），2020，38（1）：121-128.

［76］孙建军.亦真亦幻 亦谐亦庄——《玻璃山》的后现代主义解读［J］.文存阅刊，2020（14）：3-4.

［77］刘知国.论爱德华·摩根·福斯特小说中的生态思想［J］.安徽商贸职业技术学院学报，2022（3）：53-57.

［78］PERRIN Tom, TUCKER Lauryl. Lauryl Tucker. Unexpected Pleasures: Parody, Queerness and Genre in Twentieth-Century British Fiction［J］. Review of English Studies, 2022, 73（311）.

［79］叶丽贤.美国科幻小说选［J］.世界文学，2022（1）：60-62.

［80］卢敏.美国浪漫主义时期小说类型研究［D］.上海：上海师范大学，2006.

［81］贾志刚.威尔斯科幻小说创作模式和艺术手法初探［D］.上海：上海师范大学，2008.

［82］齐丹.多丽丝·莱辛独特的女性主义视角［D］.济南：山东大学，2011.

［83］魏蔚.20世纪美国非裔成长小说研究［D］.郑州：郑州大学，2012.

［84］刘晓敏.简·奥斯丁小说女性成长主题探析［D］.汉中：陕西理工学院，2016.

［85］朱琳佳.论英国小说中的克隆人伦理［D］.天津：天津师范大学，2018.

［86］叶红.美国国家公园体系研究（1933—1940）［D］.哈尔滨：黑龙江大学，2019.

［87］王思涵."黄金时代"美国科幻小说世界的建构［D］.哈尔滨：黑龙江大学，2020.

［88］郑雅坤.《孩子们的书》成长主题研究［D］.武汉：华中师范大学，2020.

［89］陈一飞.20世纪60年代美国小说中的青少年形象研究［D］.无锡：江南大学，2021.

［90］高文希.新世纪美国华裔成长小说研究［D］.南京：南京大学，2021.